U0452347

2021
中国少数民族
文学之星丛书

请喝一碗哈图布其的酒

海勒根那 著

作家出版社

图书在版编目（CIP）数据

请喝一碗哈图布其的酒／海勒根那著．--北京：作家出版社，2021.11

（中国少数民族文学之星丛书·2021年卷）

ISBN 978-7-5212-1536-6

Ⅰ.①请… Ⅱ.①海… Ⅲ.①短篇小说-小说集-中国-当代 Ⅳ.①I247.7

中国版本图书馆CIP数据核字（2021）第193341号

请喝一碗哈图布其的酒

作　　者：	海勒根那
责任编辑：	史佳丽　李亚梓
特约编辑：	刘　皓
装帧设计：	孙惟静
出版发行：	作家出版社有限公司
社　　址：	北京农展馆南里10号　邮　编：100125
电话传真：	86-10-65067186（发行中心及邮购部）
	86-10-65004079（总编室）
E-mail：	zuojia@zuojia.net.cn
http://www.zuojiachubanshe.com	
印　　刷：	三河市北燕印装有限公司
成品尺寸：	152×230
字　　数：	166千
印　　张：	13.5
版　　次：	2021年11月第1版
印　　次：	2021年11月第1次印刷
ISBN 978-7-5212-1536-6	
定　　价：	42.00元

作家版图书，版权所有，侵权必究。

作家版图书，印装错误可随时退换。

编委会名单

主　任：邱华栋
副主任：彭学明　黄国辉
编　委：
霍俊明　付秀莹　颜　慧　刘大先　舒晋瑜
周　芳　杨玉梅　陈　涛　刘　皓　李　婧

以民族的情意，打造文学的星辰
——"中国少数民族文学之星"丛书总序

邱华栋　彭学明

"中国少数民族文学之星"丛书是中国作家协会少数民族文学发展工程的一个新项目，于2018年开始实施，由中国作家协会创作联络部具体组织落实。出版"中国少数民族文学之星"丛书的目的，是重点培养少数民族文学中青年作家，打造少数民族文学精品，为那些已经在少数民族文学界和全国文学界成绩斐然、广有影响的少数民族中青年作家再助一力，再送一程，从而把少数民族文学最优秀的中青年作家集结在一起，以最整齐的队伍、最有力的步伐、最亮丽的身影，走向文学的新高地，迈向文学的高峰，让少数民族文学的星空星光灿烂，少数民族文学的长河奔流不息。以文学的初心，繁荣民族的事业；以民族的情意，打造文学的星辰。

入选"中国少数民族文学之星"丛书的作家，必须是年龄在50岁以下的、在少数民族文学界和全国文学界广有影响的少数民族作家。不管是否出版过文学书籍，只要其作品经过本人申请申报、各团体会员单位推荐报送、专家评审论证和中国作协书记处审批而入选的，中国作协将在出版前为其召开改稿会，请专家为其作品望闻问切，以修改作品存在的不足，减少作品出版后无法弥补的遗憾。待其作品修改好后，由中国作协统一安排出版，并进行广泛的宣传推广。

中国是一个多民族的大家庭。每一个民族都沐浴着党的民族政策的光辉、感受着党的民族政策的温暖，都在党的民族政策关怀下，蓬勃发展，欣欣向荣。在这个伟大的新时代，我们正创造着中华民族的新辉煌。每一个民族的发展与巨变，每一个民族的气象与品质，都给我们提供了生生不息的创作源泉。我们每一个民族作家，都应该以一种民族自豪感，去拥抱我们的民族；以一种民族责任感，为我们的民族奉献。用崇高的文学理想，去书写民族的幸福与荣光、讴歌民族的伟大与高尚；以文学的民族情怀，去观照民族的人心与人生、传递民族的精神与力量。

我们期待每一位少数民族作家，都能够到火热的生活中去，到广大的人民中去，立心，扎根，有为，为初心千回百转，为文学千锤百炼，写出拿得出、立得住、走得远、留得下的文学精品。不负时代。不负民族。不负使命。

目录

沉静的草原与喧嚣的世界　陈涛　/1

巴桑的大海　/1

放生马　/39

白狼马　/53

请喝一碗哈图布其的酒　/64

第三条河岸　/76

告诉你们，我要杀人　/86

到底发生了什么　/98

六叉角公鹿　/112

蒸汽火车呼啸而过　/126

能动嘴就别动刀　/140

十八岁出门打工　/154

午夜沉溺　/167

清白的玉米　/186

沉静的草原与喧嚣的世界
——序海勒根那《请喝一碗哈图布其的酒》

陈　涛

　　《请喝一碗哈图布其的酒》是一部小说集，收录了海勒根那近些年来所创作的十三部中短篇小说。纵观这些作品，其故事发生的时间跨度大，涵盖了从抗日战争时期到上世纪七八十年代再到当下，题材丰富多元，有反映美丽乡村建设、抗日战争的作品，也有弘扬蒙古马精神，书写少年成长励志的作品，还有表现底层社会的生存与挣扎的作品，它们风格各异，叙述技巧多样，可读性与现实性强，作者向我们展示了其优秀的创作才华。但是如果仔细分析，便会发现这些故事背景无非是两处，分别是草原，以及草原之外的世界。《巴桑的大海》《到底发生了什么》《请喝一碗哈图布其的酒》《第三条河岸》《告诉你们，我要杀人》《六叉角公鹿》《放生马》《白狼马》等属于前者，《蒸汽火车呼啸而过》《午夜沉溺》《能动嘴就别动刀》《十八岁出门打工》《清白的玉米》则属于后者。

　　在以草原为背景的作品中，作者主要用两种方式来切入并推进故事，一为闯入，一为出离。闯入者中有草原上的盗马贼、陌生人，有草原外的城市朋友以及日本人，甚至还有一匹不知来自何方的白马。出离者是为梦想奔赴远方身残志坚的青年与难以忍受家庭折磨而逃离的女人。他们的突然闯入与出离，犹如一声响雷，震破了草原某个角落的安宁与沉静，世代居住于此的人们暂时从日复一日的庸常日子中跳脱，与闯入者与出离者共同演绎出了一幕幕草原悲喜剧。

在作者的笔下，草原美丽温暖，犹如世外桃源般的存在。草原上的各族人民展现出了诸般美好、可贵的生命品质。《巴桑的大海》中，幼时失去双腿的巴桑，偶尔在一次进入山洞后听到了类似大海喘息的声音，于是产生了对大海的向往。在巴桑的心中，大海是信仰般的存在。由于残疾，巴桑受尽伙伴的侮辱，他不服输，不向命运低头，苦难并没有将他压垮，反而将他磨炼得愈发坚强，并且至死葆有一颗良善的内心；《请喝一碗哈图布其的酒》中，面对突如其来的高大的异乡人，当地人以美酒美食相待，草原人的热情好客与淳朴民风扑面而来；《第三条河岸》中面对逃亡中的日本人一家，两个小伙子没有告密，战争并没有泯灭他们的人性，他们的身上体现的是一种超越一切的大爱，这种高贵的人性促使他们救下了即将死亡的日本婴儿并将其养大；《六叉角公鹿》中猎人对民族信仰的传承与坚守，对自然的敬畏体现得淋漓尽致；《白狼马》中同样体现出了对祖先的敬仰，对蒙古马精神的弘扬。有些作品中主人公的形象并不光彩，如《告诉你们，我要杀人》中横行乡里、好勇斗狠的努桑哈，但他们都得到了应有的惩罚。

从以上这些作品中，我们也可以看出关于草原的一切，作者都熟稔于心，他写山河，"清澈的乌力吉牧仁河如同一条银带缓缓伸展，飘动；远处，群山如黛，白云像昂扬的雪峰一样高耸，又似一群天马奔腾踢踏。"他写天气，"早上，银灰色的晨雾一如往常，徐徐压着宽阔的伊敏河谷和低矮的丘峦。"他写白马，"旁若无人，仿佛刚刚出浴的天鹅那样高扬起脖颈，眼眸里的灵气咄咄逼人，一对公狼才有的尖耳随着四面来音机敏地动来动去。""它满腹心事,双目忧伤,漫无目的。包布和老人在后面紧赶慢赶,一边不断呼唤它的名字,可后者更像个任性的孩子,对老人不理不睬。"他写人吃相,"刀法娴熟,波澜壮阔,左手拿肉,右手内握,大拇指按着刀背,行云流水一般,将剃下的条条雪白抑或黑腴抿到唇边,随着'咻'的一声,那片肉就像条虫子一样被吸吮到嘴巴里,然后舒舒服服地在舌间伸伸懒腰,打上几个滚,便被喉头迎接了去,没来得及咕噜一声就消失不见了。"他写牙齿,"颗粒饱满,雪白坚硬,在阳光下像白玛瑙一样闪闪发光。"他写汗水,"狼赫尔像口慢慢烧热的锅,脸色红如猪肝,他裸着上身,浑身粗毛孔筛出豆大的水珠,后来就淋漓下来,那是热气腾腾的汗水,足以蒸熟一锅馒头。'远方朋友'也出汗,但是那种细细密密的,像清晨草原上看不见的温凉露水,只有浸湿了靴子或马蹄才让人知晓。"作者用准确、灵动的语言,熨帖自然的叙述,传递出了他对草原以及草原人民那种早已融入血脉中的深情。

当作者的目光离开草原,转向外面的世界时,呈现于作者笔下的是充满了坎坷、动荡与挣扎的生活。《午夜沉溺》讲述了一个年轻人因为赌博导致一无所有、众叛亲离,从而铤而走险入户抢劫杀人,最终被警察缉拿归案的故事。在这个作品中,作者对凶手作案前的心理描写扣人心弦、跌宕起伏,可谓精彩至极。《十八岁出门打工》这个题目很自然会让我们想到余华的《十八岁出门远行》,这两部作品中的"我"都是单纯的、少不更事,充满了对故乡之外世界的好奇,但是他们注定要经历生活带给他们的艰辛与磨难,这也是他们成长道路上的必然。《能动嘴就别动刀》讲述的是一对父子之间的情感故事。作者通过对同一件事情的不同叙述,带给我们不同的思考指向。我们看到儿子对父亲的怨恨,父亲对儿子的苦心,正是在一次次的讲述中,父子的形象日益清晰。《清白的玉米》中我们看到了一个被冤枉的民办教师阿根形象,因为一张纸莫名成了强奸犯,并且入狱。妻子难堪屈辱,带儿子去了没人知道的远方。好在阿根最终赢得了属于自己的清白。在这些作品中,《蒸汽火车呼啸而过》是相对温暖的,故事发生于四十多年前,通过对少年时光的深情回望,平安和白玲朦胧而凄美的爱情描写,那种纯真的朦胧的情愫唤起我们青春的疼痛。

在这部小说集中,作者试图通过不同的创作手法去描摹他所感受到的生活。当他面对草原时,他的内心是自由的、从容的,如同水中翔鱼,空中飞鸟,当他面对草原之外世界时,他则是忧虑的、沉重的,他看到了外部世界的喧嚣以及所带给我们的酸楚与痛感,这也从侧面衬托出了草原的沉静与美好。海勒根那曾凭借小说集《骑马周游世界》获得第十二届全国少数民族文学创作骏马奖,关于他的颁奖词这样写道:海勒根那"由草原出发,讲述现代故事,从草原、马背到无尽的远方,打开了流动多变、出人意表的想象空间"。我认为,这段话同样适合于这部优秀的《请喝一碗哈图布其的酒》。

巴桑的大海

一

我跑长途做运尸人那些年,大抵都是从城里的医院往乡下运送死去的病人,却从没想过会遇到一个溺水者。那是初冬季节,租车的是一位来自草地的中学教师——呼德尔,三十多岁,死者是他的同乡,叫巴桑,据说是在远洋捕鱼船上做船员,因台风遇险而死,他要拉死者回来,到故乡安葬。草地的牧人去大海里捕鱼,我还第一次听说。我开口要了个价钱,对方也没有还口,一单生意就算成交了。我们从巴镇出发,行程大约一千五六百公里,到达渤海湾的一个码头。渔船公司委托船长接待我们。船长五十开外,是个山东大汉,满脸歉意,安排我们住宿,并请我俩在一家高档餐厅用餐,席间一再说:巴桑是个好人,他很能干,是我见过的最好的船员。又拿出一张汇款单据给呼德尔看,说:按出海人的规矩,每个船员都会留下遗嘱,遵照巴桑先生的遗愿,我们已经把他的抚恤金和保险金汇给了海参崴的杉蔻女士,至于他的所有安葬费都由我公司负责。谈到这些,我自觉地回避,到室外去吸烟。那天夜里,呼德尔和船长聊到很晚,直到餐厅打烊。

第二天一早，我们在殡仪馆的停尸间里见到死者，他身边摆满鲜花，身上覆盖着白色蒙布（上边银光闪闪，似乎沾有零星的鱼鳞）。几个殡仪人员把死者抬起，放进我面包车的冷冻箱，令人诧异的是，这具尸体好像没有下肢。此时呼德尔已与船长握手道别，大个子船长一直目送我们离开，直到望不见为止。

说实话，那趟差我接单时就有点打怵。按我们那儿的民间说法，溺水而死的人阴魂不散，又湿又重，一般跑长途的司机不会拉运这样的尸体，它随时能压垮你的车子，或者拖拽你的车轮。瞧，麻烦事说来就来了，先是天公不作美，昨晚，辽东半岛突降十年一遇的大雪，高速封路，奔丧不能停留，我干脆走乡村公路，那会儿还没时兴导航，只能边问路边行车。厚厚的积雪被车辆蹚得泥泞不堪，车轮不时打滑，我把紧方向盘，这种路况只能以40迈的速度行驶，又不宜播放音乐，无聊透顶，唯一能消磨时光的，就是和同行人闲聊。呼德尔看起来情绪不佳，他坐在副驾驶位置，遥望窗外的远方，似乎还沉浸在失去亲友的哀恸之中，我和他搭了好几次茬，他才肯开口说话。

你和这位朋友感情很深？我问。

呼德尔点点头：是的，他从小和我一起长大，是我最要好的朋友。

他怎么去的远海捕鱼？

说来话长，呼德尔凝神片刻，说：不记得是哪个萨满讲过，有时需要散去山上的云雾，才能看清山顶。巴桑也如此，他是个有很多故事的人……

我望了望讲述者，摆出一副愿意倾听的样子。

呼德尔就打开了话匣子：这样，我还是从他小时候说起吧。师傅，你听说过"阴兵过境"吗？

什么是"阴兵过境"？

那是民间的一种说法。离我们牧村几十里的山谷里，有一个很神奇的洞，经常能听见千军万马厮杀的声音，牧村的老人都说那是十三翼之战时，成吉思汗兵败躲避到这个山洞留下来的。

你亲耳听到过？

是的，亲耳听到过，另一个伙伴就是巴桑，是我俩一起听到的……那会儿我和巴桑也就十来岁，一次小学组织夏令营，去的就是那个山谷。孩子王布仁的主意，趁老师不备，要偷偷带我们探秘那个赫赫有名的山洞。巴桑从小没有双腿，经过一段怪石嶙峋的石塘林时，他落到了后面。到了山洞，没有一个孩子敢进去。布仁提出来，谁敢进山洞，他愿意赏赐一瓶汽水。诱惑足够巨大，仍无人响应。等巴桑凭借两条胳膊走到我们面前时，布仁有了坏主意，他先让大家闭嘴，然后对巴桑说：刚刚我们都进了山洞，现在就差你了！巴桑满脸尘土，把目光落在我的脸上，我瞅瞅布仁，并不敢揭穿。布仁催促他：还不赶快爬进去！几个小伙伴也起哄：爬进去！爬进去！巴桑两只手拄着鹅卵石，支撑着他黑瘦的身体，一耸一耸地向山洞里行去，直到隐没不见……

所有人都屏住呼吸，想听到那一声比野兽还尖利的嘶吼，或是巴桑的一声惊恐的惨叫，可是没有，山洞里一点声音都没有。过了好一阵儿，布仁忍不住呼喊起巴桑的绰号——没腿青蛙！却听不到任何回应。不知是谁说了一句：他是被怪物吃掉了吗？话音刚落，一个家伙撒腿就跑，其他孩子随之一哄而散，布仁想唤住他们为时已晚，他不得不快马加鞭追赶他们去了。我一个人留下来，忐忑极了，一步一步挪向洞口，直到走进偌大的阴森而漆黑的山洞里，我小心地呼唤：巴桑！巴桑！山洞空旷，除了我的回声，似乎还有水滴叮咚，再没有动静。我不得不再往里面探步，阴暗潮湿的地上影影绰绰能见到发着白光的碎骨，有什么东西向我扑面而来，我吓得躲避开去，原来是几只蝙蝠扑棱棱从头顶掠过，就在我差点放弃的时候，里面传出了巴桑的声音：我在这儿……我硬着头皮摸索到他身边，他在黑暗中睁着明亮而新奇的眼睛，对我耳语：你听！我沉下怦怦的心跳，侧耳谛听，只听得山洞里面隐约传来潮水汹涌之声，仿佛正有节奏地拍打着海岸……

我惊奇着，掏了烟递给讲述者。

那是大海的喘息，呼德尔语气肯定：我和巴桑听得真真切切，而且山洞里不时还传出海水的鱼腥气……我俩也曾举着火把往最里面探寻过，大约一华里之后，洞穴却朝着地下去了，像个无底的深渊，声音好像就是从那里传出来的。巴桑丢下去一块石子，似丢到一片云雾里，连个回响都没有。

你俩没听到"阴兵过境"的声音吗？

没有，我想那一定是大人们听错了，因为有暴风雨的时候，山洞里的波涛声会很大，时断时续，由远及近的，在山洞里听，有时甚至震耳欲聋，里面似乎有海鸥的鸣叫声，鲸鱼的喷瀑声，可能大人们把这些声音误听作人喊马嘶了……巴桑让我用绳子把他顺到谷底去，我没敢做，巴桑没有腿，万一绳子断掉，他想爬都爬不上来……

他怎么会没有双腿的？我问。

那还是巴桑六七岁的时候，和同村的一个稍大的少年去哈拉哈河边玩耍，他俩在河里摸到了一个锈迹斑斑的铁家伙，呈锥形，死沉死沉的，比十条大鱼还要重。俩人费好大劲才把它拖到岸上，以为拾到了什么宝贝，研究半天也没找到打开的门道或缝隙，只好举了大石块猛砸一气。那个黑乎乎的铁家伙倒是打开了，却是在震耳欲聋的爆炸声中四分五裂的，火光和硝烟把两个孩子掀出好远。最后那一下是稍长的少年砸响的，他的肢体被炸得七零八落，巴桑离得稍远，结果也失去了两条腿……后来大人们说，那是一枚炮弹，是诺门罕战役时，日本人和苏联、蒙古打仗,丢弃的。

我噢了一声。

呼德尔说:我之所以从这个山洞讲起,是因为巴桑向往大海的情结似乎是从这里开始的。说起这些,就不能不提到巴桑的身世,拜苍天所赐,他天生就是个苦命的孩子……巴桑从小没有母亲,他父亲达里,原本是最好的牧马人,也是牧业生产队的队长,巴桑三岁那年春天,整个牧业旗闹雪灾,刮白毛风,半米之内都看不到人和物,铺天盖地的大雪,像白色的绒毛一样大的雪花,但绒毛落下来没有声音,这样的雪花可不是,噼里啪啦地响成一锅粥似的,被狂风吹着,满世界一片混沌……那雪是湿的,落在身上一边融化一边结冰。这样的大风雪,牲畜最容易迷路,顺着风雪疯跑,不出所料,生产队的几百匹马不见了。达里是生产队长,带着所有马倌去风雪里寻找,生产队书记曾劝阻他:孩子那么小,又没有母亲,你就不要去了吧。达里都没顾得上回答,拎着酒瓶子和雨衣就跨马而去了……几天之后,人们在几百公里之外的科尔沁沙地找到他时,他已冻死在了那里……

牧村里有几户人家要抱养巴桑的,大队书记巴雅尔权衡再三,还是把小巴桑交到了孤寡老人斯琴额吉的手里。这位老人家一辈子吃斋念佛,整天拿着一大串菩提子佛珠数来数去,为给菩萨磕头,膝盖和额头都跪磕出了茧子。斯琴老额吉的心地真比得过活菩萨,这点我就可以作证,小时候,我亲眼看到老人家在夏营地的蒙古包里养过两条蛇,没人知道它俩是怎么进到毡包里来的,总之去她家的牧人都要小心翼翼,说话不可高声语,以免惊扰到蛇,这是老额吉定下的规矩。那时出于好奇,我们几个小伙伴经常去巴桑家看两条大花蛇孵蛋。有一次,在半路我们遇到了其中的一条,它足有牛角那么粗,几个孩子恶作剧,捡了一根棍子挑逗它,结果被放羊回来的斯琴老额吉撞了个正着。老人家平时慈眉善目，看到我们从来都满脸笑意，从来没见她发过火，可那天老额吉却怒不可遏了，她抡起拐棍追打我们，不停地责骂我们，仿佛那是她生养下的孩子。伙伴们一哄而散了，她还骂个没完呢，直到太阳落山，直到晚风吹断了她喋喋不休的声音。

再有，那次巴桑被炸飞双腿，若不是斯琴老额吉没日没夜地呵护，百倍悉心地照料，不停地向佛祖为巴桑祈福，巴桑可能熬不过那场厄运。

二

从早上开到中午，车子刚到瓦房店。一个三岔路口，我停下解手，顺便问问路，一个开大货车的师傅给我们指了指大石桥方向。午后天气转暖，阳光将道路上的雪融化了，我计划天黑之前怎么也要赶到辽阳，否则傍晚气温下降，道路结冰，将更难行驶。

小时候，巴桑家坐落在村子东边的草坡上，那是两间黄泥土屋，院落是用红柳枝编成的，被风雨侵蚀成干灰色。有两道长满蒿草和车前子的车辙通往他家。童年的巴桑就用那团肉瘤在土路上蹦来蹦去，稍大些，知道廉耻后，就秘不示人了，只用两只手走路。

那时，除了我，没有一个孩子愿意和他做朋友，他们总是欺辱他，耻笑他，给他起各种绰号，什么没腿青蛙老头鱼螃蟹半截人怪物等等。那时，牧业生产队已经解体，每家都分到了马和牛羊。牧村的孩子们基本上都会骑马，我们在草地上赛马，使劲吆喝，任意驰骋，十几匹马一溜烟儿射向草原深处，那感觉棒极了。每每这时，巴桑只有远远地伫在土墩上望着的份儿，他和斯琴老额吉虽然也分到了一匹枣红马，可他没有腿，夹不住马鞍，根本没法骑马。有时，伙伴们反身回来，会打马绕着他嗷嗷地叫嚷起哄,将他矮小的半截身体湮没在飞扬的尘土里。

一次,巴桑问我:在马背上是什么感觉。我想了下,告诉他,应该像在大海里行舟,草原在马蹄下就像无边的海浪,马背上的人在它的上面起起伏伏,而风好似海潮一样灌满你的耳朵……巴桑听了,默默地转身用双手走去了。没想到,那天傍晚就出了事,十几岁的巴桑用一条绳子将自己绑在马鞍上,马没跑出几百米远,他就被甩下了马背,像一袋面那样重重摔在了地上……斯琴老额吉抱起浑身是土的巴桑,用她那双干瘪的布满蚯蚓般的手拍打着巴桑的脸蛋,呼唤了好半天才把他叫醒。巴桑满额头是血,平静地看着斯琴老额吉,好像什么都没发生……巴桑的右臂脱臼了,斯琴老额吉带他去看赤脚医生时,他的右手掌朝外翻垂着,晃晃荡荡的,可他一声也没吭。

这件事发生后,巴桑一直在家休学,有很长一段时间没有伙伴见到过巴桑,我们还以为他安心在家养伤呢。令人没想到的是,他再次出现我们面前竟是骑马飞奔的情景。那天黄昏,我们放学后正在河边玩闹,一个少年乘着枣红大马从牧村中蹿出来,速度极快地掠过我们身边,向远方落日处驰去。是布仁最先看到并认出的他,目瞪口呆地望着马上的人:巴桑?是巴桑?我们纷纷转头去看,都有点不敢相信自己的眼睛。那是布仁第一次叫巴桑的名字。等巴桑跑了一大圈回来,我们都盯着他的身下瞧,可那里根本没有什么绳索,巴桑是端坐在马鞍上的,那团肉瘤被他像鱼尾巴似的翘在前鞍桥上。接着,我们又被另一个发现所惊奇——他的马鞍上没有马镫,那下面空空荡荡!事实上,他要马镫也没有用处,马奔跑起来,上下晃荡应该十分碍事。可要知道的是,我们这些十几岁的孩子攀上马背不仅依靠腿和马镫,有时甚至还需要手抓套马杆来帮忙。

布仁冲他喊：咳，别告诉我是挂拐都站不稳的斯琴老额吉把你扶上马背的！

巴桑用眼角光俯视了一眼布仁，然后大声告诉我们：是阿爸，我的阿爸！

他这么说可不得了，谁都知道巴桑的阿爸死了，那个好骑手死了，虽然我们牧村有如是传统，男孩第一次上马都要由自己的阿爸亲自扶上马背，可是一个死去的人怎么会做到这一点，很明显是巴桑在说谎。

你确定是你那个死去的阿爸？布仁问。

巴桑使劲点点头，没容布仁再追问，他已掉转马头疾驰而去了。

三

我听呼德尔讲述这些时，怎么也与车后的溺水者联系不到一起，仿佛在听别人的故事。是啊，在呼德尔的口中，巴桑那么鲜活，而死者那么冰冷。车快没油了，好不容易找到一个乡村加油站，我赶忙将车加满，顺便问下女加油工——到辽阳还有多远。女加油工看了我一眼：大哥，你走错方向了，这条路去往丹东。我一惊，三岔口的路牌明明写着大石桥，怎么会拐到这条路上，这意味着我们从西海岸跑到东海岸去了。我朝雪地上呸了几口，感到晦气得很。上得车来，我狠砸了下方向盘，不得不掉转车头，一边向呼德尔求证。呼德尔说，他也记得路牌上写的是大石桥……好吧，本来大雪封路，又走出几十公里冤枉道。

情绪所致，我不再顾及冰雪路面，放快了行驶速度，心里赌气地默念：管它什么邪，我可不相信。

呼德尔显然有着很强的表述欲。

知道达里蒙古语是什么意思吗？呼德尔说。加满油后，车厢内弥漫着汽油味,他将车窗摇下缝隙,透了透空气。

你说的是巴桑父亲的名字?

是的,没等我回答,他便公布了答案:是大海的意思。

这有什么含义吗?我问。

没有,呼德尔说:但它对巴桑具有着非凡的意义。他父亲死去时,巴桑太小了,他根本不记得父亲长什么样。在乡邻的描述中,达里少年时就曾获得过十个牧业生产队的赛马冠军,长大后更有着高高的个头,强壮得像头牤牛似的体魄,而且能吃能喝,放牧、套马、摔跤样样在行。直到达里死去很久,牧村遇到什么棘手的事儿,还有人在说:要是达里活着就好了。相比之下,巴桑是那么弱小、残疾,人们都不敢相信他是达里的儿子。每当牧村人说起父亲,巴桑都会睁大憧憬的眼睛,听得心驰神往。

那天一大早,巴桑敲开了我家的门,紧张兮兮地附耳对我说:昨晚达里来看望我了。这话让我一惊。为了证明这是真的,巴桑特意拿来了佐证:一枚海螺。这是达里给我留下的,他还摸了我的头,夸我骑马骑得好呢。他还说什么了吗?我接过那枚残破的海螺看了看,心惊肉跳之余,感觉好像在哪儿见过。他没说什么,就转身走去了。我问他,你要去哪儿?你猜他怎么说?巴桑顿了一下,他说他要去寻找大海……我噢了一声:他为什么要去寻找大海?我也不知道,大海是世界上最广阔的地方吗?应该是,我说。巴桑把那枚海螺放在耳边听了一会儿,然后迫不及待地递给我:你听,里边好像有人在喊:巴——桑——巴——桑——我接过来贴在耳旁,却什么也没有听见……

巴桑坚信父亲为他做的一切,第二天他就把海螺串起来挂在了脖子上。不过,布仁可不会轻易被哄骗,那时他的父亲已经当上了牧村的村长,这使得他更加耀武扬威。一天傍晚,布仁与几个伙伴抓到了巴桑,让他交代到底是谁扶他上马背的……布仁手里拿着马粪球，让昂沁（村会计的儿子）和另一个帮凶按住巴桑的胳膊和脑袋，说：你要是再敢撒谎，我就把马粪塞你嘴里，说，到底是谁？巴桑从眼里吐着火舌：是我阿爸！布仁给了他一个嘴巴：那是个死人，你骗不了我们！是我阿爸！就是我阿爸！你想让我们把达里从坟墓里挖出来给你看吗？不，我阿爸他没有死，他去寻找大海了！胡说，昨天我们都找到埋葬达里的那块草地了！不，达里没有死，我的阿爸没有死！巴桑拿出宁死不屈的劲头。

布仁命令帮凶掰开巴桑的嘴，一边喊着：这是你自找的！我们要堵上你这张撒谎的嘴……

其实我是知道实情的，可懦弱的性格让我保持了沉默，我真不配做巴桑的好朋友。就在这时，我的小妹妹阿丽玛冲到布仁他们身边：你们放过他吧，我知道他是怎么上的马背，是我哥哥亲眼看到的……所有孩子都转头看阿丽玛和我，巴桑的头此时已被昂沁踩在地上，布仁一副狞笑的样子：不用你们说我也能猜到，是不是像矮猪那样攀着墙头，或者是搬来他家最高的梯子和板凳，爬上去的？伙伴们捧着肚皮哈哈大笑了，在我们的乡俗里，这样的笑话是形容最没用的人。不，那不是事实，我终于站了出来，对他们说：恰恰相反，巴桑比我们都勇敢，他，他是拽着马尾巴上的马背……

布仁定定地望着我的眼睛：你也学会了撒谎！不，这是真的，我可以对着长生天发誓……我的手心里全是汗水。布仁这才丢掉了手里的马粪球，小帮凶们也放开了手，大家都知道，只有最厉害的骑手才会抓马尾巴上马的。走吧，有腿有脚的咱们踢足球去，布仁领着兵马悻悻然地走向不远处的足球场。

巴桑坐起身来，抓起那几颗马粪使劲向他们的背影抛去：不，是我的阿爸，扶我上马的，就是达里……他怒骂着：你们这些混蛋……

那次，所有小伙伴算是领教了巴桑的倔强，而阿丽玛似乎对巴桑有了特殊的好感……

巴桑的马术可是越来越棒了，甚至超过了我们所有的伙伴。他只靠双手，就可以在马背上闪转腾挪，上下翻飞，像做体操鞍马那样，把整个牧村都惊讶到了。对此，布仁相当不服气，作为孩子王，他不仅有过硬的拳头，更有拔尖的性格。他给巴桑下了挑战书，并用一串精美的马铃铛当赌注，他输了即时奉上，他赢了，巴桑将喝一碗马尿。我劝巴桑不要应战，巴桑却握紧了拳头，说：我倒是想和他比试比试……

那次，他俩赛的是平地抓羊。我暗暗为巴桑捏着一把汗，只有为他祈祷的份儿。随着一声口哨响，两匹马扬尘而去。布仁先抵达目标，他一个鹞子翻身，单腿蹬着马镫，俯身下去，准确无误提走了地上的羊头。叫好声一片。再看没有双腿的巴桑，这个动作对他来讲本身就不公平，他像猿猴那样一手攀住马鞍，凭着一臂之力探身而下，可试了几试都没能够到地面，毕竟他还是十三四岁的孩子，臂长不足……枣红马此时已飞身掠过目标，奇迹没有发生……那一碗马尿是昂沁给接的，满满当当一大碗，浊黄色的液体还冒着热气。巴桑闭上眼睛，一手掐着鼻子，咕咚咕咚喝掉一半的时候，就呛出鼻涕眼泪，一股脑呕吐出来，直吐得昏天黑地……

不过，这不是最后的结局。我要说的是，就在两个月之后，巴桑终于赢得了布仁，这回他是单手抓着马肚带拾走的一小根羊骨棒，布仁看完巴桑完成的动作，他连马缰绳都没碰一下，直接放弃了。不过出人意料的是，巴桑并没有要布仁那串马铃铛，他只低头去看布仁身后那几条牧羊犬，其中一条正趴在地上舔舐后腿上的伤口。那条狗是在布仁领导的一次追击野猪群时受了重伤，后腿被一头公猪给咬断了，外皮的伤口还没愈合呢。

巴桑指了指那条残狗：我不要你的马铃铛，我想要它。

布仁惊诧了，瞧了半天巴桑：你确定要的是这条，而不是那条？

巴桑点点头。

可别反悔。

巴桑摇了摇头。

布仁也晃了晃脑袋，重把马铃铛戴在自家的马脖子上，踢了四眼狗一脚：真是物以类聚啊，去吧，去找你的新主人去吧。

从那以后，没腿的巴桑就和三条腿的牧羊犬形影不离地走在一起了，远远看他俩走路的样子，一个一耸一耸地前移，一个一蹦一蹦地随后，着实有几分滑稽，可巴桑毫不在意。

后来我曾好奇问过巴桑，为什么偏偏选中了这条没用了的狗。巴桑彼时正在悉心地为牧羊犬包扎伤口，清洗皮毛，他眼里流淌着爱惜不已的光，一句话也没说……

好景不长，有一天，斯琴老额吉拄着拐棍颤颤巍巍找到我家，问我看到巴桑没有，巴桑失踪了。牧村人找遍了远远近近的草地，也不见他的踪影。人们怀疑是不是布仁他们搞的什么鬼。布仁的父亲找到他那个到处惹祸的儿子，拿了马鞭子让他说出巴桑的下落。布仁扭曲着脸说，这不是他干的，他根本不知道巴桑去哪儿了。挨了几马鞭之后，他还是矢口否认。后来我提醒大人们：巴桑没准去找他的父亲了。达里？人们惊诧着。他曾经和我说过，他的父亲住在大海里，他要去找父亲……可是整个蒙古草原都在内陆，哪里有什么大海。牧村人只把我的话当作小孩子的胡言，说什么也不肯相信。就在这时，与巴桑一起失踪的三条腿牧羊犬独自回来了，浑身邋遢，肮脏不堪，主人却生死不明。几个骑手跨上马背,让牧羊犬领路,发现巴桑是沿着村旁那条哈拉哈河一路行去的。

骑手们从罕达盖出发,直奔哈拉哈河下游而去,但河水在中段时流入蒙古国去了,直到额布都格附近才折返回来。几个男人从早到晚走了百余公里,来到河流的终点,那个叫作贝尔的浩大湖泊,芦苇摇曳,湖鸥在水面飞翔……人们在一处破烂的鱼窝铺里找到了巴桑,他头敷毛巾浑身发烫,脸黑得像木炭一样。是这家打鱼人救起的他,当时他趴在湖岸边奄奄一息,打鱼人还以为那是一条搁浅在岸被晒干了的黑鱼呢。鱼窝铺的主人后来跟牧村的骑手们说:这个小家伙别看残疾,可有毅力着呢,他就靠着双手一直走到这个湖边的。打鱼人发现晕倒的巴桑时,他的掌心和手中的石块已被血痂黏合在一起,分不开了。沿途虽然有河水解渴,可巴桑带的干粮和炒米很快吃光了,没有什么食物可吃,几天里,他只在浅滩里徒手捉到几条小鱼小虾,采一些可以食用的花果野菜,和牧羊犬一起充饥。夏日头顶炙热的太阳没有把他烤焦,铺天盖地的蚊虫也没把他吃掉,这对于一个十多岁的孩子而言,不能不说是个奇迹。

四

……晦气的事情接连不断。我和呼德尔从错路上返回,走了近一个时辰,就要折回大石桥时,路面上毫无征兆地突显出一个大冰包,我躲闪不及,面包车猛地侧滑,直接扎到路基下面去了……我惊出一身冷汗,万幸车子没翻,呼德尔也无大碍,只是头撞到前挡玻璃,擦破点皮……

天色阴沉,冷风呜呜咽咽。我下车查看车胎,呼德尔问:车子还能爬上去吗?我瞧了瞧路基的坡度,没有言语。事出蹊跷,已不是路途不顺了。重新发动汽车，加大马力，却总是在接近路面时卡顿在那里。我取了铁锹，平复了车轮前的障碍，还是无用。没辙，只好回到车内，等待拦截过路车救援。

因心里忐忑，我借机检查了下后面的冷冻箱，没有发现什么异样，回头问呼德尔：你相信人有鬼魂吗？

当然，呼德尔肯定地说：按萨满的教义——万物有灵。

那么，巴桑也一定有灵魂……我们拉他回家，他应该是高兴的，不会为难我们，对不对？

是啊，没有谁比巴桑更善良了。呼德尔一副认真的表情。

两个人上了车，呼德尔又接续前言：说到鬼魂，牧村人说，是达里的魂灵附到巴桑的身上了。他那次从湖边被骑手们带回来，一直在高烧中昏睡，幼小的他误把那片湖泊当作了大海，他在颠簸的马背上还一直以为是达里驾着小舟带他在大海里漂泊呢。直到醒来，他还冲着人们喊：放开我，我要去找达里，找我的阿爸……

我和阿丽玛去看望他，他躺在床上，没有我们想象中那样憔悴，相反，眼睛像星星般晶亮。

阿丽玛见到巴桑忽然有了几分羞涩，始终站在我的身后。

为了安慰巴桑，我问东问西。三个青涩少年那天说了很多的话，我们还谈到了理想。

我说，我长大了要当老师，站在讲台上，拿着一根粉笔在黑板上画来画去，然后随便叫起哪个学生，让他回答问题，多威风。

阿丽玛说，她要当一名医生，给所有人看病。

轮到巴桑，他思量了一会儿，说：我要去看大海，我要走遍全世界。

这个想法让我和妹妹感到吃惊，一个没有腿的人要走遍全世界，无异于痴人说梦。可巴桑却一副斩钉截铁的样子，他说，他就要走遍全世界。

多年以后，巴桑长大成人，有了父亲般健硕的上肢、宽阔的胸脯。也就在那个时候，出落成一朵萨日朗花般的妹妹真正爱上了这个残疾的人，那该是巴桑用自己的坚毅征服了阿丽玛。这件事遭到了我家人的反对，原因明摆着，我从中做过和事佬，但无济于事。同时追求妹妹的还有村会计的儿子昂沁。

那次，昂沁约了巴桑，俩人在村旁的红柳茅子里见面。巴桑还以为昂沁要与他决斗，但是没有，昂沁只说了以下恶毒的话：你没有资格和我争阿丽玛，你能给阿丽玛什么？给她幸福吗？你连自己都照顾不了！再有，别崇拜你的阿爸了，他就是个酒鬼！整个牧村都知道他是怎么死的，他是因为喝醉了酒才被风雪冻死的，你也想像你阿爸那样做个酒鬼吗？

你胡说……

可以想见巴桑当时的震惊与羞辱，他发了疯似的冲过去，拦腰将昂沁摔倒在地，可巴桑毕竟没有双腿，他按压不住身强力壮的昂沁，几个滚打下来，昂沁就处于了上风，他骑在巴桑身上，若不是那条三条腿的老牧羊犬冲着昂沁狂吠，把他从主人的身上撕扯下来，巴桑肯定会吃亏。

其实，昂沁不必这么做，巴桑强烈的自尊心也会让他远离阿丽玛。事实上，他俩也从未真正走近。我见过俩人最亲近的一幕，也仅此一次。那是在巴桑家的牧草地，我当时正帮巴桑家打秋草，那会儿还没有什么打草机，一切都得靠体力，那是牧业生产里最重的体力活儿，打草季节需要邻里相互帮助才可完成。巴桑别看矮人一截，但他的臂力出众，挥舞起钐刀并不落后于我。临到中午，我俩精疲力尽，饥渴难耐，这个时候，阿丽玛骑着马儿从远处快速奔来，原来是给我俩送新熬的奶茶和大米肉粥的，还有一口袋果子奶干，那是她和斯琴老额吉亲手做的。打草地距离补给站的夏营地要十几公里，每次斯琴老额吉慢悠悠地骑马来到时，我和巴桑肚子都快饿瘪了。

阿丽玛的到来让我们惊喜，特别是巴桑，两只眼睛都放光呢，那是渴慕爱情见到心上人才有的光泽。整个中午真是愉快极了，我们三个人吃得肚皮鼓鼓，在无遮无挡的太阳下边晒着秋阳。四野苍茫，堆满一捆捆的草垛，仿佛大地上散落的星盏。阿丽玛性格活泼，望着秋风瑟瑟的起伏跌宕的草原，禁不住唱起了歌来：

老哈河水长又长，岸边的稻花起波浪
美丽的姑娘诺恩吉雅，出嫁到了遥远的地方……

那是一首忧伤的科尔沁民歌，不过因了年轻人在一起的欢愉和喜悦，我们并没有品觉出苦涩。阿丽玛唱罢，巴桑背靠草垛也唱起了民歌《达那巴拉》，然后是我唱……在草地长大的孩子，每个人的口袋里都装满了长调短歌。那天下午我们放弃了劳作，无意中给自己安排了一个轻松自在、无所事事的秋假，我们也不必给偷懒找到什么理由，只是尽情地享用这份青春时光。歌子一首接着一首，你方唱罢我方唱，没有谦让，毫不停歇。直到夕阳西斜，直到落日沉沦，暮色清澈，长庚星在山冈上眨起眼睛……阿丽玛的歌声那么嘹亮，悠扬，像猎猎飞舞的缎子在晚风中飘荡，飘到远山，飘到天边，又折返回来，缠绕在我们的耳畔。有那么一瞬，巴桑无缘由地哭了，他的两只手因为握刀柄久了，已粗糙僵硬得合拢不来，他就用这叉开着的十指捂着脸，泪水却从指缝里泉涌而出。那会儿，我知趣地离开了。夜幕中，阿丽玛拥住巴桑，两个人久久地拥抱在一起……

五

阿丽玛和巴桑之间的爱情，阿丽玛一直占主动，巴桑后来就拒而不见她了，无论我妹妹怎样发了疯似的爱他，他只四处躲避，铁了心肠。连我后来都心疼妹妹了。那时，阿丽玛满世界寻找他不见，怎么敲门都无应答。忧伤欲绝的阿丽玛独自乘马飞奔，泪水好似迎面的簌簌细雨。我当时想，那是巴桑的自卑心理作祟，因为自己的残疾，他觉得配不上阿丽玛，虽然他深爱着她，可巴桑从来都不是一个自私的人，他想的该是让阿丽玛找到更健康的男人，找到属于她的幸福。我的揣测不会有错。不过，巴桑讳莫如深的真正隐私，直到昨天晚上大个子船长和我说起，我才知其真相……

就在那个秋天，与巴桑相依为命的斯琴老额吉去世了，只把那串磨得熠熠发光的菩提子佛珠留给了他。巴桑将老额吉埋在了夏营地的向阳坡上，再将事先挖下的草皮一点一点恢复原样，那是草地蒙古人的丧葬方式，斯琴老额吉就了无痕迹地归于大地了。说来奇怪，斯琴老额吉去后，那两条蛇也相继不见了踪影，仿佛它俩只为陪伴这位菩萨般的老人，老人走了，它俩也无意驻留。

斯琴额吉去世后的几天，或许是为了消解内心的悲恸，巴桑又一次沿着哈拉哈河而去，不过这次他却是逆流而上，那里有我们小时候到过的山洞，那是他心中的大海所在。他没有带那条三腿牧羊犬，后者已老得迈不动步了。

当巴桑凭借记忆，满身泥土终于找到那片石塘林时，眼前的山洞已荡然无存，它变成了一片杂乱不堪的采石场，据说这里发现了玉石……巴桑雄狮一样蓬乱着头发，古铜色的身体泛着层层汗渍，他望着夕阳之下的这片乱石堆，感到自己受了莫大的欺骗，连长生天都在骗他。他发了疯似的驾着自制滑车在怪石塘里横冲直撞，直到遍体鳞伤，冲着远方嘶吼，愤骂：达里你在哪儿？大海你在哪儿，妈的……

回到牧村的巴桑疲惫不堪，比落日还要沉默。昂沁的诅咒似乎灵验了，巴桑从此一蹶不振，正值叛逆年龄的他开始酗酒，每日喝得烂醉。一次，他酒后瘫在街头的烂泥里，瓢泼的大雨都淋不醒他。阿丽玛闻讯跑来，却被巴桑使劲推搡开：你走！你走！阿丽玛跌坐在地，雨水兜头，浑身湿透，痛哭流涕：巴桑，没想到你会变成这样……

昂沁也没得逞，我的妹妹后来远嫁他乡，离开了这个令她伤心之地。

阿丽玛出嫁那天，唯一陪伴巴桑的牧羊犬卧在荒草间再没醒来，巴桑把它埋在自家院子里，让它的头冲着黄泥土房，然后一个人骑着马向夏营地走去。在那里他住了好长一段时间，据见到他的人说，他天天对着草原和落日发呆，跟谁都不说一句话。

要不是一个马戏团路过我们村落，巴桑的命运或许会和他父亲一样，最终只能死在酒上。那个夏日，两辆大卡车尘土飞扬地来到了村外的草地，一班花花绿绿的异乡人从卡车上卸下好多大铁笼，里边装着老虎、蟒蛇、黑熊、猴子、鹦鹉，还有几匹高头大马。草地上破天荒地搭起偌大的帐篷，几十里地的牧村人都闻讯赶来，异乡人守着门和长廊贩卖门票以及各种稀奇古怪的东西。巴桑的门票是我给买的，他一边提着酒瓶子，一边毫无顾忌地滑到人群最前面，与一群少年追捧着小丑，好像他也是个不知廉耻的孩子。几个少年捉弄他，他划着破烂平板车追撵他们，冲他们高声叫嚷。

……轮到那几匹白马上场，表演马术的人在两匹马之间跳来跳去，可他的骑技着实不怎么样，两匹马相错稍远，他像蛤蟆那样纵身一跃，一口啃到了马屁股上，受惊的马尥了两个蹶子，把他掀下了马背。牧民们开始低声议论，这把式还不抵巴桑呢！是啊，巴桑可比他强着呢。于是，人们异口同声地呼喊起来：巴桑！巴桑……此时，人群前面的巴桑正提着酒瓶醉眼蒙眬呢。

　　马戏刚结束，那位穿西装的大腹便便的经理向巴桑走过来。观众大多散去，巴桑应邀走上舞台，几匹马被重新驱赶出来，巴桑把酒瓶子丢在一旁，拽着马尾巴上了马背……

　　对巴桑的骑术毋庸多虑，仅仅几个动作，大肚子经理已惊叹不已，等巴桑一下马，他便急不可耐了。巴桑那会儿还未醒酒，对这个陌生人的提问——譬如是否愿意加入他的团队，可不可以接受训练按马戏团的要求做表演等等，他仿佛没有听懂，眼睛直愣愣如置梦中。后来是这些乡亲替他做了主，拿起他的手指在两张合同纸上按了手印。巴桑就这样决定跟马戏团走了，消息轰动了整个牧村。

　　那天晚上，布仁来找我，从车上卸下来一个崭新的轮椅，对我说：帮我把这个给巴桑吧，以你的名义……我接过这个亮闪闪的铁东西，布仁猛吸几口烟卷：说我送的他会拒绝，明白吗？我领会了，冲他点点头。让巴桑体面地走吧，我亏欠他的不止一个轮椅……布仁说。

六

　　我在路上拦截到一台越野，终于将面包车拉出了泥沼。此时天色渐晚，这一天的行程还没走出三百公里，我心下焦急，加紧赶路。过了大石桥已是黄昏，异乡的旷野却有种说不出的阴森，令人惴惴不安……

一辆屁股冒着黑烟的大货车却挡在了前面，车速缓慢，而这条乡村公路只够一辆车通过，无法错车。我不得不耐住性子，嗅着它放出的臭屁跟在后边。眼见着大货车钻进前方的桥洞，竟在一团浓烟中戛然而止了，正正好好把洞口堵个严实。司机慌忙跳下车来，抱歉地告诉我们，发动机抱瓦了……

我对呼德尔做了个无可奈何的表情：真是见鬼！呼德尔摇了摇头。这回无路可走了，只能后退到镇郊。此时天色已黑，我俩不得不找个旅店住下。呼德尔安慰我：事已至此，不如哥俩喝两盅去。

我心烦意乱，也想喝点什么。一路上的聊天，让两个萍水相逢的人拉近了距离。找了家小馆子坐下，不一会儿便有了酒意。呼德尔重拾话题：

……巴桑走之后，整个牧村里，他唯独和我联系。不久，我接到了他的来信，里边附着他在马背上的演出照片。巴桑虽然只读到中学，却很有文采，字迹也不潦草。因为是他第一次写给我的信，所以我记得清清楚楚：

呼德尔：我的好朋友，见字如面。我来马戏团一切都好，现在我开始驾驭四匹马了，人们都叫我铁臂人巴桑。我们去周游各地，甚至还去了朝鲜，见到了很多过去没有见过的人和事。我已戒酒，每天和喜爱的马在一起，我很快乐。感谢你送给我的轮椅，它真漂亮，我从此不再矮人一截。在你收到这封信时，我们又要去南方演出了，所以不要给我回信，有空闲我会写给你的。

想念你的巴桑
1996 年某日

那张照片被整个牧村传了个遍。

我没记错的话，大概有三四年的时间，铁臂人巴桑一直待在那个马戏团里，那时，他给我写信很频繁，都是介绍他在全国各地的所见所闻。每次来信，我都读给关心他的人们。可后来有一年多的时间，巴桑不再来信了，这让我好生奇怪。他的信件已成为我生活的一部分……很久以后巴桑才告诉我，那是因为他已辞去了马戏团的工作。

原因出自一匹叫作班克的老马，这匹马在马戏团服役了差不多十年，腿脚大不如前。那次他们在河北某地演出，巴桑驾马表演，在跳跃障碍时，班克犯了错误，前腿没有跨过路障，一个前倾绊倒在地，折了一条前肢。

兽医察看了班克的伤势，对大肚子经理摇了摇头，意思是这匹马不顶用了。经理瞅了瞅巴桑的脸色，后者追上兽医，哀求：王兽医，这匹马没问题的，求你帮帮忙，把它的腿骨接上。王兽医低头瞥他一眼，一口河北腔：啥？你这是啥话来？我要是能接上还犯得上求啥？巴桑还想说些什么，兽医已被大肚子经理扶着肩膀走出了马厩。

为照顾受伤的班克，那一晚巴桑几乎没有合眼，他亲自为它消毒伤口，买来绷带缠裹骨折之处，喂它平时最爱吃的饲料，一遍又一遍地刮刷毛皮，尽可能地给班克以安慰。自从巴桑来到这个马戏团，这几匹马就成了他朝夕相处的伙伴，最忠诚的搭档。他对马儿情同手足，自己舍不得吃的都喂给马儿吃，照顾它们比照顾自己还要仔细，所以马儿就对他俯首帖耳，与他亲密无间。这在舞台上表演时就能看得出来，他和它们配合得是那么和谐流畅，天衣无缝。每次巴桑的马戏都是整个节目里最高潮的部分，每次都会赢得最多的掌声。可如今，班克要掉队了，作为战友般的伙伴，巴桑哪里舍得。

临到清晨，巴桑小睡了一会儿，没等第一缕阳光探进窗子，他就一骨碌爬起来，赶忙提了清水去饮班克。等他来到马厩，却不见了班克的踪影，四处寻找，大声吆喝，打扫圈舍的老师傅停下扫帚，和他说：你是在找班克吧？一早上就被带走啦，经理让人拿到马市上去了。巴桑闻言大惊，忙不迭地跨马追去。

后来巴桑在信中对自己大加责备，早不睡晚不睡，悔不该就那个时辰睡了觉……那个大肚子经理怕卖掉班克使巴桑难过，因而特意背着他，隐瞒他，这个好意连佛祖都不能原谅。等到巴桑来到马市为时已晚，班克已变成了一堆马肉，一堆头蹄下水……

我能想象到巴桑当时的悲痛，他蹲坐在街头大哭失声，差点呕吐出肠胃……巴桑后来从马贩子那里花大价钱买下了班克的马皮，马贩子看出他对这匹马的感情，便敲了他的竹杠，巴桑连价都没还。那带着班克气息和鲜血的马皮，被他一直带在身边，无论他走到哪里……

巴桑就此离开了马戏团，任凭大肚子经理怎么挽留，他头也不回地走了。

那是一个秋日，巴桑的信件又来了，我迫不及待地打开信封，里面掉出一打照片：巴桑站在巨大的远洋捕鱼船上，正置身大海之中。

呼德尔：你读这封信的时候，我已经乘坐远洋捕鱼船去往太平洋捕鱼了。你一定会很惊讶，我何以做这个选择，那是因为我心中一直有一片大海。还记得小时候，我俩一起去山洞里听海的涛声吗……我在马戏团赚了些钱，找了一家海洋学校，现在已实习期满，我拿到了海员证……祝贺我吧，呼德尔，我就要出发了，未来七个月时间，我会一直在这艘大船上……

你不知道读这封信时我有多么激动，巴桑的梦想实现了，他终于看到真正的大海了……我举着信札向牧村奔跑，想让每一个人知道：一个牧村长大的没有双脚的孩子，他的足迹能走多远……

七

说到这儿的时候，呼德尔热泪盈眶了……作为听众，我也为巴桑所动。两个人一时无语。不知怎的，我忽然觉得巴桑对我不再是个陌生人，好像是我的老相识那样，并且对他肃然起敬。

那次远航作业，他们是去捕钓鱿鱼，光行程就需要五十多天，穿越整个南太平洋，最后到达秘鲁、智利和阿根廷的公海。后来巴桑的信总要间隔三两个月才来，那一般都是他来到了岸上。那些信件穿起了他在海上的生活，我这才知道，其实巴桑远洋捕鱼并没有我们想象得那么光鲜，包括他应聘这份工作都很不容易。因为没有双腿，很多渔船公司都把他拒之门外，后来就是那位山东籍船长慧眼识珠，发现了巴桑满是硬茧的双手，和超于常人的强壮的臂膀。大个子船长开的是一艘秋刀鱼捕捞兼鱿鱼钓船，最主要的作业就是放网和收网、投钩和收钩，渔船上除了甲板和冷冻仓的方寸之地，需要双脚的时候不多。巴桑这才有幸踏上渔轮。

第一次出海，渔船离开陆地向大海驶去时，巴桑的心情可想而知。随着海水越来越深邃、幽蓝，船身也随着海浪一刻不停地起伏，巴桑没想到自己会晕船晕得那么厉害，他呕吐不止，头痛欲裂，接连吐了两天，把胆汁都吐出来了。六月天气已十分炎热，在海上，明晃晃的太阳直射在无遮无挡的渔船上，加之噪音轰鸣的柴油发动机连续运转，整个船舱热气蒸腾，简直能把人烤熟。巴桑虽然初次下海，不过他很快就融入这大海的颠簸了。他在信中说：还记得你说过的在马背上的感觉吗？你说骑马就像在大海里行舟……现在我真实体会到这种感觉了。

船员住宿舱狭窄而潮湿。住在巴桑对铺的是条精瘦的南方汉子，他可真是只老海鹰了，在渔船上蹲了二十几年，被海风吹成了肉干的黑红色，整天龟缩着脖子，驼着背，沉默寡言，一双鹰眼却滴溜溜地转。人们管他叫"大黑牙"，源于他的一口黑不溜秋的牙齿，都像炭棒那样支着，而且站立不稳四下晃动，缝隙大得可以塞进一条小鱼，令他吃什么都不香甜。老单身汉带着一堆A片，一得闲就窝在被子里瞧录像，哎哎呀呀的叫声让巴桑好不烦恼。看到兴起，他便满脸窃笑用手势招呼其他船员分享，大家都伸着脖子凑过去，巴桑索性用衣服蒙住头脸。

别的船员是为了谋生，巴桑却是为了热爱大海。他适应着渔船上的一切，包括漫长航线上的无聊和寂寞。而他也确是一名体力超凡、精力充沛的船员，能胜任渔船上的所有工种。

长期繁重的体力劳动过后，他们会获得短暂的假期，那是渔船在沿海港口修整或补给期间。那些寂寞过久的老船员会带着巴桑到岸上，教他怎样在各种肤色的女人身上花掉美元，可巴桑对此似乎没有一点兴趣，相反他总是游荡于街头巷尾，把他的钱大把大把地撒给那些身有残疾的乞讨者，和他们连比画带英语地说上一阵儿，为此，他还一知半解地学会了很多国家的语言。为什么只施舍给残障人？原因不言自明。

近七个月的钓猎鱿鱼过后，巴桑又会去往北太平洋上捕捞秋刀鱼。就这样循环往复……

还是说说四年前春季那次去白令海峡吧。那次，他们的渔船穿过日本海，航行至海参崴时，船上的制冷压缩机坏了，不得不耽搁几天，就近停靠港口修理。正是这个偶尔的时机，让巴桑邂逅了那个来自图瓦的女孩——杉蔻。当时她正在街头售卖楚吾尔（乐器）和口弦琴。

后来，巴桑在给我的信中说：知道我第一次见到那个女孩的感觉吗？我的心就像被秋刀鱼咬到了那样疼。她用楚吾尔吹出各种奇妙的音乐，里边有马嘶、鹿鸣、鸟叫，甚至还有大海的声音。而且她还会弹拨口弦琴……杉蔻会说蒙古语和俄语，也会点中国话。我求她帮我挑一只楚吾尔，让她教我吹奏……

能读出巴桑那次出海的愉悦心情，连信中的大海都变得"清澈见底，无限碧蓝，成群的鱼儿在海底来往巡游，海狗在海面窜来窜去……"

巴桑那次捕鱼，意外地在渔网里拾到了一枚浅蓝色珍珠，它掩藏在一只褶纹冠蚌里面，有小拇指甲大小的珍珠，船工们都说他发财了。巴桑把它捧在手心里，却另有打算……等两个月后返航时，巴桑找到船长，请求渔船途径海参崴时歇一歇。船长明了其意，哈哈大笑着拍了拍巴桑的肩膀。

歇脚的那天，该是巴桑一生中最快乐的一天……

你见过那个女孩的照片吗？我举起酒杯和呼德尔共饮。

他俩一开始相恋，巴桑就给我寄过杉蔻的生活照：乌红色的高高的颧骨，两只细小的眼睛，其中一只被柔顺的长发遮住，鼻梁上长着雀斑，不过她笑起来的样子真好看，牙齿整整齐齐，雪白如玉，纯净的眼神像三个月大的小鹿……

巴桑在信中说：看她的照片，你肯定觉得眼熟，她不知哪儿长得很像阿丽玛……说实话，这一点我早看出来了，她俩不知哪儿有点神似。巴桑很少提杉蔻的身世，所以我对她所知甚少，只晓得她的年龄大概比巴桑小十几岁。如此而已。

后来，巴桑说他每当休假都会去往海参崴，在那里和图瓦女孩长相厮守一阵儿，直到签证结束。在远东的海滨港口，白天，俩人一起去街头摆摊卖乐器，夜晚，巴桑躺在杉蔻的怀里，就像小时候躺在斯琴老额吉的怀里。巴桑说，杉蔻身上有种熟悉的无法言说的味道，那应该是他未曾谋面的母亲的。

还有更重要的事儿要说呢，接下来的几年里，杉蔻几乎一年给他生一个孩子，五年下来竟然生下了五个……

嚯，好家伙！我感叹道。

是啊，没想到巴桑枪法这么棒，弹无虚发，简直百发百中呵，呼德尔咧嘴乐一乐，露出雪白的牙齿。

他没想留在俄罗斯吗？我问。

嗯，他肯定想过，呼德尔说：只要杉蔻答应嫁给他，他就可以获得俄罗斯的永久居留权……可是，为了养活这一堆孩子，巴桑只有拼命工作，他恨不得天天待在海上。

所以两个人只能聚了散，来了又走。不过，一个浪荡子终于有了牵挂，就像一只四处飘荡的风筝，终于有了一根线作为牵扯。巴桑信中和我说：我爱他们，他们就是我的一切，我要赚更多的钱，让他们像公主和王子一样幸福……

是的，巴桑这几年出海更加频繁而漫长，把赚来的钱都汇给杉蔻。而他再寄给我的信中总是在不厌其烦地描述他休假时与杉蔻和孩子们相聚的情形，通过他的信件，我能想象到那种幸福时刻：杉蔻家灰色屋顶的木刻楞前，高大的秋千上，街巷里，鸽群中，大海边，到处是他们一大家子浪漫而温馨的嬉戏画面……特别是他最小的儿子，刚刚蹒跚学步，巴桑给他起了一个雄伟的名字，叫作扎那，蒙古语意为大象，他把扎那举过头顶，置于七彩的光环中，那种开怀大笑的样子，令人为之欣喜，为之感动……这些都是我能想象到的，不过令我奇怪的是，巴桑从没有寄给我他们的全家福，这一点不像他的性格，我写信提醒过他，却总是被他忘记了。

八

那次，巴桑在海上出事，差点把他和杉蔻的幸福葬送了……

他们的渔船从西太平洋向南行进，路过菲律宾的达沃港，渔船休整的间隙，巴桑干了一件蠢事，他把一个七八岁的乞讨男童带到了船上。没人知道他是怎么避开大家眼睛的。那是个天生的畸形儿，皮包骨头，只会爬行，可这会儿连爬行的气力都没有了，浑身滚烫，病得要死。巴桑把他像病猫一样藏起来，直到渔船离港。纸包不住火，率先发现男童的是船工宿舍里的人，他被裹卷在巴桑的被子里，露出两只臭球般惨白的眼睛，干裂的嘴巴里仿佛只剩下了一口气。船工"大黑牙"那会儿扭动着脖子，发现怪物一样嘎叫了一声。

事情败露了，高个子船长叫走了巴桑，表情严肃地问他，到底是怎么回事。巴桑沉默了半天，说了一句话：我看他要活不成了，所以想救救他。胡闹！你这么做是帮他偷渡，是要犯法的！船长在甲板上来回踱步，捏着下巴想了许久，对巴桑说：你给我出了个大难题，我总不能让人把他丢进大海里去！眼下只有一个方法，你让所有的船员帮你保密，我答应你在自己的床铺上养他，等返程回来，你想办法把他再送回去！

船长算网开一面。巴桑悉心有加地照顾着男童，给他喂淡水，敷退热的湿毛巾，擦洗身子，并找来各种退烧的药片，日夜守护在男童的身旁。直到第三天早上，男童睁开的眼睛里有了光亮，用蚊子那么大的声音告诉巴桑，他的名字叫奥古斯汀。

四十余天后，渔船终于返航至科罗尔，站在船舷上就可以望到菲律宾黛青色的马德雷山脉了。男童体力恢复，被巴桑喂养得像条黑泥鳅，整天在床铺上爬上爬下。巴桑教给他蒙古语，让他管自己叫阿爸，向人问好时说：善拜喏。那天傍晚一切如常，巴桑和船工一同在鱼舱里作业，忽然，他似乎听到了什么声音，转头环顾工友，唯独不见了"大黑牙"。不知怎么的，一种不祥的预感让他放下手里的活计，疾身奔向底舱。男童的呼喊声隐约如厉浪，床铺前，"大黑牙"正将他骑在胯下，用毛巾捂住他的嘴巴，而这个老淫棍晃动着黑光光的屁股……巴桑如同一头巨鲸那样冲撞过去，随后暴风骤雨般的拳头倾泻而下……

船长设法把男童重送回到了达沃港的岸上。"大黑牙"的十几颗立棍似的牙齿只剩下右侧的两颗，鼻骨骨折，另外断了两根肋条。他信誓旦旦要告发巴桑。结果渔船一进达沃湾，巴桑就被菲律宾海事局和一群警察带走了。

巴桑涉嫌绑架儿童，"大黑牙"还反咬一口，诬告他猥亵鸡奸奥古斯汀。如果罪名成立，巴桑将面临在菲律宾终身监禁。船长和船员们无不为巴桑叫冤。奥古斯汀因为未满法定年龄，他的证言警察局不予采信。船长找到"大黑牙"，要他摆正良心，"大黑牙"鼻梁上绷着纱布，像极了小丑，他张大空洞洞的嘴巴，敲着他蜡黄的牙床，说：我的牙齿呢？他把我吃饭的家什打掉了！瞧着吧，让巴桑把我的牙齿找回来安上，再把下半辈子的养老钱准备好，对了，还要当着所有船员的面给我赔礼道歉，为我恢复名誉，我就看在船长的面子上，饶他一回。

大个子船长听了，说，你到我身边来下，我有话和你说。

"大黑牙"凑到船长跟前，船长挥拳过去，"大黑牙"硕果仅存的两颗牙也飞溅了出去。

那次多亏了大个子船长，他四处托关系，为巴桑找到了一位华人律师，加上所有船员为巴桑做证。警局没有足够的证据证明巴桑携走奥古斯汀是为了绑拐,涉嫌猥亵鸡奸因为发生在中国渔船上,要由中方警局侦办,巴桑这才得以跟随渔船回国。整个案件,由于新闻媒体介入,引起当地公众的关注。更多市民了解了案情,相信巴桑,站在巴桑的一面。达沃市市长亲自到医院探望奥古斯汀,并在电视上发表演讲,要求慈善机构关注残障儿童的健康,并请孤儿院妥善抚养奥古斯汀。

巴桑他们的渔船从港口起航的一刻,出人意料的,码头上不知什么时候围聚来许多市民,手捧鲜花,为渔船送行。一位白发苍苍的华裔老人向渔船喊着:巴桑先生好人!中国好人!

"大黑牙"没有得逞,所有船员都鄙夷其所作所为,无人理睬他,避之唯恐不及。自讨无趣的"大黑牙"整天缩在床铺上,借骨折之名再不下地,要求船长指派船员轮流伺候他,每天哼哼唧唧,满肚子委屈。

巴桑最后以轻伤害罪,被中国法庭判处六个月监禁。而"大黑牙"则由于被侵害人无法出庭做证,致使他逍遥法外。他后来拿到了巴桑赔偿的钱,用其中的一小部分镶了一口金牙,再和别人说话时,就努力张大嘴巴,故意给人看他嘴里的金光闪闪。

法庭宣判那一刻,巴桑反应强烈,泪流满面,反复呼喊杉蔻和孩子们的名字。船友们知道,那是他在担心妻儿们,没有他的供给,一个母亲很难抚养那么多孩子的。

主审法官同情巴桑,庭下找到大个子船长,语重心长地建议渔船公司,等巴桑出狱是否可以续签劳动合同。船长说自己正有此意,不仅如此,还要在他服刑期间预支一部分薪水作为妻儿的抚养费。

巴桑是我们的老船员了,我们要帮他渡过难关。船长说。

九

呼德尔已有了七分醉意：记得我说过的话吗，有时需要散去山上的云雾，才能看清山顶……

大个子船长信守诺言。六个月后，巴桑出狱，又回到了渔船。巴桑想念杉蔻心切呵，他找到大个子船长，要去白令海峡捕鱼。可渔船刚刚才钓鱿鱼归来。船长当然知道巴桑的心思，权衡再三，终被他打动。这次，大个子船长干脆让巴桑担任渔船的轮机长，此前，后者已做过大副和大管轮。渔船就这样起航出发了……

临行前，巴桑就把这个消息写信告诉了杉蔻，并约定了见面的日期。那天上午，海参崴秋高气爽，港口安谧，大海风平浪静，阳光和暖又柔软，像徐徐落下的金色绸缎，铺洒在蔚蓝的海面。巴桑的渔船如约而至，他在甲板上远远地望到岸上的杉蔻，她一只手抱着儿子扎那，身边围绕着大大小小的孩子们，身着盛装，手捧鲜花，早已等候在那里，此时正向中国渔船挥手致意……那会儿，巴桑要有双腿肯定会蹦起来，他大声呼喊着他们的名字。船长微笑着看着这一切，向巴桑竖了竖拇指……

船一靠岸，巴桑就滑动轮椅冲向了杉蔻，轮椅前后左右系着的大包小裹都是他给他们精心挑选的礼物，所以，你若看到巴桑的样子，还以为是一辆运货车正无人驾驶……

呼德尔说到这儿，停顿了一下，又点燃了一支烟，才继续他的讲述。等大个子船长看清那些孩子，惊讶得嘴巴都合不拢了，那是些怎样的孩子，简直让人不敢相信！他们有的没胳膊，有的没腿，有的眼盲，有的脑瘫，奇形怪状……

我惊讶得差点把一口酒吐到碗里，瞪大眼睛瞅着呼德尔。

是的，没错，那都是些残障孩子，他们都不是巴桑和杉蔻所生，或者是从孤儿院领养的，或者是街头的弃儿……

这就是巴桑所说的——他的孩子们！你能想象到吗？呼德尔说。

我摇了摇头，表示不可思议。

他俩情投意合，立下心愿，要救济抚养残障儿童。这就是巴桑做的，他拼命赚钱，杉蔻舍弃了一切，只为了这份本不该他们做的公益事业。

其实，在收养这些孩子之前，巴桑就开始他的义举了，大个子船长给我看了巴桑留下的一个日记本，那里面记着他多年以前的开支，那时，他就把所有赚到的钱，通过一个慈善机构，都汇给了那些二战负伤的老兵，哪个国家的老兵都有。这个有夹在日记本里的汇款凭据为证。

大个子船长和我探讨了巴桑做这些事情的动因。他还回忆起有一次，他们的渔船在南澳大利亚领海遇到一艘日本捕鲨船，一条条深海刺鲨被捕钓上来，被活生生地割去鲨鱼翅，再抛入大海。鲨鱼因为没有了双臂，只能垂直沉入海底，在海面留下一大片一大片殷红的血浪……

我们船的船员都挤在甲板上看热闹，"大黑牙"更是目不转睛，嘴角露着憨笑。就在这时，人群里传来一声嘶喊，准确地说是一声惨叫，令人毛骨悚然的惨叫，声嘶力竭，把所有人都吓了一跳。声音是巴桑发出来的，他那一刻简直是疯掉了，浑身战栗，痉挛一处，用双手捂住眼睛，那种声音绝对不是人类能发出来的：暴勒嚯——暴勒嚯——暴勒嚯……

暴勒嚯蒙古语里是什么意思？船长问我，我告诉他是——不要！

船长的话把我拉回到遥远的过去，让我想起那个童年时被炮弹炸飞的巴桑。他当时没有昏厥，他眼睁睁看到自己下肢全无，而他的同伴成为了七零八落的肉酱、残肢，甚至草丛里还沾着一摊白花花的脑子。他疯了，发出的就是这样的呼喊，暴勒嚯——暴勒嚯——不停地喊，直到大人们把他包扎起来送到镇上的医院,他也停歇不下来,谁也阻止不了他……那呼喊声甚至很长一段时间都回荡在我们牧村,那是巴桑从每晚的睡梦中发出的,每次都把整个村庄的人喊醒……

船长说那次巴桑好几天都无法工作,蹲在甲板上脸色苍白,止不住地发抖,痛苦的吁喘让他的胸脯像波涛激荡的海浪。

为了一对久别重逢的人儿,大个子船长决定在海参崴多停留一个晚上。巴桑接过杉蔻怀里的男婴,那该就是叫作扎那的小儿子,用胡子扎他的脸蛋,张开大嘴咬他。回过头来,巴桑热情地邀请船长到自己家里做客,船长二话没说,欣然应允。巴桑又和其他孩子们左拥右抱,小家伙又蹦又跳,兴高采烈。这时,船长无意间注意到杉蔻身上的几个细节,她右边的衣袖里空空荡荡,而年轻的脸上,一只眼睛里面仿佛没有瞳孔。

城郊一处破落的木板房就是巴桑和杉蔻的家了。没有高大的秋千,也没有鸽群,院子里是一群肮脏不堪的流浪狗,见到陌生人围过来吠叫,杉蔻向它们温柔地说了些什么,狗们仿佛听懂了,热热闹闹地与几个孩子嬉戏去了。

屋子里光线祥和,把一种茸茸的温暖镀在俄罗斯式的简单陈设上。房间更多的空间则被玩具占据,那些玩具陈旧得褪了颜色,有的打了补丁,却都干净得像孩子们的衣着。白灰涂抹的一尘不染的墙面,却偶有孩子们的涂鸦,墙角上方供奉的是圣母玛利亚的画像。令船长奇怪的是,神龛上竟然有一串佛珠。

船长和呼德尔说到这儿时,后者打断他,问:那是不是一串菩提子,摩挲得闪闪发亮的菩提子?

船长点点头。

没错，那该是斯琴老额吉的佛珠。呼德尔说。

杉蔻用图瓦的鹿奶茶招待客人。船长刚端起杯子，几个趔趔趄趄的孩子便闯进来，屋子里立马天下大乱，所有的整洁一去不返了。巴桑扯大嗓门吆喝这个，驱赶那个，也无济于事。看着这一切，杉蔻像个孩子那样咯咯咯乐得前仰后合，随后她注意到打扰了客人，向船长抱以歉意的微笑。

那天晚上，大个子船长破例喝了酒，与巴桑两个人推杯换盏。他为着这样一个特殊组合的家庭而感动。与呼德尔说这些的时候，船长眼里不时涌动着晶莹的泪花。杉蔻一直忙着看管几个孩子。最大的女儿十岁左右，已经能帮助母亲了，她是个脑瘫儿，走起路来左摇右摆，却异常懂事，尽力地看护弟弟妹妹。就这样还"事故"频出，一会儿这边打翻了一碗苏伯汤，一会儿那边又抓伤了谁的脸。杉蔻并不懊恼，乐此不疲地忙来忙去，抽空还要过来喝上一杯酒。

船长问巴桑，为什么要这么做？

巴桑被伏特加酒烧红了脸，他低下头想了下，与船长说：这没有什么，我喜欢这些孩子，别看他们外表残缺，可他们的心和正常孩子一样，斯琴额吉说过，每个孩子的心都是一颗天上的星星……

那天晚上，满天都是豆大的星星，大个子船长说他这辈子没见过天上有那么多星星，全都挤压在杉蔻家的屋顶上，好像要将这个简陋的木板房压扁了似的。

船长和巴桑都喝多了酒，最后像兄弟那样搂着彼此的脖子。巴桑会的蒙古歌可真多，什么《达那巴拉》《黑缎子坎肩》，唱了一首又一首。歌声像炉膛里的火，将整个夜晚都照亮了。说来奇怪，巴桑唱歌时，几个打闹不休的孩子都安静下来了，像一群立耳侦听的土拨鼠那样，围住巴桑阿爸，包括那个五六岁的聋哑女儿，也认认真真地望着巴桑上下翕动的嘴巴，自己的小嘴随之一张一合。

巴桑终于唱累了，唤过杉蔻来，一边拍着船长的肩膀说：您还没听到过，杉蔻还会唱蒙古歌呢，是我教给她的。杉蔻，你给船长唱一首《诺恩吉雅》吧……

《诺恩吉雅》？呼德尔问。

对，没错，是《诺恩吉雅》！船长说：我还记得两句歌词呢——

老哈河水长又长，岸边的稻花起波浪
美丽的姑娘诺恩吉雅，出嫁到了遥远的地方……

呼德尔点点头，长出了一口气。

船长反问道：怎么了？

哦，那是我妹妹阿丽玛唱过的歌……

停顿片刻，呼德尔又问：这几个孩子没有一个是巴桑和杉蔻的吗？

你不知道吗？巴桑失去双腿的时候，也失去了生育能力。船长说：那次在达沃市，为了"奥古斯汀"案件，菲律宾警察验明过他的"正身"，才排除了"大黑牙"的诬告。

讲到这儿，呼德尔的泪水夺眶而出……

十

这天晚上，大个子船长与巴桑一起，在杉蔻家留宿了，他们和孩子们挨在一起，相互搭肩载腿的。这是船长主动要求留下来的，他要感受一下和星星挤在一起的感觉。巴桑更是睡得四仰八叉，鼾声如雷，仿佛他从来没睡过觉一样。直到第二天天光乍亮,船长被不停喧响的闹钟唤醒。

渔船要黎明起航,差点耽搁了航程。俩人爬起来,胡乱穿了衣服,巴桑一一亲吻了睡梦中的妻儿,轻轻关上房门,一高一矮的两个男人迎着曙光向港口赶去。

那次航行一切如常,巴桑一直沉浸在与亲人久别重逢后的喜悦中。第一次当上轮机长的他尽职尽责,更为了报答渔船公司和大个子船长。

半个月后他们的渔船到达了阿留申群岛北部,在那里他们遇到了台风。

一切都不稀奇,在北太平洋上,无风三尺浪,一旦有风,更会白浪滔天。渔民们都以三米、四米、五米浪来形容浪高,高浪达到十二米毫不新鲜。每天,所有渔船最关注的就是天气预报,如有大风,渔船必须就近躲到避风港。那次捕捞秋刀鱼的渔船特别多,不仅有中国的,还有俄罗斯、日本和韩国的各式渔船。为争抢资源,他们按先后顺序划分了自己的海域……

那天一早,气象预报有三米浪,按海上规则,所有的渔船都不能出海。大个子船长也要将船停去港口,巴桑却要冒一把险,这是一个机会,意味着大海上只会有他们这一艘渔船,收获可想而知。他要的是尽快完成捕捞任务,赚到更多的钱。

如果单是这三米浪,大个子船长和轮机长巴桑是可以对付的。他们的渔船在白浪翻腾中驶入目标海域,大海灰暗,一整天不见太阳。在夜幕降临前,巴桑他们已经探测到了庞大的秋刀鱼群,渔船缓慢行驶,待等天色一黑,便停稳渔船,打开遍布船身的灯光,吸引鱼群自投罗网。此时,大量鱼群已被诱集到捕捞区,右舷集鱼灯开始熄灭,左侧依次亮起。

有那么一刻,大海像折腾累了似的,风浪稍静,仿佛一头猛兽蹲坐下来小憩。巴桑和船员们抓紧这个时机,大家一字排开,站在船舷的左侧,即将启动收网工序。所有白炽灯统统关闭后,围绕着渔船的海面呈现着一片红宝石般的光亮,而它的四周却是漆黑如深渊一般,只能听到海水的喘息。就在这时,毫无征兆地,大海猛然间躁动了,风向是一瞬间转变的,海面变成了万匹脱缰的野马,恶魔般的大浪好似一座座摩天大厦,向渔船倾塌而下……不仅如此,脚下也在隆隆开裂,无止境地下陷,再猛地掀翻,把渔船送到晕眩的高处,再跌落、跌落,紧接着又一座大厦崩塌,碎石四溅,落在船员的头顶,漫卷着船上的一切……在结满冰的甲板上,船员被刺骨的海浪推过去再搡回来……

此时,只有巴桑是镇定的,与其他船员相比,没有双腿的他因阻力小而站得更牢,并且他面对着惊涛骇浪竟没有一点惧色。现在他必须迅速用卷扬机收绞起网,鱼群遇到来自海底的鼓荡正在四处逃窜,他先收环纲,再提绞下缘纲,这样,秋刀鱼就被牢牢困在网中,再把网身整个吊起,固定在船舷上。渔船共有六台绞车,本来是十几个人干的活儿,此时只剩下了一半船员在坚守岗位……

渔船摇晃如过山车,恶浪劈头盖脸,疯狂地卷向甲板,像无数只巨手抽打着巴桑,来吧!达里!他冲着巨浪狂喊着:来吧!快来吧!他反复喊着这句,声音和嘴巴不断被海水灌堵,他吐掉腥咸的海水又去嘶吼:来吧,达里!对,就这样,真他妈痛快……

渔网终于被吊起来,却有些异样,一股说不出的力量使渔网左冲右突,像似有烈马在挣脱着缰绳。嚯,等网提出水面,才看清是一条大个的深海鲨鱼,正随同秋刀鱼群卷在其中拼命挣扎。几个船工兴奋起来,呼喊着:大鲨鱼!大鲨鱼!快快收网!

暴勒嚯!暴勒嚯……大个子船长隐约听到了这个熟悉的呼喊声,那一定来自巴桑……瞬息,那呼喊声就被风浪吞没了,波涛更加凶猛,铺天盖地而来,几个船工连滚带爬,纷纷撤回底舱。巴桑却迎着巨浪而上，他要设法将鲨鱼放归大海……借着船体摇摇荡荡的灯光，所有的船员们都看到了这一幕，有人在呼唤他，要他退回到舱里，但是整个世界只剩下大海咆哮的声音，巴桑或许压根没有听见，他执拗地做着要做的事，直到把渔网撕开一条长长的口子，鲨鱼逃脱而去……

就在这时，一座比山峰高耸的脏浪眼瞅着砸向巴桑，它的核里包藏着摧毁一切的力量，巴桑的身体瞬间被卷进了大海……

大个子船长在驾驶舱里目睹了那整个过程，一时惊骇得目瞪口呆……

十一

第二天，风刹浪小时，俄罗斯的搜救船在海面上找到了巴桑。当时他正伸展身体，倒扣在海里，舒舒服服的样子像是睡在杉蔻家里一样，跌宕起伏的海水好似梦境飘摇……

呼德尔已醉意醺醺，此刻如释重负地靠在椅背上，眼神黯淡：巴桑就这样死去了……悲壮吗？惋惜吗？可是一切都结束了……

就这么结束了？我喝光了杯里所有的酒，有点缓不过神来。

是啊，结束了。呼德尔抹了一把鼻涕，抬起头来朝向窗子，街上行人稀少，街灯熄灭。

唯一没结束的是，巴桑和杉蔻领养的那些孩子，他们的未来……呼德尔眼泪又止不住流下来：大个子船长临别前和我说，他们渔船公司要成立一个慈善基金会，以巴桑的名字命名，专门资助那些残疾孤儿，当然包括杉蔻的那些孩子……

我和呼德尔各开了一个房间。我要好好静一静，想一想，特别是返程时这一路上的遭遇，可大脑却仿佛停转了，只泊在了巴桑的一生。

一夜无眠。凌晨前，我好像顿悟了什么，随即又模糊不清了。我轻轻敲开呼德尔的房门，把他摇醒。

我在想，为什么昨天我们的车事故频出……我对他说。

呼德尔睁着惺忪的眼睛看着我。

你觉得，与故乡相比，巴桑会不会更喜欢大海？

你的意思是？

我觉得我们无意间做了错事……

呼德尔比我更懂得巴桑，他思虑片刻后点点头，使劲握了握我的手。

高速开通，返回渤海湾的路畅通无阻。

天未破晓，沿途有朦胧的雪光为我们照亮，我和呼德尔神情肃穆，像似在为一个平凡而又不平凡的人去完成一件神圣而庄严的使命。车到老虎山海岬正是清晨。此时冬日的海岬一片肃冷和静寂，朝阳从层层云霞和海面深沉的雾气中缓缓隐现。我将面包车开到一处陡峭的悬崖之上，它的下面就是铁灰色的波澜壮阔的大海。我和呼德尔打开车厢，将盛装巴桑的冷冻箱抬举出来，迎着玫瑰色的映射着七彩光环的阳光，慢慢走向崖顶……片刻之后，顺着峭壁的陡坡，冷冻箱就像一具棺椁，徐徐落去，直至溅起水花，沉入海中……

呼德尔的脸颊上映着金色的霞光，此时正眯着眼睛望着脚下那一片苍茫的无边无际的水域，对我说：我们做的对，只有大海能盛得下巴桑。

海风凛冽，我屏住呼吸，说：我怎么觉得巴桑没有死，他好像又要去远行一样。

会的，他会去更远的地方……最后一句，被淹没在大海的波涛声里。

（刊于《草原》2021 年 4 期头题，

《小说月报》 2021 年 6 期转载）

放生马

云青马老了,老得就像一片退化殆尽的碱草滩,戗毛戗刺的脊背瘦骨嶙峋,双目黯淡犹如沙尘吹过的黄昏。与云青马一同老去的是我的祖父,中风病困住了他的双腿,让他颤抖成一片风中的枯叶。云青马卧在门前沙化土里,祖父倚在蒙古包前,手拄拐杖,一把用钢筋箍定的椅子被他笨重的身躯压得吱呀作响,他游移不定的目光长久地锁住云青马。祖父在风烛残年对家人唯一的要求,就是不要云青马离开他的视线。

云青马还没有老到迈不动步子,它时而起身去周遭啃食寥若晨星的沙棘,四根不太灵便的腿还能支撑起干瘪的身躯,僵直的脖颈尚可轰走蚊蝇。只要望不到老马,祖父就会颤颤巍巍地摸起拐杖,一点儿一点儿挪动步子,一寸一寸跟上老马,仿佛那是他的魂灵,没有了它,祖父也将飘散如一粒沙粒。

祖父抖着喑哑的喉咙呼唤云青马:嗯咧——嗯咧——云青马的耳朵背了,好半天才转过头来,扭动着残缺的耳翼,显出一副孩童般的乖顺,咴——咴——它仰头回应,嘶鸣声像一把被烧着的牧草,充满灰烬的味道。

嗯咧——嗯咧——

咴——咴——

祖父与老马遥相呼应，你一声我一声，你迎向我我踱向你，祖父架着拐杖像耷拉着掉毛的翅膀，终于，他与它会合一处，前者却已抱不紧老马的脖颈，只有将头顶住马的颈部借以歇息。接下来，祖父蹲坐在地，用抖动的双手摩挲它的四肢，按摩松塌塌的肌肉，须臾，又抬起它的蹄子察看老马破损的脚趾。祖父老眼昏花，一对眸子被岁月的雨水泡烂了，这会儿却瞧个仔细，他看到右前肢的马蹄铁松动了，便将它夹在膝间，用那只灵便的手举起榆木拐杖，稳稳地几下，咚咚作响的声音，仿佛一只啄木鸟敲醒着老树。

"昂阿（云青马的昵称），你的蹄子快磨烂了，我得给你修一修。"祖父对老马说着，"等修好了你的蹄子，我还要你驮着我远游呢。"

"知道你跟随我有多少年了吗？一个寒暑是一年，算一算你跟我这个老头都有七个巴掌的缘分了。看看你现在，老得和我差不多一个样子……"祖父咧了咧没牙的嘴乐了。

祖父正认真钉马掌的工夫，我父亲骑着摩托从营地外回来，路过老人家的身边，这时却一把夺过他手中的拐杖："阿爸，你真是老糊涂了，这么做会把自己的腿敲断的。"

祖父抬起眼睛："你是谁？你没瞧见我是在给昂阿钉掌吗？"

"我是你的儿子达喜，我要告诉你，你敲打的是自己的膝盖。"

"达喜？"祖父眼神空茫，"……马掌就要掉下来了，你快把铁锤给我。"

"哪里有什么铁锤，这是你的拐杖。"

"快把它给我，我要给马钉掌……"

我父亲不得已，没好气地把拐杖丢给祖父，但他挥动双手，冲着祖父空无一物的身边吆喝了几声，转头对祖父说："你的老马肚皮饿了，快让它吃草去吧。"

"可它的蹄子还没修好……"

"我会帮你修好它的。"

"我可不相信你的鬼话。"

父亲白了老爷子一眼,搀扶着他,一步一挨地回走。

"阿爸,算我求你,你的腿脚不好,就不要乱走了,你孙子阿斯汗会帮你照看它的。"

"你早知道孝顺我就好了。"祖父说,"对了,我让你从镇子上买的豆饼呢?我还要好好喂喂我的老马,让它驮我上路。"

"买了买了,"父亲拍拍自己的肩膀,"瞧,就在我的肩上背着呢。"

"达喜,你越来越能骗人,你肩上什么都没有。"祖父推搡开他,"你不是我的儿子,你从小就爱撒谎。"

"阿爸我可真拿你没办法,你该糊涂的时候怎么一点不糊涂……"

我家那匹云青马其实十几年前就死掉了,这个祖父明明知道,可就是在祖父知道云青马死掉的那一天,他的脑筋出了毛病。

阿斯汗,你快帮爷爷打水去,昂阿要渴坏了。祖父到什么时候都不会忘记我的,我是他的长孙。我应允着,一边跑向不远处的机井。我打开电闸,接了满满一桶水,装作给马饮水的样子,一边用铁刷刮马的鬃毛。昂阿,你多吃多喝,看看你这几天不好好吃草料,都瘦多了。家人里,只有我自愿配合祖父,帮他老人家饲弄别人看不到的老马。祖父从小把我看大,按我父亲的话说,老爷子除了对云青马好,其次就是对我这个长孙好。不知怎么的,我对祖父也有种天生的亲近感,那种冥冥中的感觉甚至超越了血缘。而那匹不存在的云青马,或许是祖父打小把它灌输给我,以至于在我的脑海里牢牢地生根发芽,有时我竟然也能看到它的肉身,真切得连马毛都数得清。不过,那种幻象不是时时都能显露，它只出现在我神清气爽的时候。

今天中午我用汗板为云青马刮汗时，它的肉身就没有显现；傍晚，祖父又要我为老马洗澡，我打来清水，把马拴在拴马桩上，其实那只是一副马笼头。我做这些的时候惟妙惟肖，祖父持着板凳坐在我的面前，细眉细眼地瞧着我做的一切，说，等给昂阿好好喂上几天草料，让它长长膘，爷爷就要骑马远行。我说，爷爷，你要去哪儿呀？祖父慈爱地摸了摸我的头，你知道吗，爷爷活这么大年龄还没有走出过咱这片沙荒呢，我，我要去看看真正的草原。我眼睛一亮，爷爷您能带上我一起去吗？祖父想了想，爷爷当然想带你去，可是云青马老了，它驮不动我们两个呀……说着话，他又指指马的肚皮，这儿，这儿不干净，对，是这儿。唉，瞧瞧，它的腿下边好多大包，一定是牛虻给咬的，这些该死的小东西……

叔叔家的小妹萨茹拉刚刚六七岁，围在我们的身边嬉笑不已："哥哥你在做什么呀，你是在为空气洗澡吗？"

祖父板起面孔："小孩子离马远一点，小心踢到你的鼻头。"

我父亲远远地在蒙古包里看着这一切，他要我去打一瓶酱油而我现在无暇顾及，这让他气不打一处来。父亲踢飞了进屋啄食的鸡，撵走了到处拉稀屎的鸭，背着祖父冲我凶凶地打着哑语，我佯装没看见，继续我和祖父的活计。有祖父在，他是不敢对我怎么样的。

祖父的脑筋并不总是处于混沌之中，他偶尔也明白一阵儿，明白的时候就咒骂我的父亲：你这个不孝的儿子，你额吉就不该把你从灰堆里捡来。瞧瞧，你的嘴巴里都是黑灰……

老爷子那是怪罪我父亲呢。这个责怪可由来已久，事情就出自云青马，正是这个因果导致祖父的脑子坏掉了。

那是十几年前，祖父要将他的老云青马放生。那可是他最心爱的伙伴，生产队解体前，他一直骑着它为队里放牧，等包产到户，他舍不得这匹坐骑，用两头牛的代价换得了它。老爷子对云青马的感情一度让他的亲生儿子嫉妒，直到今天，达喜酒醉后还和我们唠唠叨叨，说他小时候犯错，祖父竟骑着云青马追撵他，用套马杆套他……可是你们得知道，你爷爷从来没有用套马杆套过昂阿。后来我们乡村土地沙化，由牧业转为农耕，作为我家唯一能犁田的牲畜，祖父不得不忍痛让云青马架犁耕田。不过，那是怎么的情形呢，说起来至今还是我们乡村的笑话——云青马犁田时，祖父竟然备了另一副扛把子，自己充当另一匹马拉副犁，没谁见过一个男人把自己当牲畜使唤的，乡人嬉笑着和我说。云青马就这样为我家效劳了二十几年，直到它老得和祖父一样走不动路。就是这样一匹马，祖父要将它送归自然去。

那天，祖父最后一次为云青马洗净了身躯，梳理过皮毛，与它一同走向远处的山冈。那是乡村的公共坟地，墓与墓之间尚存着小片草地，除此之外，我们乡村已找不到任何可以让牲畜饱餐一顿的牧场了。祖父在那里守了云青马整整一夜，第二天早上，祖父牵着肚皮滚圆的老马回来，把缰绳交给了他的长子，祖父说，去吧，达喜，去把它放生到乌珠穆沁吧，或者呼伦贝尔，走得越远越好，去找一片最好的草原，要人迹稀少，有水有山谷的地方，把昂阿安置妥当，否则不要回来。我父亲问：为什么？这不是你的心头肉吗？怎么要将它放生？祖父说，昂阿在我们家里辛劳一辈子，苦了它了，现在它年老了，我再不能自私地把它留在身边，我们要还给它自由，让它到真正的草原上，去它该去的地方，你明白吗，儿子……

父亲摇头说："是你糊涂了，阿爸。"

"照我的话去做吧，"祖父老泪盈眶，"本来我要亲自送它走的，可我怕舍不得它……达喜,你能办好这件事吗?"

父亲应允下来:"那好吧,阿爸,我正好骑着它去乌珠穆沁看望我的同学。"

"你可不能一路骑它,它老了,腿吃不住劲儿了,你骑上一个时辰就要下马牵着它走,累了就歇一歇。路上要给它喝干净的水,给它吃最好的草料。"

"你就别啰里啰嗦了,这些我都记得了。"

父亲打马而去的时候,祖父站到最高处的沙坨子上眼巴眼望,直到云青马和达喜成为两个黑点,消失在光秃秃的沙海里……

达喜走的那几天,祖父就像丢了魂一样,做什么都心不在焉,丢东落西,时不时地向村落里仅有的几条路上张望。偶尔他瞥见昂阿戴过的马具和门前的拴马桩,就禁不住流泪。

一周之后,一身酒气的达喜终于坐着长途大巴回来了,他下得车来,尘土飞扬地向自家营地走着。祖父迫不及待,远远地迎上前去,声音颤抖着问他:"怎么样?我的儿,昂阿放生在哪片草原了?"

达喜打着酒嗝,目光躲闪,说:"一切都遵照你的话做了,我把老马放生在,在锡林郭勒了……"

"那里的水草怎么样啊?"

"那还用说,当然大大地好。"

"那是怎么个好法?"祖父刨根问底。

达喜耐着性子,东一句西一句地和祖父描绘了一番锡林郭勒草原的水草有多么丰美,河流有多么宽阔,山谷又是怎么样的幽深,云青马在那里像似在天堂一样,吃喝得五饱六饱,只顾在阳坡上晒太阳睡大觉。

祖父听了,赞许地点点头,脸上露出欣慰的笑。这天傍晚,我祖父煞有介事,以萨满的仪式点燃一堆篝火为云青马祈求平安,不断冲着四面八方泼洒奶子，嘴里念念有词，一遍一遍为他的老伙伴献上吉祥的祝福。

可就在那天晚上，祖父却做了一个奇怪的梦。他梦见云青马眼神哀戚，冲着他不断悲鸣。祖父扑上前去，云青马却躲闪开了，就在这时，祖父看清了它的身躯，老马浑身是血，脖颈处已与身体断得只剩下一层皮……祖父惊愕住了，不由得瘫坐在地，双膝做步移向老马，昂阿！昂阿！你这是怎么了？是谁……谁把你弄成这样？昂阿，你到底怎么了……

我父亲那天早上是在马鞭子狠狠地抽打下惊醒的。祖父满脸怒容：你说，昂阿到底被你弄哪儿去了！阿爸你疯了吗，我不是把它放生到锡林郭勒了吗？不，撒谎的东西，你没有把它放生，你快说，到底把它弄哪儿去了！就，就是锡林郭勒，你打死我也是锡林郭勒……来，当着佛祖面前发誓……祖父揪起达喜的耳朵，把他拎到宗喀巴佛祖面前，达喜跪在那里，嘴唇哆嗦，左瞧右望：我……

年轻时的我父亲毫无定性，贪杯好耍，骑着马一路来到锡盟，他先在乌利亚斯太镇上和同学喝了两天酒，赌输了所有的钱，这才去往东乌珠穆沁草地。半路上他遇到几个赶马的男人，便停下来询问他们，哪边的草地好，人烟稀少，有河水有山谷。几个浑身污垢的男人上下瞟了达喜几眼，反问他，你要找草地做什么。达喜在马背上还未醒酒，歪歪斜斜地堆在那里，大着舌头说，阿，阿爸要我把，把这匹老马放生，让我寻找，找这样的草地。马要放生？几个男人禁不住哈哈大笑了：那不如交给我们，我们替你放生，省得你还要辛苦走远路。那可，不行，阿爸交给我的事情我，我得办到，否则没法和，和老爷子交差。哦，原来你还是个孝子，这样吧，看在你这么孝顺的分儿上，我们给你指条明路，把你的不中用的老马卖给我们吧，我们给你几个钱当路费，否则你的马放到哪里都是白扔,这个年头,谁见了没主人的马都会拉去杀了吃肉,即便没人发现它,狼也会把它吃掉的。达喜急了,那,那可咋办?我阿爸可,可是让我把老马安置妥当才能回家。男人乐了:这小伙子心眼倒是实诚,你想想看,把这匹老马卖给我们,我们替你在草地上看管放养,不也是等于放生了吗?达喜闷头琢磨了一会儿,道理还真是这么个道理,简直两全其美……他接过男人给的钱,一再叮嘱:你们说好了,可要善待这匹老马啊!男人拍了拍他的肩膀,放心吧,老弟,马现在是我们的了,我们不会亏待它的。

祖父浑身颤抖:"我问你,达喜,那几个男人放的马群是什么样的?我说的是每匹马屁股上烙印的花纹……"

达喜想了想:"都不一样,当时我还奇怪呢,怎么一家的马,却是不同的烙印呢……"

祖父就是在那一刻瘫倒在地的,口斜眼歪,嘴吐白沫,他手指达喜:"你你你……你把昂阿卖……卖给马……马贩子了……"

祖父昏睡了三天三夜,等他醒来,脑子便故障百出了,我阿爸、几个姑姑和一个叔叔轮番上前,他都认识不得,满脑子只记得云青马。昂阿,我的昂阿呢?他挣扎着从床上爬起身,才发现自己的一半身子不听使唤了,但他无暇顾及,张舞着那只好使的手臂,看到谁都只说一句话:快,快去,把云,云青马找回来!

眼见着老爷子一病不起,达喜懊恼不已,坐着班车又去了一趟锡林郭勒,可是草地茫茫,到哪里去寻找那几个马贩子。他心中料到,老得不中用的云青马早就被他们屠宰吃掉,这会儿连骨头渣子都没了。不过,达喜并没有空手回来,他想既然老爷子的病起因于马,那就再买一匹小马驹子算了。等他风尘仆仆到了家,自作聪明地让家人搀扶起老爷子,让他看看自己带回了什么。我祖父的目光空洞地越过小马驹子,问道,是昂阿回,回来了吗?它,它在哪儿?达喜以为祖父的脑筋坏掉了,哄骗他说:阿爸,它就是昂阿,你看看它的毛色……不,它不是昂阿,它是,是一匹还没断,断,奶的小马,你从哪儿弄来的,就,就送回哪儿去,不要让这个孩子,见,见不到妈妈……

祖父的病就此落下了,无药可医,直到达喜娶妻生子。我即将出生的那天早晨,许是添丁进口的喜讯触动了祖父锈蚀的神经,他几年来第一次自己拄着拐杖下了床,一步一步挪到晨光耀眼的屋外,遮目远望了一阵子,忽然眉开眼笑起来,冲着远处呼喊:嗷咧——嗷咧——我阿爸好生奇怪,凑到他跟前问他:你这是召唤谁呢?祖父手指院外,你瞧,云青马,是云青马回来了……达喜朝院门口张望了半天,没有啊,阿爸,是你的眼睛花了吗?不等我阿爸说完,祖父已一瘸一拐地迎去,挥动拐棍别开了院门。像配合祖父一样,一股小旋风摇摇晃晃地刮进了我家小院,围着祖父转来转去,直旋到我家的屋檐下,才消失不见。就在这时,屋内传来哇哇的啼哭声,我在母亲使出最后一把力气时终于降生了。

从那天开始,那匹任谁都看不到的老马又回到我们家里,所有家人都被老爷子的魔法惊得愣目愣眼。而祖父的病情却就此好转,再不用人搀扶照料,早早起床,拖着半瘫的身子喂马劈柴,自此不再让老马远离自己的视线,生怕它再被达喜卖掉。我们的家就是从那时起搬到了沙坨子里的,那是应了祖父的要求。祖父说,我们再不能住在巴掌大的院子里了,这个一泡尿就尿到院墙的地方太憋屈了,我们要迁居到能容得下云青马的地方去。我父亲虽然极不情愿,但因为心里有愧,对他的阿爸也只能言听计从。

我的出生确实为祖父带来了欢乐,如达喜所说,祖父对我的喜爱堪比云青马，稍有空闲就哆哆嗦嗦地把我抱在怀里，上下端详，仿佛我的身上藏着什么秘密，一会儿又把我翻过身去，看我屁股上的那块青色胎记，看着看着就抖动起胡须，露出一副诡异的笑容。那时，我的几个姑姑已经相继嫁了人，叔叔也自立了门户，我父亲从早到晚忙着种田，母亲喂鸡打狗，只有幼小的我成了祖父的陪伴，我就在这片沙荒子里，在祖父的眼皮底下慢慢长大。

我是一个长相特别的孩子，两只眼睛间距过宽，鼻孔奇大，躺在摇篮里时就懂人事似的，见到谁都笑上几声，可那声音据乡人说糟糕透顶，嗯对，就像一匹马驹子的叫声。另外就是我的眼睛相当地好，夜晚没有月光也能看清远处的物体。还有，我走路走的很早，五个月左右就能满地跑了，三四岁的时候，便可帮助祖父干活儿，给云青马割草喂料饮水；直到我现在长到十几岁，四肢发达，愈发能跑善跳，为此，乡人还给我起了个绰号，叫我"飞毛腿"。我漫山遍野跑来跑去的时候，祖父在后面呼唤我，怕我摔倒了。有时他就会叫错我的名字——昂阿，你慢一些！他这么喊我的时候，我并不觉得别扭，愉快地答应着。反倒是祖父愣住了，问：我刚才叫你什么了？我说是昂阿呀。那你怎么也答应呢？我说，爷爷，你就当我是你的小马驹子好了，我就是昂阿。祖父听了，抖动着嘴唇，扑簌簌地落下老泪。

祖父让小妹萨茹拉离马远一点，小妹却偏要凑到跟前，我本来忙着给云青马洗澡，并未在意。我举起铁桶往老马身上浇水，水花四溅，萨茹拉看着欢喜，蹦跳着扑过来戏水，却被一股力量生生地弹了出去，跌倒在几米之外的地方。萨茹拉"啊啊"地哭起来，我连忙把她扶起，好在小妹没有受伤，只是衣服前襟上有一个碗口大的泥蹄印。

那些天里，祖父嚷嚷要云青马驮着他出门远游，我便积极为他准备。除了我，家里人只当那是疯言疯语，没人能信，因为那匹老马根本不存在。我母亲心地纯善，和父亲说，不行你用摩托车驮着阿爸出去转一转吧，阿妈去世得早，他老人家为了拉扯你们几个孩子，一辈子没出过远门，兴许心里憋得慌呢。我父亲闻言吹胡子瞪眼：用摩托车驮他出去？你以为他是八岁的孩子吗？万一有个三长两短，你来负这个责啊？母亲白了他一眼，父亲则背着手走出门去：都给我消停消停吧，这个家都够演一出戏的了。

父亲说让这个家消停消停，可事与愿违。那一天早上，给田地浇了一遍水的他迟迟不见祖父起床，便来敲老爷子住的蒙古包门，敲了好半天也不见动静，推门看时，只见床铺上空空如也，被褥倒是叠得整齐。父亲以为老爷子在近处转悠，房前屋后瞧了一圈，却一无所获。这时他还没有慌张，骑上摩托车四下去找，他想一个腿脚不利索的老爷子还能溜达多远，可方圆几里转遍了，仍没见祖父的身影。

真是活见鬼了。父亲回到村上，召集了我叔叔和许多帮忙的乡人分头去找。达喜即便不算是个孝子，但他也不想让我祖父曝尸荒野。人们大车小辆，灯笼火把，从白天寻到日落，又从黑夜寻到天亮，竟然连祖父的脚印都没找到。乡人和我父亲好生奇怪，难道说云青马真的显灵，驮着它的主人云游四方去了？回头一想，即便那匹老马还存活于世，也该老得不成样子，别说驮着祖父，连它自己走路都费了牛劲。这时，叔叔忽然想起我来，提醒我父亲说，达喜，你的儿子阿斯汗呢？他平素和爷爷最亲，或许他该知道老爷子的下落。父亲一拍脑门，这才把摩托车掉转方向，回过头来找我……

彼时，我正背着祖父奔跑在距家乡百里之外。这里开始有连绵的丘陵，那是沙坨里见不到的石头小山，山上面薄薄的一层泥土，生长着稀稀拉拉的野蒿和不知名的碱性草；开始有泥沟般的小溪，两边是一簇簇的柳毛树，低矮的山榆，偶尔有几只山羊绵羊，或三五乳牛在溪边食草。祖父拍拍我的肩膀，孩子，你累坏了吧，快停下来我们歇一歇。我抹了一把汗水，将祖父放下来，拿起水壶先给老爷子喝上几口，自己又猛灌了一气。祖父说，天都亮了，阿斯汗你已一夜没合眼了，我们不急着赶路，你快睡一会儿吧。我说，爷爷，我看得清夜路，不困也不累，我正兴奋着呢。这话并非假话，虽然我只十五六岁，可精力充沛，浑身是劲儿。我和祖父分食干粮，一边问他：您老人家累不累呀？祖父说，我高兴还来不及呢，一想到去草原，我就什么都不在乎了。说到这里，祖父和我就孩子一样相视而笑了。

继续赶路的时候我有点晕头转向，我说爷爷这回我们该往哪里走？祖父眯着眼睛辨别了一番，说，那边最高的山上有一个石头堆子，该是蒙古人的敖包，专门给人指方向的，我们到那里去看一看。歇息过一阵子后，我体力恢复，没费什么力气就背着祖父爬到了山冈。

祖父一站到山顶，站到敖包堆子面前，便跪倒在地。老人家已经很多年没见到过敖包了，这是族人用来祭祀长生天的地方，如今在我的家乡，因为沙化得找不到任何一块石头堆砌敖包，这个传统自然也消失了。祖父像丢失多年的儿子终于见到母亲那样老泪纵横，三拜九叩，我也学他老人家给老天行了大礼。祖父拉住我的手坐下来，说，阿斯汗，我知道这都是长生天的眷顾啊，让云青马的魂灵又托生在我家里，我早就看出来了，你就是我的云青马。我心里一惊，虽然我曾和祖父说自己是他的马驹子，可那毕竟是戏言，我挠着脑袋问祖父何以见得？祖父说，你的屁股上面那个青色胎记的形状，正是云青马曾有的烙印啊，那是我亲手给云青马烫上去的……

现在我就像匹青骢骏马那样，驮着祖父奔走在郁郁苍苍的群山峻岭。这里白桦黑桦混交参半，落叶松密密匝匝一拔冲天。头顶上，游走的白云像大海般波澜汹涌，而山涧间，浩荡奔流的大河仿佛正驮运着群山。祖父张着嘴巴左瞧右望，眼睛都有点不够用了，祖父问我，阿斯汗，我们俩这是来到仙境了吗？我像马儿那样打了两声响鼻，告诉老人家，这不是什么仙境，我问过路了，这是大兴安岭，越过这座山岭，我们就到草原了，那就是传说中的呼伦贝尔……

祖父闻听，又流得满脸是泪，说："孩子，到了草原，你要找个没有人烟的地方，那里只要有河流有山谷，你把我送到那里，放生到那里就行了……"

我笑了："爷爷，你又不是马儿，怎么可以放生呢？"

"我是马儿，"爷爷说，"我就是那匹一辈子受苦受累的云青马……"

"您刚刚还说我是那匹云青马呢，爷爷。"

"没错，阿斯汗，我是老云青马，你是小云青马，瞧，现在我们一老一小就是一对儿放生马……"

此刻，我忽然感到祖父把着我肩膀的手臂像铁钳般有力，"把我放下来吧，孩子，我要自己走一走。"

我说："爷爷，我还是驮着你走吧，我不累。"

祖父不容分说，从我的后背坠爬下来："你看那天上的鹰隼，它老了，翅膀都耷拉着，可还能在天空中飞翔，我也要下来走一走，我要在这青山绿水间看到自己的身影……"

我看到祖父站在山岭上的腿脚忽然变得坚实，似一副鹰爪抓拿着松柏。这会儿祖父手臂一挥，将那把拐杖像丢根烧火棍那样丢下山涧，接着从喉咙里发出几声老马才有的噗噗噜噜，便摆动起半瘫的身躯向前挪移。我看到祖父滑稽的奔跑姿势像极了鸭子,不由得笑了起来,我发出的笑声却是马儿的嘶鸣。

咴——咴——我叫了几声……

咴——咴——祖父也随声附和……

祖父先前还拉不开步伐,跑着跑着,不好使的那撇腿脚竟然也灵便起来,慢慢跟上了我,我们两个真像两匹并肩而行的马儿,鬃尾飞扬,四蹄如风,向着高高的山岭,苍翠的大野,迎着阵阵松涛,铆足了力气撒欢而去……

(刊于《花城》2021年4期
《小说月报》2021年10期转载)

白狼马

积水是昨晚一场暴雨储下的，形成了半月形的一个水泡子。这么大的雨已多年未见，不过还没到凌晨就云开雾散了。那个毛乎乎的东西出现在这片水泡边，倒影映在水面，日上三竿时才被人们发现，起初着实吓了一跳，不知那是何方神圣，等十几个村民壮着胆子走到近前，才看清那是一匹让人心惊肉跳的马。它的鬃毛有它身高那么长，被荆棘和泥土粘成乱麻，拖到地上，尾巴像一把扫大街的破扫帚，浑身淤泥辨不清肤色，后胯骨像两把划犁一样瘦削。人们想，即便从战场溃败下来的经过长途跋涉的士兵，也不会狼狈到这种地步，简直像极了老叫花子。村民嫌它脏臭，只是远远地嚯嚯吆喝它，像驱赶灾星那样驱赶它走，可它却视而不见，僵立沉思。有人开始向它投掷石块，激起泥水迸溅到它的头脸，它仍无动于衷。最后石块打在它瘦骨嶙峋的脊背上，它才转过头来，瞥了人们一眼，那乌黑晶亮的目光倒是让人心里一震。当它终于一瘸一拐地走上岸时，人们倒是动了恻隐之心，觉得伤害老弱病残最起码是不道德的，并且想对它一探究竟。

看来它并非野马，因为它并不惧怕人。村民把它团团围住的时候，它没有显出惊慌，只是仰起脖子躲闪开欲抓它的村人。它的右后腿受了伤，有大片的血污凝结在后肢至脚踝那儿。人们小心翼翼地簇拥着它，一路将它赶进村庄，又开始讨论该怎样处置这匹马，有人提议——在确定它是否有主人之前，应该找个有经验的牧人家养好它的腿伤才是。大家随声附和，马上想到包布和老人，若干年前他可是村里有名的马倌。

那天的整个上午，村民都在为这匹臭味熏天的马儿奔忙。一帮人七手八脚在老人家的院落临时搭起遮阳的马厩，有人拿来糙米当作饲料，又去田间地头割刈青草，年轻人骑着摩托车到镇上请兽医。基于每个人的肚子里都住着一位活菩萨，大家争相表现着自己的慈悲心肠。

此时，包布和劝退众人，以免人声嘈杂惊到伤马，只留他独自一人提来大桶清水，为马儿擦洗身躯。老人轻手轻脚，像一个钟表匠在修理一台旧钟那样仔细。村民其实并没有走远，一直散在比邻的人家喝茶等待，偶尔兴致勃勃地伸过头来探查，除了对此物的好奇，还有另一个原因作祟。是啊，曾几何时这个村庄也是一片牛欢马叫，不过那已经是几十年前的事情了，自从科尔沁左中乡村禁牧从农，很多年来村庄已见不到一匹马了，马自然成了稀罕。

直到日斜西山，老人才彻底刷洗完马儿，闻讯而来的村民将一睹它的真容，不禁瞠目结舌，这竟然是一匹没有任何杂色的白马，虽然骨瘦毛长却并不显得多么丑陋。它洗净的躯体布满伤疤，有的似霰弹的弹片所致，有的像被锐利的刀尖刺伤。每一道疤痕表明着白马非同寻常的经历。

从镇上请来的兽医张哈斯已经剪除了白马后腿的腐肉，为其涂抹了药水做了包扎。令人心悸的是，伤口里竟然摘出来一颗腐蚀殆尽的弹壳。他又仔细检查了马儿的牙口、躯体与四蹄，最后惊兮兮地问村里人：这是从哪儿弄来的马，怎么看不出它有多少岁？它的臀部没有烙印，说明它又不属于任何人家，你们再看，它四蹄上的半寸厚的马蹄铁都快磨尽了，那要走多少里路，并且上边好像还刻着什么字迹……

接下来的时日，白马自然成了村人茶余饭后的话题，人们猜测着这匹马的来头，揣摩着它所历经的千难万险抑或枪林弹雨。与此同时，这匹疲惫而消瘦的白马正在老牧马人的手里伸展枝叶，日益丰腴。

一个月后，当白马养好腿伤，被包布和老人牵领着第一次走出院门，走向黄昏金光笼罩的郊外，眼前判若两马的它让人们再次惊呆了：原来它的体型比一般蒙古马都要修长，并且脖粗腿壮，这使它前行的肌肉像波浪般涌动；它散乱的长鬃已被修剪得整整齐齐，白洁的皮毛不再戗茬戗刺，经过无数遍地悉心梳理显得油光发亮，让那些难看的疤癞不再显眼；曾经四分五裂的蹄子也被精心地削磨，走在砂石路上，发出清脆的嘎嗒嘎嗒之响。

从村庄中经过时，白马旁若无人，仿佛刚刚出浴的天鹅那样高扬起脖颈，眼眸里的灵气咄咄逼人，一对公狼才有的尖耳随着四面来音机敏地动来动去。与它相衬的是身着节日盛装的老牧马人，一人一马像似去赴什么宴会。村民们一时间从四面八方围拢来，目睹这个奇迹就像看到落日未落反而重新升起，纷纷询问包布和老人到底给白马施了什么魔法。老牧人满脸诡秘，微笑不答。

这是一匹多么奇骏的白马啊！村民对它品头论足，简直无法相信它过去的样子。人们想，世间真有如此奇事：又脏又丑的落汤鸡也能变成仙鹤。瞧它轻灵的身躯，鹰隼一般锐利的目光，特别是那一身纯白的毛皮竟泛着一层细腻柔软的蛋青色——苏木中学的巴特老师忽然惊呼道：莫非它是温都根查干？

一语道破天机，是啊，这鹅蛋般浑圆的白只能转世白马才有！温都根查干，没错，就该是它……刚吐出的话语又被风噎了回来，如果是那匹献给苍天的神驹，它躯体不该有那么多瑕疵，背部不可能嵌上马鞍的磨茧，唇口更不会残留衔铁的勒痕。要知道，在蒙古草原，没有人会骑乘、伤害、奴役它，就像没有人会亵渎神灵；神驹只会在大地上无拘无束地驰骋，谁见到它都要驻足停留，注目默念祝福的箴言。

那么会不会是大扎格勒或者是小扎格勒？若从它磨坏的四蹄和饱经的风霜来看，它更像是成吉思汗那两匹赌气逃往阿尔泰山古尔班查布其的坐骑之一，这么说它有可能是大扎格勒，人人都知道大骏马因为想念圣主与故乡曾经水草不思，瘦骨嶙峋一病不起，小扎格勒这才与它万里迢迢返回高原故地……

这个猜测马上遭到质疑：不，它不是大扎格勒，成吉思汗的双骏是纯青色，而这匹马的颜色分明是白的。哦，这是天大的疏忽，人们仔细又想，一匹马怎么会从遥远的古代活到今天，那才叫荒唐呢。

既不是这个又不是那个，大家犯难了，如果没有高贵的出身，哪怕给它一个不同凡响的名号也不至于失望。于是有人提出叫它"白狼"，嗯，这回没有人反对，是的，它冷峻深邃又无所畏惧的气质，多么像一匹游荡在高原之上穿行过重重黑夜的白狼。创意如此之佳，此名非它莫属。人们为这差点跳脚欢呼了。

"白狼"的绰号是一夜之间被风刮走的，散落在了科尔沁苏木的四面村落。一开始，三三两两的邻村人来到黄花敖包，到处打听谁家收养了一匹狼，村民啼笑皆非地告诉他们：不是什么狼，而是一匹叫作"白狼"的马。那时人们还不以为然，只把这个当作笑料讲。可让他们始料未及的是，忽然某一天起，十里八村的乡人乃至方圆百里的城里人成群结队乘坐各种交通工具接踵而至，争相一睹白马的尊容。这让本来平静而荒芜的村子手忙脚乱起来，足不出户的人们哪见过这个阵势，唯有使出浑身解数来招待客人。于是久已关门的小饭馆重新开张营业了,更多人家腾出闲置的屋子粉刷一新招揽住宿旅客。小卖部也红火了,矿泉水、方便面一天就要卖上小半车;普通人家为了脸面开始修缮破烂的围墙,把褪色的屋顶漆成蓝色、红色;村委会决定趁势而为,在村中央圈地搭棚,做起了农贸集市,结果引来了卖牛仔裤、运动鞋、胸罩袜子、鸡鸭鹅、蘑菇木耳等的各种商贩。

那段时间,整个村子都处于亢奋状态,人们走上街头都喜气洋洋,不常用的礼仪也搬了出来,"善拜喏""拜啦贴"又挂在了嘴边。不仅如此,原来出去就不再回来的年轻人也都陆续回来了,守家在地琢磨干点什么营生。

一切都因白狼马而起,这些繁荣之景和祥瑞的兆头都是它带给村庄的,村民认为它是福星下凡,愈加视其为珍宝。孩子们争先恐后抚摸它温热如缎子的皮毛,大人们拍打它的身躯,不断给它添草添料,表现自己的友好,好事的后生跃跃欲试,要骑乘它去沙坨子里跑上几圈过过马瘾(不过这个要求被包布和老人拒绝了)。人们只顾自己的兴高采烈,却忽略了一个事实,那就是故事的主角——白狼马的情绪,它并没有凑人多的热闹,也没有显出被人围观的兴奋和骄傲,相反,它更喜欢安静独处的时光。彼时白狼马总是扬起脖颈越过马厩和围墙向远处眺望,目力所及到处是玉米禾田或者黄沙漫漫,它哀戚的目光中流露着说不清的茫然,仿佛一位历尽沧桑的老者在寻觅年轻时的影子,或是孤单地咀嚼着无限过往。偶尔它也会像受困的狼那样焦躁不安,围着拴马桩不停地徘徊,拼命挣脱头上的缰绳。老牧马人看到了白狼马的样子,忧虑在心上,想各种办法安抚它,发现只有用铁刷为它梳理皮毛时,它才会低眉顺眼,呈现片刻的平静。老人想,这个"圣物"不该属于俗世,它只会在黄花敖包做短暂的休憩,有一天还要去往该去的地方,那或许是它水草丰美的故乡。

一天，几个村庄的老人聚在集市上喝酒闲聊，忽然想起整个苏木有十几年没搞那达慕了，属于蒙古人的三技——赛马、摔跤、射箭早已被人遗忘。那又怎么样，要把这些荒废的技艺短时间捡拾起来谈何容易，特别是赛马，现在方圆百里的村庄已找不到一匹像样的蒙古马了。围拢在身旁的年轻人闻讯却摩拳擦掌起来，对于他们来说，没有什么比这个提议更振奋人心的了。他们想，有些传统之所以被人遗忘是因为没人号召，重新点燃它有时只要一点星火即可。

很快，那达慕就确定了下来。短短的个把月时间，就有十几个青少年报名参加赛马，更不要提摔跤和射箭的竞技。原来他们的马是合伙从呼伦贝尔或锡林郭勒买来的，用卡车不远千里拉回来，又经过夜以继日地细心调教，准备一试身手。

起初，包布和老人考虑白狼马的腿伤刚刚痊愈，并不建议它参赛，怎奈那些年轻人轮番央求。等到那达慕开赛那天，当十几个后生看到那匹白马眼神炯炯空无一物地狼行而来时，想变卦为时晚矣。"白狼"还没等近前，就已让所有赛马相形见绌，甚至引起了马群不小的骚动，它们像见到一匹真正的白狼那样躲躲闪闪。戴墨镜的裁判走过来，问老人是否换个年轻的骑手，包布和不禁吹胡子瞪眼，让这个黑眼睛的青年把心放在肚子里，他老人家还没到爬不上马背的地步。

比赛开始，年轻骑手早做好了准备，观众却只把目光锁定在"白狼"和老骑手身上。赛马似乎没有一点悬念，不用下赌注就能猜测到最后的结果，人们更想知道的是"白狼"到底会把其他赛马落下多远。这种情形让年轻骑手们好不羞恼，互使眼色，一定给人们好看。随着裁判吹响口哨，十几匹赛马各显其能，如一阵乱鼓敲地，蹚起滚滚尘烟……

再看那匹众人瞩目的白狼马，竟然原地未动，面对熙攘的人群一副茫然无措的样子。包布和老人嚯嚯地催促它，后来不得不用马镫磕它，用缰绳抽打它，可白马仍旧无动于衷，就像人们最初在水泡边发现它时那样，聋哑般呆立，仿佛沉浸到遥远的往事里，任由谁都唤不醒。

后来的事情更出人意料，白狼马抛下包布和老人和失望的人群，拖着长长的缰绳独自踱步走向野外了。它满腹心事，双目忧伤，漫无目的。包布和老人在后面紧赶慢赶，一边不断呼唤它的名字，可后者更像个任性的孩子，对老人不理不睬。

村庄之外被半人高的秧田层层包围，除了一个多月前的那场雨水，科尔沁左中再未下过一滴雨，禾苗卷曲着枯焦的叶子蔫成一片，为了防牲畜，一行行铁棘围栏围在那里。白狼马只能顺着滚烫的寸草不生的沙原踽踽独行。天空像一锅浑浊的温开水，煮得太阳也乌涂涂的，大地散发着一股皮子烧焦的味道。没有一只鸟影，也没有昆虫的叫声，白狼马单调地走着，翻过一片片炙热的沙丘，越过几块杨树苗圃，前面缥缈的热浪下浮现了一条干涸的河道，这是曾经的乌力吉牧仁河留下来的，不过早在几十年前河水断流便滴水皆无了。

白狼马径直走到这里，在岸上举目四顾，仿佛在寻找失去的记忆，等它判断出了什么，便沿着河道急促地奔跑起来，偶尔停下脚步像猎狗那样用鼻子嗅嗅脚下的沙地和贝壳的残片。当它走近一片豁然开阔的转弯地带时，忽然变得警觉，它背立起双耳，突突地打着响鼻，低下头用蹄子四处翻找，继而仰天咻咻长嘶……老牧马人一直跟随它，远远的，他就听到了白马的悲鸣，这种声音只有骏马思念主人时才会发出，他望了望周遭，除了遍野玉米秧苗空无一人，可是白狼马为何而哀戚？难道它的主人曾经……包布和似乎意识到了什么，此刻双腿一瘫，坐在了沙土上……

接近傍晚时分，久不见老人归来的村民陆续来找，看到这河床里晒干了的一人一马。村民搀起老人，欲圈回白马，它却与人们打着周旋，在河床里徘徊不去，并且不停地抬起前肢立马呼号，眼眸里似乎涌动着晶亮的泪水。村民对白马的反常之举莫名其妙，转头向包布和求援，老人摆手制止了他们，嘴角颤抖，好半天才吐出一句：这是嘎达的马，是它回来了……

嘎达的马？人们惊呆了！科尔沁无论远近，有谁不知道嘎达呢？那是人们最敬爱的梅林啊！村民如梦方醒般的，是啊，嘎达当年的坐骑就叫作"白狼"，那可是近一百年前的事情了，白狼马若是活着也有一百岁了……

那时正值春天，乌力吉牧仁河刚刚解冻，水流湍急簇拥着满河床嘎裂的冰排，如同牛群过江一样地轰响。嘎达梅林的队伍被追兵驱赶，就路过这个河段，他掩护战士们强渡冰河，等他最后一个提马入水时已枪声四起……嘎达的鲜血染红了奔涌的激流，"白狼"——他最忠诚的伙伴眼见主人倒下马背，就一口叼住了他的衣袍，挺直脖颈，奋力把主人拖向彼岸……谁料又一颗流弹咬到了"白狼"的后腿，它一足蹬空，竟与主人一同被汹涌的冰排冲翻，席卷，湮没……

这匹"白狼"可是科尔沁的乡亲们从上千匹骏马里挑选出来的，它不仅是嘎达的最得力的坐骑，更是他出生入死的战友……嘎达牺牲了，白狼马却被敌兵用套马杆拽上岸来。他们垂涎于它的忠勇，想驯服它占为己有。可白狼马思念主人嘎达啊，任他们添食什么草料都不瞅不嗅，直到一位给敌军抓来做马夫的乡亲趁着夜色偷偷为它打开笼门，白狼马才得以绝尘而去，从此再不见踪影……

依据萨满的教义——万物有灵，人们相信白马的英魂犹存，相信它一直穿行于科尔沁沙原从未离开。可用什么来证明眼前这匹马就是嘎达的"白狼"呢？此时，包布和老人抖着手指了指白马蹄下的脚掌……那里会有什么秘密？人们重新拥住白马，将它的四蹄一一抬起，正如兽医张哈斯所说，马蹄铁虽然磨损严重，可依稀能看清上面镌刻的细小蒙文，那是几串人名，沿着每一只马蹄铁的边缘围绕一周，巴特老师摘下眼镜辨认着，一边念出声来——色仁尼玛，赵舍旺，僧格嘎如布，那达木德……

老牧马人不禁老泪纵横了，他从小便听科尔沁的老人讲过这些人啊，那都是当年与嘎达一同去请愿的乡亲，是"独贵龙"的先辈们啊。就在嘎达他们起义的前晚，"独贵龙"的人们把自己的名字刻在了马蹄铁上，再牢牢钉在白狼马的四蹄之下，这寓意着他们要誓死追随英雄梅林的脚步，像奔腾的马蹄那样前仆后继……最后，这些请愿的人们实践了自己的诺言，无一不将热血洒在科尔沁悲怆的土地……

听闻老人的话语，一时间群情肃穆了，如同傍晚深沉的天色……没有人再说一句话，发出一点声音，往事像一堆篝火被点燃起来，那一切就是在这片土地上发生的，仅仅不到一百年就差点被遗忘了……村民们因为心痛而沉寂着，即便流泪也是无声的……

歌声先是老牧马人唱起来的，他沙哑的声音像微弱的灯火，在黯淡的乌力吉牧仁河床边跳跃着……

人群将白狼马围住了，此时西天只剩最后一抹血红，就像大地上只剩下这一群铁色的人围绕着一匹白马，那是一堆黯然的木炭，把白马的白映衬得那么纯粹，鲜亮。

巴特老师也唱起了歌，他小声地与老牧马人随声附和，怕惊扰到白马似的。两个人的歌声像蚯蚓那样在明澈的空中爬行，又折返回来，直直钻入人们的内心。于是所有人都张开了嘴巴,那种合唱没有人指挥,也没有什么伴奏,竟然那么合拍,那么起伏有序,如同愈来愈汹涌的潮水——

  南方飞来的小鸿雁啊
  不落长江不呀不起飞
  要说造反的嘎达梅林
  是为了蒙古人民的土地
  ……

  明亮的长庚星从天边升起时,随着白狼马的一声嘶鸣,人们不约而同地让开了一条道路,他们知道和白狼马告别的时刻到了,于是像送别一位远行的人儿那样,满怀留恋和虔诚。老牧马人亲自为白狼马摘取了笼头和缰绳,最后拥抱住它的脖颈久久不肯撒手……人们劝慰悲泣的老人:或许有一天,它想念黄花敖包村还会回来……

  白狼马终于可以上路了,它使劲抖了抖身上的沙尘,翘起流沙般的尾巴,飘散开风一样的长鬃,向着人群散开的方向走去了,直到一点白光消失在暮色里。人们不由得想起萨满的那句祝辞:它从微弱的光中走来,又走向微弱的光,那是一匹苍色的狼……

  其实,人们明晓白狼马奔往的是乌力吉牧仁上游的河道,它的源头该是西拉木伦河,那里会有红色的山峦和广阔的草原,数不清的成群牛羊。只有在那里,白狼马才会找到它的主人,它会驮起梅林,如当初那样纵马驰骋,或像鹰隼般自由翱翔;偶尔他俩也会蹚过清澈甘冽的山涧,穿行于苍翠的樟子松、落叶松、白桦、黑桦覆盖的崇山峻岭。

  想到这里,人们羞愧地低下头来,不禁暗暗发誓,要让脚下的白沙变绿，河床盈水。不知怎么的，此刻人们浑身仿佛充满了力量，眼前都是幸福的憧憬，甚至连夜就可以挖坑栽树，封沙种草。他们要让丰茂的蒙古黄榆、秀丽的红柳、簇簇山杏、高大的五角枫和沙棘树，统统长满沙原，明媚的阳光会在树隙间留下七彩的光环，而绿草茵茵的树下，火艳的萨日朗、金黄的线叶菊、浅粉色的苜蓿花会竞相绽放，形成一片又一片花的海洋，蜜蜂和各种昆虫忙碌其间举行歌舞盛典。此刻不用抬头，就能听到云雀和百灵鸟的百转啁啾，好像整个天空都盛不下它们的歌喉……

到那时，人们朝思暮想的英雄——嘎达梅林将骑乘着白狼马姗姗归来，乡人们满含热泪，远远地高呼他俩的名字，踉跄地扑上前去迎接久别重逢的亲人，用满脸的泪水沾湿他俩的脸颊、额头，然后急切地告诉归来的人和马儿，那白云之下、蓝澈河边，朵朵毡房就是他俩的住处。从此以后，朝霞初现抑或黄昏的天边，清风拂面的山冈抑或绿禾摇曳的田间，辛勤劳作之余的乡人们总会看到嘎达和白狼马的身影，悠闲自得地漫步在富饶而丰美的科尔沁——他梦中重现的故乡。

请喝一碗哈图布其的酒

没有人知道那个高大的家伙是什么时候冒出来的,他出现在哈图布其嘎查(蒙古语:村)的人群里就像一头骆驼站在了羊群中间,人们仰视才见他时不由得引起一阵骚动。这应该是个异乡人,人们一边惊叹一边做出判断,因为在科右中旗草原,十里八村的牧人彼此都认识个大概。可是朗朗晴空怎么会忽然多出这么一个人来?而且他泰然自若,见谁都咧咧那张乐呵呵的大嘴,好像相识已久的样子,那满口牙齿颗粒饱满,雪白坚硬,在阳光下像白玛瑙一样闪闪发光,一看就是蒙古男人钙质充盈的牙齿,是专吃牛羊肉喝马奶子铸就的。再衬上一张典型的蒙古脸——塌鼻子、又高又红的颧骨,一双细细的小眼睛,这五官要是组合到西亚或东欧人脸上就没的看了,但在这里它们相得益彰,彼此都找到了合适的位置,搭配起来显得那么舒服,得劲,充满别样的神采。除了这些,人们还注意到他的穿着,那身略显古旧的藏青色长袍仿佛中世纪的布料,一柄精致的蒙古刀悬在右腿前。而他脚下那双雕花讲究的靴子更非同一般,至少该是博物馆玻璃罩里的物件,尺码之大像两艘小船。在科右中旗草原,即便像今天这样隆重的敖包盛会,也只有年长者注重蒙古长袍和马靴的穿着了,年轻人大多不再守旧,西装、夹克、短袖什么的，任性地追赶城里人的潮流。所以，人们越发对这个人感到好奇。高个子倒是漫不经心，迈动他的大步左摇右晃地走路，所到之处人们自然散开，不时让他那一堵墙似的倒影从人群的头顶跌落在草地上。

牧民们是刚刚从敖包山上下来的，近两年哈图布其嘎查风调雨顺，村民脱贫，人心振奋，村委会决定筹措资金，让牧民们好好热闹一把。这不，初夏一大早，人们开着大小车辆就围聚到敖包山下，手提草原老白干、面果子、奶干、大白兔糖块，登上高高的山顶，为敖包堆子添枝加石，撒下祭祀品，许下吉祥的祝福和心愿……但这个高个子显然不是大家祈愿来的，他的来头还要细究，人们开始围住他问东问西。起先当然要问远方朋友是哪里人，要到哪个地方去。高个子微笑不语，或者傻呵呵地乐一乐，避而不答。莫非这个人是个哑巴不成，人们越发问得急切，以证明他到底会不会说话，高个子不得已抿了下嘴唇，用他那只熊掌一般的大手指了指远方，说："从那边来的。"这一开口不要紧，临近的人不得不捂紧了耳朵，这哪里是人发出的动静，瓮声瓮气得像极了一头发情期的公牛，震得蜜蜂嗡嗡乱飞，远山微微颤抖。"那边是哪里？是阿鲁科尔沁，还是乌珠穆沁？还是二连浩特？"高个子晃了晃大脑袋，伸出舌头调皮地打了一阵嘟噜。"你叫什么名字？这个总可以告诉我们吧？"他挑了挑眉毛，抖动起朝天的鼻孔，猛的一声"阿嚏——"打了一个震天动地的喷嚏，一时间瀑沫四溅，气流冲开了刨根问底的人群，好家伙，这一下可再没人靠前问询了。既然高个子不愿透露他的底细，就干脆叫他"远方朋友"好了，这个名字既好记，又能彰显哈图布其的热情好客。

透过人群的间隙，高个子把目光转移到不远处，那里十几个男人正忙着杀猪宰羊，他的细眼睛晶莹地亮了，随之而下的是嘴角的涎水，他拍了拍肚皮，对人们说："我的肚子饿了……"人们马上听到了发自他肚皮的咕咕叫声，像揣了一窝青蛙那样。今天是嘎查村委会请客，杀的是村集体养的猪和羊，吃的是村集体种的菜，村集体还养了几十头西门塔尔牛，掂来想去，书记和嘎查达（蒙古语：村长）还是一头也没舍得杀，这油光锃亮的黑牛可是值了好多银子的。此时几百号村民一起动手，架起炉灶，搭起彩条布、军用帆布帐篷，劈柴的劈柴，收拾下水的收拾下水，煮肉的煮肉。一时间，山脚下的草地炊烟袅袅，热闹不已。

等待吃食是一种煎熬，那渐渐飘散开来的肉香最先钻进饥饿者和孩子们的鼻子，让人忍无可忍。高个子一边抓耳挠腮一边吞咽着口水。几个十六七岁的少年赛摩托车回来，一路尘土飞扬，电光闪闪，携带的高音喇叭播放着草原流行歌曲——"套马的汉子你威武雄壮，飞驰的骏马像疾风一样……"来到近前，摩托车戛然停在高个子脚下，一个瘦小的少年拍了拍车把，说："咳，大个儿，敢不敢和我们赛摩托？"高个子龇龇牙，说："不不，我只会骑马。"旁边矮胖的少年说："什么年头了还不会骑摩托？来，我教你骑。"高个子不好推辞，一手搬起拴马桩似的长腿，跨到摩托上，仿佛大象骑在小羊身上那样，只轻轻一落屁股，摩托车身立马沉下去一大截，两个轮子像受了委屈的长鼠子，吱吱叫了好半天，直到瘪成了一层皮。几个少年傻眼了，面面相觑，车主人蹲下察看车胎，不由得哭丧了脸。

那边，小伙伴推着摩托去镇上补胎，这边，村民们已分席落座。猪羊肉已然煮好，热气腾腾用大盆端上桌来。蒙古人一向有盛情款待过路人的习俗，辈分最高的族人对高个子做了个请的手势，说："咳，远方朋友，请你喝上一碗哈图布其的酒！"本来是用二两半的玻璃杯倒的酒，高个子听老人说喝上一碗，索性把酒折到木制奶茶碗里，倒酒的见了，忙给斟满，高个子举碗一饮而尽，顺手掂起随身携带的刀来，刀鞘用鹿角精雕而成，刀把应该是一块犴腿骨，这样别致的蒙古刀人们还第一次见。他伸手割肉了，在胸口上割了三块肥瘦相间的羊肉，不过他没有放进自己的嘴里，而是抛向了远处的草地，那是蒙古人餐前敬天敬地的规矩。族人们晓得这是懂礼节的人，并非一个莽汉。再看他的吃相，刀法娴熟，波澜壮阔，左手拿肉，右手内握，大拇指按着刀背，行云流水一般，将剃下的条条雪白抑或黑腴抿到唇边，随着"咻"的一声，那片肉就像条虫子一样被吸吮到嘴巴里，然后舒舒服服地在舌间伸伸懒腰，打上几个滚，便被喉头迎接了去，没来得及咕噜一声就消失不见了。整个过程好似马头琴师正娴熟地拨弄他的琴弦。族人不再动刀动筷了，目不转睛地看着他吃肉，这种吃相仿佛只有蒙古秘史中的祖先才有，不由得唤起了人们的怜悯之心。人们想，这个人肯定是个流浪汉，他没家没业，四处讨吃，所以不肯说出自己的来历和姓名，害怕给他的家乡丢脸，这次他像匹饿狼那样空着肚子跋山涉水，一路仓皇走到这里，终于遇到了哈图布其这些好心的人。于是人们想当然地认为，这个孩子应该是饿瘦了，你看他的胳膊，只和树桩一般粗了。可是这个年月怎么还会有流浪的人，党和政府正在搞精准扶贫，像他这样的人明天就该报到巴彦茫哈苏木（蒙古语：乡）去，政府肯定会把他记录在案，很快就会在哈图布其嘎查给他盖上两间瓦房。到时人们还会替他申请，基于身高，瓦房也要比整个村庄高出一截，那要多补贴五百块砖、二十袋水泥和一整车沙子，另外还要给他加盖一间牛舍，从村集体赊给他三五头最膘肥体壮的西门塔尔牛，分上两百亩锦鸡儿草地……高个子一直没有注意人们的关切和窃窃私语，等他终于抬起头时，桌上已风卷残云，整整一大盘肉只剩下一堆堆干净如洗的骨头，连骨缝中间都筋头无存，令旁边蹲守的几只四眼黑狗悻悻地哼叫，极为不满地瞥了瞥他。此时高个子如梦方醒，看看周围鸦雀无声的族人，一时羞红了脸。

人们安慰他："吃吧吃吧，远方朋友，嘎查今儿个杀了三口猪四只羊款待大家，肉管够吃！"妇女们忙不迭地又去捞肉添菜。须臾，又端上大盘肉来，兼以刚出锅的血肠心肝腰肚，毛菜也一盘一盘端上来——羊汤土豆片、小白菜炒花脸蘑、尖椒炒茄丝、清烧黄花菜……酒宴仿佛才刚刚开始。有人又给高个子倒酒，这是65度的草原老白干，崩一点火星就会点着，那蓝幽幽的火苗蹿动两下就消失不见了，你以为酒火灭了，可碗口却热旺旺的，眯眼仔细瞧，才知那火是透明的，就在酒面上静静地飘着，忽忽悠悠，无声无息地，此时手离酒碗半尺高都会被它灼伤。这么烈的酒小酌一口就会割痛嗓子，高个子却又咕咚咕咚把它干掉了，最后一大口下咽之前，像漱口水那样在嘴巴里咕嘟了一阵，似要用酒把牙齿漱洗干净。这个喝法又把族人惊到了，平日里，嘎查的男人们都爱吹牛皮，都说自己的酒量如何大，一顿能喝几斤酒，谁也不服谁，如今可遇到对手了。不过，男人们有着自己的小九九，心里盘算着怎么试试客人的酒量。

说话间，嘎查第一书记端着酒杯过来了，这是嘎查唯一的汉人，三十出头，个子不高，别看其貌不扬，来头却不小，他可是浙大毕业的高材生，上边（中宣部定点扶贫）派来的帮扶干部，操着一口略带南方口音的普通话，领着村委会一行人等挨桌为村民敬酒。有人给第一书记介绍"远方朋友"，书记把杯中的矿泉水倒掉了，说自己本来不会喝酒，但家里来了客人怎么也要尽下地主之谊。一旁的小伙子忙给书记倒酒，书记说："多……多了……"一杯酒已倒得满满当当，小伙子说："不早说，我以为是'多倒'呢。"书记吃了哑巴亏，也不好说啥，村民们起哄："书记干了！书记干了！"书记架不住怂恿，双手举杯："远方朋友，欢迎你来哈图布其！"闭起眼睛屏住呼吸，先饮下半杯，说："吃口菜，吃口菜不算赖。"夹了一口黄瓜拉皮，强把下半杯酒咽进肚子里，这边，高个子早将一碗酒饮下。村民们又起哄:"草原三杯!家里来客人了,书记一定要来个草原三杯!"书记忙摇头,这时一位年长者站起身,亲自给书记倒上一杯酒,说:"书记,这杯酒我是替村民们给你倒的,哈图布其的好光景都是你给带来的!"年轻书记摆手:"大叔,您知道这不是我一个人的功劳,要感谢就感谢党和政府……"一个酒嗝打上来,话说到这个份儿上,酒是不能不喝了,书记虽是文质彬彬的南方人,但也是条汉子,关键时刻不能掉链子,满满两杯酒说干就干掉了。高个子倒是来者不拒,仍然用奶茶碗喝,说话间就饮下了四碗酒。书记抹了一把嘴巴,脸顷刻间红灿灿的,眼神也迷离起来,说:"远方朋友,我们的'男儿三技'竞赛马上开始了,还有刺绣表演,一会儿邀请你观看节目啊。"有人来搀扶书记,被书记推搡开:"我还没多,我还没多……"一边的嘎查达说:"不行就扶书记去村委会休息,他这些天忙里忙外累得够呛。"书记摆手:"不不,我才不要睡觉,我还要等着看比赛呢。"他走路有些摇晃,没墙可扶却不倒去,就像蒙古汉子骑马一样,看着晃晃悠悠,并不会从马背上摔下来。

紧接着,人们开始轮番为高个子敬酒,都说:"'远方朋友',请你喝上一碗哈图布其的酒!"高个子也不含糊,谁来敬酒都干上一碗,一会儿的工夫,二十几碗酒就灌进了肚子里。女人们都是绵羊心肠,不忍心这么多男人灌醉一个异乡人,纷纷去拉扯自己家里的,不要他们把客人喝倒喝坏。可"远方朋友"看上去一点事儿都没有,除了高高的颧骨处泛起红晕,眼睛也没见小没见直,舌头也没见大,脸上始终挂着那副憨态可掬的笑容。

竞技场那边锣鼓喧天起来,大喇叭的声音飘荡过来——先是雄壮的国歌,接着传来一个男主持的标准蒙古语,人们知道是赛会要开始了,大人孩子纷纷离席,往一个方向跑去,刺绣表演的女人们则去彩条布的帐篷里换绣娘服。一个年轻绣娘扒开门帘偷窥着高个子，里边传出嬉笑打闹的声音："去你的，不要胡说嘛……"随后，十几个女人被年轻绣娘追打出来，与麻雀一起叽叽喳喳地拥向会场，年轻绣娘落在后面，一步三回头地向这边观望。嘎查达来邀请高个子，不料一个男人拎着酒瓶从灶台走过来拦住去路，他是嘎查有名的屠夫，刚才一直忙着杀猪宰羊，烧火煮肉，这会儿就和嘎查达说："客人还没喝好呢，我想陪他再喝几杯。"嘎查达用目光征询了一下"远方朋友"，嘱咐道："适可而止，不要把客人喝多了。"

这是个敦敦实实的车轴汉子，头大如斗，脖子和身体一般粗细，毫发如狗熊般黑重，一看就是个"心狠手辣"的角色。几个爱喝酒的闲人围过来看热闹。屠夫有一个绰号叫"狼赫尔"（蒙古语：酒罐子），这谁都知道，干他这个行当的，给谁家宰牲畜都会供一顿酒喝，特别是近几年，每家一年冬夏两季都要杀上两口猪，肥猪滚滚，酒肉不断，久而久之，屠夫练就了一副千杯不醉的好肠胃。隔着桌子，狼赫尔并不坐下，举起酒瓶，瓶嘴对人嘴，"咚咚咚"一阵水流声音，几串大气泡在酒瓶里由下而上，顷刻间一瓶酒灌进了嗓眼里，狼赫尔用手掌抹了一下瓶口，随后开了腔："高个子，我来陪你喝酒，喝得过我，我请你去乌兰浩特最大的饭馆。"

好家伙，一瓶白酒就这么对瓶吹掉了。人们再瞧"远方朋友"，有人递酒给他，头一秒他还在笑呵呵的，下一秒仰仰脖，整瓶酒水就进了肚，没谁看清他是怎么喝掉的。棋逢对手，有好戏看了。狼赫尔这才坐下来，说："兄弟，我今儿个高兴，所以才想和你多喝几杯，他们这些人都喝不过我，我和他们喝酒没意思。几年前，我还是个贫困户，我上有老下有小，老人有病孩子上学，自己又爱喝酒，说实话，日子过得真不咋地。自从'小白脸'书记，就是那个高材生书记来了以后，他帮了我不少忙，帮我给老人办了大病医疗保险，给我争取政府各种补贴补助，孩子考大学又是他帮我跑的贷款。我媳妇腿残疾，过去没啥手艺，天天喂鸡打狗的，两年前去了村里的刺绣培训班，旗里来的白老师手把手教，她自己学会了又教我。"屠夫伸出他的一双又粗又硬的大手，上面还沾染着猪血羊血，他说："就我这双手，不是吹牛，刺绣个花呀朵呀的，我比嘎查里的老娘儿们强，她们都绣不过我，你信不？"说着话，从随身的兜子里掏出一幅作品，展开给"远方朋友"看，只见皮画上一双蝴蝶飞舞在马兰花间，针脚细腻，栩栩如生，屠夫小心翼翼，动静大了怕蝴蝶飞走似的。"这刺绣讲究绣、贴、堆、挑，技术精着呢！"这回狼赫尔不再对嘴吹了，像"远方朋友"那样，他把酒倒在奶茶碗里，"我两口子就是这么脱贫致富的，为了刺绣我最近把喝了半辈子的酒都戒了，可今儿个我一定要喝点，高兴啊！过去嘎查里像我这样的贫困户多了，现在可都脱贫了，日子都过得一天比一天好，老百姓还求啥？"说着两个眼泪疙瘩就在眼圈里打起转，用手一抹，说了句："喝酒！"兀自一饮而尽了。

喝酒也有大小酒场之分，小酒即小酌，大酒需要有酒量的人拼着喝，说干就干谁都不落后。而且喝大酒的酒场要喝得默契，既有能吹牛的也有能听吹牛的，"远方朋友"确实是个好听众，一言不发，说喝就喝，狼赫尔说啥他都支棱着耳朵听，兴致满满，所以今天这个酒场俩人喝得比较合拍。狼赫尔就给他讲哈图布其嘎查这几年的变化，说现如今村村通了水泥板路，家家红砖蓝瓦窗明几净，最牛掰的是每家的牛圈里都有几头油光锃亮的西门塔尔牛，至于为啥在牛圈里而不在草地上，那是因为生态禁牧，为了青山绿水。接着又吹——满村翘着翅膀的大雁其实是路灯杆，路边又种了哪些稀奇的树木和花花草草。狼赫尔说："就连阿里巴巴还在我们这里种了沙棘树呢，叫什么'蚂蚁森林'，知道那个叫马云的不，他和我们书记都是浙江人，个头比书记还矮呢……"说到最后，狼赫尔想起给"远方朋友"安排住处，说啥要他晚上到自己家住去，他醉眼蒙眬地瞄了瞄"远方朋友"的身高，一时犯了难，说个头高些倒是可以弯腰进门，宽度就难办了，实在不行就把窗子卸掉，从窗户进屋。

眼见着桌前的空酒瓶子摆了一溜儿。狼赫尔像口慢慢烧热的锅，脸色红如猪肝，他裸着上身，浑身粗毛孔筛出豆大的水珠，后来就淋漓下来，那是热气腾腾的汗水，足以蒸熟一锅馒头。"远方朋友"也出汗，但是那种细细密密的，像清晨草原上看不见的温凉露水，只有浸湿了靴子或马蹄才让人知晓。再喝，狼赫尔起酒的手有点不听使唤了，脱手两回也没拧开瓶盖，他稳了稳身子，深吸一口气压进丹田，一个大酒嗝打将上来，浓烈的酒气直呛人脑门儿。这当儿，有人瞧见他的腋下水流如注，禁不住叫了嗓，喝酒的人都明白这是酒漏，狼赫尔的酒漏开了，这也是喝酒人的暗道，没有暗道酒只会在人的肠胃里、血管里燃烧，直到把人烧焦烧化。再看狼赫尔，糊满酒屎的两眼重新有了光亮，脸色似晚霞中的沙滩退潮了，他不再使手去拧瓶盖，而是直接用牙咬开，这次他起了两瓶酒，一瓶留给自己一瓶递给对方，用发直的眼睛望着高个子，说："兄弟，酒逢知己千杯少，咱俩再吹一瓶……"

围观的人虽然都是些不怕事儿大的汉子，但也忍不住劝阻："咳，还是一碗一碗喝吧，这么喝会喝坏了身体……"狼赫尔却不管这些了，酒喝到这个程度他只想表达感情，他举起白酒瓶，先是把它当作麦克风，扒着嗓门唱起一首广场舞歌曲，一会儿有词没调一会儿有调没词，最后终于唱累了，不得不趴在桌上，脑袋一歪嘴一斜，便到梦中烀他的猪头肉去了……

围观的人都乐了，说让他这么睡吧，现在就是把他抬到集上称了卖肉他都不会醒了。"远方朋友"这会儿有了些许醉意,他摩挲了一把红彤彤的脸,弯腰脱下两只靴子,只见裤腿湿得像蹚了河,脚趾也似被水泡得发白,靴筒向下倾倒,两股清泉便一泻而下了,酒香立马弥漫开来……男人们随之惊呼了:酒道!魁中的酒道!民间俗语讲,一道后脑勺开窍,二道汗下眉梢……八道腋下尿尿,九道清泉灌脚……前几个酒道人们倒是多少见识过,可这"清泉灌脚"还真第一次见,男人们不禁啧啧称奇,算是开了大眼界……

不远处的赛场一片喧闹。"远方朋友"穿上靴子,晃晃荡荡向着赛场走去,嘎查的人们都聚集在那里,大喇叭里的草原歌曲盖住了百灵鸟的啁啾,却压不住徐徐尘土,几个少年正在跑圈赛马,马鞭挥动,马蹄飞驰,叫好声连成波浪。高个子认出马上少年就是要与他赛摩托的几位,便张开大手为他们鼓起掌来,又使劲打了一个尖如鞭鞘的口哨,赛马扬鬃翘尾,雷声隆隆掠过眼前。赛场中央,搏克手们已决出最后的胜负,高个子挥动双臂,以搏克鹰舞向他们致意,没见过棕熊跳舞,这回见识了。几位魁梧雄壮的冠亚季军还之以礼,高喊:"高个子,过来和我们比试比试!"被旁边的搏克手拽了拽衣角,低语:"咳,瞧瞧他的体格,估计咱三个一起都不是他的个儿。""远方朋友"并没有一试身手的意思,耳边夏风习习,羊羔皮一样毛茸茸的阳光披在身上,他昂首阔步,路过射箭场。一位眉宇英俊的青年已斩获头魁,箭靶上遍布箭痕,十环兼有,但都没中靶心。高个子拿过弓箭,轻轻一拉就拽个满弓,距离百米远,"嗖"一声箭镞响,正中圆点,箭手们惊了,上前查看,却见那支箭竟入木五分射穿了靶子,想取出来非双手双脚蹬拔不可。"远方朋友"哈哈一笑,交弓箭于英俊小生,继续前行。百余名绣娘正埋首刺绣架穿针走线,一色红艳衣袍铺展开来,如点缀青草地的朵朵萨日朗花。那位年轻的绣娘瞥到了"远方朋友",提裙站立起来,腰身袅袅娜娜，眼神犹如波光荡漾般地向他招手，女人们这时纷纷抬起头来，目光像蜜蜂嗡嗡叮咬着高个子，一时竟忘了女人该有的矜持和羞怯。

"哦，他好高大呀""嗯，比咱嘎查任何一个男人都牛壮……""听人说，他刚刚吃掉了大半只羯羊哎""还喝光了嘎查所有的酒""瞧瞧他的胳膊比我的腰还粗呢，好像不费力气就能搬动敖包上最大的石头""不知哪个有福的女人嫁给了他……"女人们窃笑起来。

年轻绣娘挥动起衣袖，喊他："咳，你要去哪儿？"

高个子冲着女人们拍了拍肚皮："我的肚子饱了，要赶路去了……"声音洪亮如高音喇叭，所有乡亲们都听到了，他们或放下手中的活计，或回过神来，目送"远方朋友"。人们望着异乡人的背影，议论纷纷："我们还不知道他的真实名字呢""是啊，不过看他的体魄，他的名字该叫都仁扎那（锡林郭勒传说中的著名摔跤手）""可他的吃相……好似蒙古秘史里那位最能吃能喝的祖先——大巴鲁剌""不，他的箭法更像圣主的四骏之一'者勒蔑'""这么说，他还是蒙古人传说中的'酒神'呢"……

无论他是谁，无论高个子矮个子，都是个过路人，都是科右中旗草原最尊贵的客人，人们最后得出结论。于是一起高呼起来："咳，欢迎你再来哈图布其！"

彼时高个子已经走远，他转过身向乡亲们挥手致意。他蹚着一眼望不到边际的没膝深的锦鸡儿，这是牧民们人工播种的，过去这里曾经是寸草不生的流动沙丘，如今变成了万亩枝繁叶茂的饲草地。此时头顶之上，数不清的云雀和百灵鸟赛着歌喉，此起彼伏，仿佛一场以天为幕的盛大合唱；近处，清澈的乌力吉牧仁河如同一条银带缓缓伸展，飘动；远处，群山如黛，白云像昂扬的雪峰一样高耸，又似一群天马奔腾踢踏。高个子就向着奔马似的云山走去了，一会儿间消失在大野深处。

人群中最失落的要数那个年轻的绣娘,她咬着嘴唇,还在向高个子走去的方向悄悄挥手,用温柔微小的任谁也听不见的声音说着:"再见了,远方朋友,你什么时候能再来喝哈图布其的酒……"

(刊于《民族文学》2020 年 11 期,
《小说选刊》2020 年 12 期转载;
《新华文摘》2021 年 5 期转载;
《长江文艺·好小说》2020 年 12 月下转载;
并荣登中国小说学会 2020 短篇小说排行榜)

第三条河岸

早上,银灰色的晨雾一如往常,徐徐压着宽阔的伊敏河谷和低矮的丘峦。八月已是呼伦贝尔的初秋,草原呈现着深沉的墨绿色,辽远得连天上的苍鹰都望不到边际。昨夜下过一宿毛毛细雨,此时蚊蝇还湿着翅膀,不能哄哄然叮咬牲畜,牛羊马群埋头在河岸边没膝深的草地里嚯嚯地掠食。阿拉木斯和巴雅尔,两个年轻人从营地出来,去替换值夜班看守牲畜的牧人,他俩睡眼惺忪,不紧不慢地乘马而行,身影被乍现的朝阳拉得长过了套马杆。草原静寂,除了牧人的哈欠声、马蹄刷草声,便是百灵鸟漫天的啁啾。再过上几天,驻扎在伊敏河畔的八户牧民就要迁往秋营地去了。日子慵懒得像身上的虱虮,谁也没有料到即将发生的事情。

几个换岗下来的老牧人刚刚走远,好像冷不丁一下,天上的鸟儿就哑了嗓子,代之的是一种由远及近的刺耳而巨大的轰鸣,阿拉木斯和巴雅尔俩人抬头看去,只见成群的轰炸机如同乌云轧过头顶,而远方的草原,一排排黑乎乎的家伙(坦克)不知从什么地方冒出来,正卷起冲天的烟尘,遮蔽着天际……不久后,隆隆的炮声和爆炸声就在不远处的海拉尔城响起了……

那天就是在这乱哄哄的轰鸣声和枪炮声中开始的。阿拉木斯那时刚刚二十出头,他嗅着空气里的火药味儿和浓浓的焦糊味儿,不用站到高处就能看到镇子那边的火光和滚滚黑烟。

"是苏联人打进来了。"阿拉木斯说。

"何以见得?"巴雅尔眯着眼睛,望着天空。

"我认出那些飞机,和诺门坎时的一模一样。"

"你说的是哈拉哈河的那次苏日之战?"

"没错。"

"这么说,日本人要垮台了?"

"嗯,高日布老师早就说过,'满洲国'要完蛋了。"

不一会儿,葛根大叔的小儿子芒来骑着快马来报:"是,是苏联红军……"消息得到了验证。随后,芒来又一溜烟去往别处传播新闻去了。

整个上午,枪炮声接连不断,不时惊愣住牲畜的耳朵。

两个牧人砍来柳条,爬上山顶祭祀敖包,每当草原有灾祸或重大事情发生,牧人都会向长生天祈愿。他俩把柳树枝插在高高的石堆上,围着敖包转着圈子,一边泼洒奶食。

"这个世界怎么了,像走马灯似的换朝代。"巴雅尔说。

"只要我们的牲畜好好的,他们不来骚扰我们牧人就行了。"

"日本人最坏了,他们在草原到处挖矿,砍伐我们的森林……"

"别人来也一样,求长生天保佑我们的草原吧,让所有入侵者远离这里。"

午后,阿拉木斯去圈回河中乘凉的马群,他提马上岸时看到了迎面而来的那一家子日本人,跑在前面的是个佩带短刀的军人,牵领着两个半大的男孩,后面紧跟着一个穿和服的女人,她怀抱婴儿,不时弯下腰去大口喘息。日本男人也发现了阿拉木斯，前者像野兽意外遇到了猎人那样，眼神掠过一丝慌乱，他下意识地摸了下腰带间的手枪，看到阿拉木斯对他没有恶意，这才用胳膊夹起稍小的孩子继续赶路。女人却跌倒了，双肘着地，婴儿的哭声随即传过来，女人连忙爬起，用手捂住了孩子的嘴……她仿佛丢了什么东西，低头找寻的当儿，那个男人回头凶吼了一句，女人不得不跟上来，再走路的姿势就变得一脚深一脚浅了。

巴雅尔在远处草坡看到了这一幕，等阿拉木斯驱马回来，他迎过去，问道："那是落荒逃走的鹿吗？"

阿拉木斯点点头。

"你怎么没截住他们？"

"他身上有枪。"

"我们也可以取枪过来。"

"不，他带着女人，那是个母亲，还有三个孩子。没有了爪牙的狼，随他们去吧……"

"你真是菩萨的心肠。"巴雅尔望着远处，那里仿佛有一群黑影卷着尘土而来。

一会儿的工夫，十几个苏联骑兵沿着河岸显现出身形，隆隆的马蹄声惊动了那一家人。日本男人慌忙抱起两个男孩，和女人一起蹚下河去，隐蔽进河边的一小片芦苇丛中。有个高个子士兵跳下马，他在河边拾到了一只女人的木屐，递给一位长官。长官拿起望远镜四望了一番，随后率队向山坡上的两个牧人奔来。

长官是个白俄罗斯人，留着浓密的红胡子，他用一根手指提着木屐，一边向阿拉木斯和巴雅尔俩人问询，其中一个黄眼珠黑头发的士兵会讲蒙古语，给长官做翻译，喊着："你们看到什么了吗？"

巴雅尔望着阿拉木斯，后者摇了摇头。

"我们是来解放你们的苏联红军,看到所有日本人都要告诉我们!"

"你俩真的没有看见?"

阿拉木斯恍惚了一下眼神,他的目光落在不远处的牛群里,一头金黄色的牛犊正俯身在母牛的膝下吃奶。

"喂,牧马人,长官在问你话呢。"

巴雅尔忍不住要说些什么,却见阿拉木斯举起了马鞭子,他先伸向了那片芦苇丛,随之手臂一划,却指向了河水奔流的远方。

骑兵军得到了暗示,向他竖了竖大拇指,纵马向前方搜寻而去。

"你不该说谎!"巴雅尔仰躺在草地上,气鼓鼓的,嘴里嚼着肉干。

"这不叫说谎。"阿拉木斯拿起铜壶猛地灌了一口马奶酒,阳光亮晃晃的,他半眯着眼盘腿坐在那里,"成吉思汗小的时候被泰亦赤兀惕人捉去,躲在斡难河里,锁儿罕失剌发现了他,也是这么做的。"

"可那是日本人……"巴雅尔忽地坐起来,"你不会忘记吧?阿拉木斯,就在二年前,因为辉索木(呼伦贝尔地名)那个日本教师木赖三郎的诬陷,宪兵队抓走了我的表哥马萨尔和同伴,他们对我们的族人严刑拷打,马萨尔和他的另一个伙伴死得好惨……另外那两个被他们放回来的青年,后来又是怎么死掉的?你应该记得,在狱中,那些日本人给他俩打针,俩人回来后上吐下泻,没出三天就死去了,这还不算完,他俩带回来的传染病让我们整个辉索木的牧民死了二百多人,族人都说,那一定是日本人给我们带来了瘟疫……"

"我当然记得。"阿拉木斯随手拿起一根牛脊骨,一拳下去击成两段,"可是从圣主时起,我们蒙古人征服敌人,从来都只是杀掉比车轮高的男人,即便是狼的崽子,我们也要饶他性命。那是长生天的旨意。"

"我俩只需把他们的藏匿地点告诉苏联人,其他不关我们的事儿。"

"你想成为告密者吗?"阿拉木斯说,"那不是我们蒙古人能做的。"

河岸边,那对日本夫妇趔趔趄趄地抱着孩子爬上岸来,迅速躲进不远处的山丁树丛中。那个日本男人却朝这边走来了,他晃动着双手,证明自己没拿武器。阿拉木斯一直拿眼睛盯着他,直至他走到近前。

男人浑身湿漉漉的,他抹了把脸上的泥巴,从手腕上摘下手表,谦恭地用双手呈给阿拉木斯,用日语掺杂蒙古语说着:"我的名字叫吉田,蒙古人大大地好,谢,谢谢你们……"大概十年前,日本就开始在草原上普及日语了,牧人能听懂他的话。

阿拉木斯摇了摇头。

男人忙又从口袋里掏出几张伪满洲国钞:"对不起,一块手表两个人……是我的错。"

阿拉木斯用手指了指他腰间的手枪。男人望着眼前的牧人,迟疑地:"这个……"

四目相对着。

"不要用它再行凶了。"阿拉木斯说。

吉田的双手有些颤抖,须臾,他还是不得已地卸下枪来,递给眼前的牧人:"……战争就要结束了,我用不到它了。"

"你要去哪儿?"阿拉木斯接过枪,端详着这个沉甸甸的玩意儿。

"海拉尔的军车不拉家眷,我们去前面的小镇牙克石,在那里集结,然后回国去……"

巴雅尔盯着男人的脸:"我好像认识你,你是那个海拉尔的日本裁缝吉田先生?我从你那里买过布料……"

"正是鄙人。"他声音卑怯地说,"我家族来自日本清水县,在这里已经十几年了。"

"一个裁缝怎么穿上军服了?"巴雅尔问,"莫非你是日本特务?"

"这……"男人低下头去。

此刻,阿拉木斯却把枪口对准了他。

"不要,"吉田举起手,"不要这样……"

"走吧,日本人,回家去吧,不要再来了。"阿拉木斯说。

吉田后退着,直到认为没有危险,不过他又站在那儿了,面露哀求:"能给点吃的吗?用这个,买也可以……"他将那几张钞票放在草地上。

"快滚吧,日本特务,"巴雅尔愤怒着,"我们不会给狼喂食的!"

男人这才转过身去,一步三回头地走了。

他刚下坡,阿拉木斯就瞄到了那几架飞机,从正西面飞来,那是苏联的小型巡逻机。其中一架发现了吉田,像一只鹰那样俯冲过来,男人没有逃向那片山丁树林,而是转变了方向,拼命地朝一处沙坑跑去。巡逻机追上了他,从他头顶一掠而过,随之,一颗炸弹在吉田的身边爆炸了。

有那么一刻,阿拉木斯的耳朵失聪了,好半天才重又听见草地上叽叽喳喳的虫鸣,他定定地望着那片炸弹形成的浮土坑,仿佛过了许久,一个人影从那里爬出来,慢慢地,一点一点……阿拉木斯这才松了口气。

太阳偏西的时候,那队骑兵返回来了,押解着二十几个日本俘虏,阿拉木斯和巴雅尔两个认出来其中一些人,有索伦旗的日本教师木村仓介,海拉尔城统计局和银行的日本职员,和食料理的老板……他们中间,很多人都换上了戎装。一位面目慈祥身着白色褂子的中年妇女引起了两个牧人的注意,那是做妇产的卡奈大夫。

巴雅尔不禁冲到了队伍里面去,他拉住了卡奈,妇女一副茫然的样子,"你不认得我了吗?我的弟弟和妹妹都是你给接生的!"巴雅尔急切地说着。

黄眼珠的士兵驱马过来："怎么回事，同志？"

"她不是坏人，我敢保证，红军，她，她是个大夫，救过我们很多牧人的孩子！"

"你的证言我会向长官禀报，"士兵说，"可眼下我们不能放了她！"

押解队伍缓缓地向前面走去了。

巴雅尔的脸上落满尘土："苏联人会把她怎么样？"

"那个士兵已经说过了，"阿拉木斯拍了拍巴雅尔的肩膀，"但愿好人有好报。"

那天的傍晚仿佛故意姗姗来迟，直到枪炮声渐息渐远，落日才终于停靠在天边泼墨般的晚霞间。整个下午，山丁树林都没有声息，也没有鸟儿落在上面。此时，牛羊群欢叫着去河边饮水，阿拉木斯要跟过去，巴雅尔喊住了他，随手递给他一大把肉干。

"把这个给他们吧。"巴雅尔说。

阿拉木斯看了看他。

"我想，那些孩子应该饿坏了。"

入夜前的河流像一床铅灰色的磁铁，缓缓推移，那是一段深潭，只有漩涡处发出喧哗的响声。阿拉木斯下了马背，向着低矮的密林走去，他拨开树丛，却没看到人影，他喊着："咳，有人吗？"一边继续深入里边，接近河沿的当儿，猛地，阿拉木斯看到了眼前的一幕：那个云鬓高髻的日本女人，半蹲着河水，正为两个男孩做最后的整理。母子三人的后背都用重叠的柳条捆绑着巨大的石块，这使得两个孩子瘦小的腰身不得不倾弯着。男孩脸色苍白，一声不吭，女人哼着摇篮曲似的歌谣，等她做好了一切，便依依不舍地展开和服的双臂，将她的孩子搂在怀里，不停地由上至下，亲吻他俩的头发、脸颊和嘴唇……接下来的一瞬，母亲把两个孩子轻轻地推进了河水，就像把两个布袋沉入水下，连一点涟漪都没泛起……

阿拉木斯和他的呼喊声一并冲出树林，那个女人受了惊吓，她只是惊恐地回头望了一眼牧人，身体已横倒在河面，激起大片水花……阿拉木斯随之扎进水中，看似流速缓慢的河水却把他冲出很远，他使劲游着，不断靠近那个时起时伏的女人，而她的手臂始终高举着一副包裹，清脆的嘤嘤啼哭声正从里面传出来，阿拉木斯先抓到的就是这个浮在水面的东西，女人却撒开了双手，转瞬间消失无踪……

牧人阿拉木斯忘记了自己是怎么爬上岸的，只记得抱着婴儿返回山丁树林的情景——吉田背靠着树干，躺在那里，身下泊满了乌色的血，他的腹部插着那把亮晃晃的短刀……吉田半垂着眼睛，大口地喘息，他的一条腿血肉模糊，那该是巡逻机炸坏的……吉田也望到了阿拉木斯——这个怀抱自己骨肉的异族人……

"不要救他，让他，随我们去吧……"他气息奄奄。

"遇到了我，他命不该绝……"阿拉木斯说。

吉田不再言语，他透过细碎的枝叶，望着林外渐渐落下的夜幕，眼神迷离起来："我想回家，回我的故乡清水县去，我的木屋，我的父母，还有我的童年，都等着我们回家呢……"他说着，脸色显出干奶皮的苍白，"可我们是罪人，没有彼岸可去了……"

"不，河有第三条岸，那该是长生天……"阿拉木斯拂下了吉田的眼帘……

第二天清晨，两个年轻的牧人乘马沿着河岸返回营地，迎着一弯羊肋条般细小的新月，它挂在天的另一边，与初升的太阳遥相呼应。而晨光下蜿蜒而去的伊敏河水像一条飘飘荡荡的湛蓝色哈达，一直伸向天的尽头，真如阿拉木斯所说，那天际是河的另一条岸吗？伴着无数只云雀的鸣啼，阿拉木斯怀里的婴儿呢喃着，笨手笨脚的牧人正用一根指头逗弄着他。

临近营地时，巴雅尔快马加鞭，去向族人禀告讯息，不一会儿，山脚下的十几座蒙古包前已聚满了族人。还没等阿拉木斯勒稳马儿，人群中，一位老额吉早已颤颤巍巍地伸出手去，从马背上接过孩儿。按族人的传统，领养孤儿是件天大的幸事，需由年龄最长的母亲赐福。老人打开婴儿的被裹，便咧了没有牙齿的嘴，笑了："喏，这还是匹小儿马呢。"

阿拉木斯解下马笼头，让马儿自由奔去："额吉，能给这个孩子起个名字吗？"

"是这片草原救了他的命，就叫他塔拉夫（蒙古语：草原的儿子）吧。"老人说着，将一指奶油抹到婴儿的唇边，喃喃自语道："进了牧人家，就要换换口味儿啦……"

  札记：2015年夏，在呼伦贝尔的锡尼河苏木，年逾七十岁的塔拉夫老人身着布里亚特盛装，带着我们去祭祀家族敖包，他高高的颧骨，一对唯蒙古人才有的细小的眼睛，和我们交谈时，满口标准的布里亚特蒙古语。老人在苏木教了一辈子的书，业余兼做牧人，向我们这些城里的年轻人炫耀他的牙齿：雪白如玉，坚若石凿，上下打磕"咔咔"作响。看到我们艳羡，他眉开眼笑了，说，他这口牙可是草原给的，从小喝牛羊的奶子，啃硬骨头练就的。在敖包山顶，老人解下彩虹那么长的腰带挂在脖子上，右手托帽，向着长生天九跪九叩，一边默念草原风调雨顺的祈愿。那一刻，苍穹高远，草原辽阔如海。我无意中转身，看到行完最后一礼的老人正泪流满面。我们搀扶起他，老人并不掩饰自己的悲伤，像个孩子那样抹了一把眼泪，说：他想念死去的阿爸了，小的时候，总是阿拉木斯骑马驮着他来祭拜敖包，他坐在马前，阿爸坐在马后，一手持缰绳，一手环臂拥抱着他。阿爸的手臂硬邦邦的，可真有力量，塔拉夫老人说。

（刊于《草原》2020 年 10 期；

《小说月报》2020 年 12 期转载）

告诉你们，我要杀人

努桑哈的老婆被人拐跑了，这谁能想到，谁能想到有人胆敢在老虎嘴巴上拔毛。那几天，努桑哈在他家的平房里磨他那把宰牛的长刀，人们隔着门和院子都听到了嚯嚯的声音，像一只野兽遇险示威时从喉咙里发出的鼓噪。那几天雪也跟着凑热闹，噗噗噜噜地下，好似无数天鹅在空中被生擒活剥，羽毛乱飞却只落到努桑哈家的院子里，专为他家渲染悲剧的氛围，平添肃杀之气。

要是一个愣头青或一个尿汉子早就按捺不住了，早就跳着脚在自家院子里骂三七了，把炉筒子、水舀子、洋铁皮洗衣盆等能出响的物件统统摔在地上，不弄出震天响不足以平心愤。房门也会遭殃，咣咣当当，这样才能表明一个男人的尊严被侵犯了，他要让全世界人都知道他要报复，即将打折不要脸的婆娘的腿，再把野汉子千刀万剐！可是努桑哈毕竟是努桑哈，一连三天他只磨一把刀，夜以继日地磨，他能沉得住气，不哭不闹，不声不响，就像暴风雨之前的宁静或者日出之前的黑暗。

磨刀的声音不停，大雪也不停，松弛有度，直到把整个巴镇层层包裹，封成一片清冷的素缟。努桑哈是什么角色，这谁都知道。当年他们乌氏家族的三个兄弟，在东镇跺跺脚，西镇的屋檐都掉土。有那么一阵子，哥仨儿好勇斗狠，横行乡里，巧取豪夺，变着法占尽别人的便宜。那时，人们经过他家的"府邸"谁敢高声语？别说打他们的主意。可是出来混总是要还的，恶贯满盈的老大和老二因充当"车匪路霸"而东窗事发，牵扯出一系列过去的旧案，锒铛入狱。作为酒鬼的努桑哈，那段时间每日喝得烂醉如泥，错过了兄弟"发财"的机会，因此幸免于牢狱。这等货色，如今竟然有人在他的后院放火。

其实，时至今日，巴镇的人们也不敢相信，努桑哈的老婆，那个刮一阵风就能吹走的柔弱女人，脸色蜡黄，说话比蚊子声还小的女人，怎能做出如此惊天动地的事情。六七年前，自打她被努桑哈用一匹骟马驮到镇郊的破平房里，她就成了老虎爪子下的一只小鹿，白天拼命地干活，晚上遭受努桑哈无休止的折磨。特别是努桑哈每次酗酒之后，都会把这只小鹿捶个半死，她难得的几次上街，遮遮掩掩的脸和脖子上总是青一块紫一块。若是有段时间不出门，那一定是肋骨或者腿被努桑哈打断了。凶神恶煞似的努桑哈早就拿着刀子威胁过女人，对天发过毒誓，哪天她若想从他手心里逃掉，那么，所有的娘家人都会遭殃。人们想，这个女人肯定是上辈子作了什么孽，或者欠了努桑哈的一条小命。就在这时，坊间传出了女人私奔的消息，比这更让人意想不到的，是那个带她跳出火坑的男人，那个打了半辈子光棍，窝窝囊囊，见谁都恭恭敬敬满脸谦卑笑容的巴根。没人能想到会是他，平日里默默无闻，只会赶着马车四处为食堂饭店拉那些臭不可闻的折箩和泔水的男人，在小镇人的花名册里基本可以忽略不计，唯一让人对他有点印象的是，即便衣着寒酸干着世界上最脏的活计，可他总是干干净净，面目和手指像读书人一样清瘦、白皙。

一只饿着肚子的狼就要出动了。

这天一早，大雪初停，当努桑哈扒拉掉院墙上一尺厚的积雪，从墙头跳出来时（院门已被冰雪封住），也即将开始他一整天的恶行。很久以后，人们想起那天发生的事情还唏嘘不已，感慨于一个疯子的行径。此刻，努桑哈已来到了街上，他拎着袖口，把腰弯成虾米状，夹着尾巴吐着痰，在雪地上踩出一溜大坑，这个架势走路的人多半都揣着家伙。街坊们从门缝里看着努桑哈，看着他什么包裹都没带（一个不要命了的人带那些累赘干什么），看着他被千万条游走的"雪蛇"裹挟着上路，不禁心头发皱，为这一对私奔的男女命运担忧。不过，一个恶人的所为没人能猜透，他们不会按常人的套路出牌，努桑哈也一样，他并没有人们想象的那样急于赶路，镇民甚至看到他和两个扫雪的环卫工人温和地打了声招呼："这雪下得可真大……"然后他一转身钻进了一家奶茶铺。

餐馆里聚集了十几个用早餐的人。努桑哈携着一团寒气进了屋，于是，所有人的脖子都扭转向了他，一时间餐馆里鸦雀无声。努桑哈扫视了下众人，露出一副谦逊而僵硬的笑容，摘下帽子，拍了拍身上的雪，像没事人那样，举重若轻地，和每个相识的熟人打着招呼："雪下得可真大……"他说着这句，然后找了一处窗口落座。他将了一把黄胡子上的白霜，摆出一副君子的姿态，仿佛正义都站在他这一边，对那些投射来的目光他毫不忌讳，甚至有点享受这种瞩目。他正了正衣襟和手指上的戒指，心情仿佛不错，一边喊店老板点单。

"早上好老弟，你知道我爱吃什么，"他对走过来的年轻老板说，"对，再给我来瓶草原白，这天儿可真够冷的。"

一位年长者拄着拐棍在靠近吧台的地方坐着，老花镜耷拉在鼻翼上，定定地瞅着努桑哈。他是店老板的父亲，也是巴镇最倔强而威严的老爷子。

没人想安慰努桑哈几句。餐馆里只有喝奶茶吃面果子的声音，气氛显得沉闷而压抑。

"雪下得可真大，"努桑哈搓着双手，没话找话，"不知道是好兆头还是坏兆头，这年头，很多事情都没法说……"他这么说着，一边环顾周围人的表情，可是没有人搭他的茬儿。这让他显得十分尴尬，他用筷子敲了敲碟子，以引起人们的注意："怎么，你们都哑巴了吗？"

没有人回应。

"想必你们早就听说了，我努桑哈家出了档子事儿，你们没人说句公道话吗？"

仍没人出声。

年轻店老板把奶茶、包子和酒给他端上来，他没有动筷，也没有恼怒，舔了舔嘴唇，先慢条斯理地饮下半杯白酒。

这时候，那个受人尊敬的老爷子说话了，声音嘶哑但不失洪亮："努桑哈，你已经在这儿挂了很多账了，什么时候给结？"

没人想到给努桑哈搭茬儿的会是这句。人们暗地里想，这老爷子耳朵聋，打雷都听不见动静，他该是没有听说那件倒霉的事儿，否则怎么也不能火上浇油，不能朝一个怀揣刀子的人要账。

努桑哈转头瞅了老爷子一眼，出人意料地，他咧嘴笑了笑："过几天，过几天就结。"口吻里满是愧疚和歉意。

"这话你说过很多次了，"老爷子啜了一口热茶，"去年你就赖了很多账。"

一片哗然。一个人被当众揭了短。

努桑哈脸色铁青起来，他收起笑容，抬起那双像被猫尿泡过的烂黄的眼睛："老爷子，我说过了，过几天给您结账……"

那天的不祥之兆就此开始显现了。

很显然，老爷子的讨债最先影响了努桑哈的情绪，否则他或许还能伪装上一阵子。接下来的他不再正襟危坐了，而是歪斜在凳子上，把一只手伸到头发里抓上一抓，这样他黄卷卷的头发就乱成一团麻，随后举起满满一杯酒倒进喉咙里。餐馆里一片肃静，忽然，毫无预料地，努桑哈发出了那种憋在喉咙里的哑笑，笑得胡毛乱颤，不得不趴在桌子上，挤出几颗眼泪。终于，他笑够了，抬起头，冲着左右说："有句话你们听说过吗？虎落平川被犬欺，这句话我一直不懂，谁来给我解释解释？"

餐馆里的人面面相觑。

"哎，你来说说，"努桑哈冲着墙角的一个矮胖男人说，"就是你，这里数你最有文采……"

他指定的是那个老实巴交、一天书都没读过的牧羊人缸巴图。

"我？"缸巴图战战兢兢地站起来，"我不懂你说的。"

"你懂！"努桑哈说，"你懂的很多，你还懂得上法庭做证呢！"

人们恍然了悟：缸巴图曾经出庭为他那两个恶魔兄长的罪行做过证，他的羊群误入乌氏家族的草地，被哥俩讹诈了十几只羊。

"你到我这里来一下……"

缸巴图没动，用惊惧的目光望着努桑哈。

"我让你过来，你他妈没听见是吧！"他嘎巴嘎巴地扭了扭脖子，狰狞着脸，一匹狼终于露出了真面目，"我数三个数，一、二……"

在数到"三"之前，牧羊人来到了努桑哈的面前。

"你说的是，是一只老虎和一条狗的事儿。"缸巴图木讷地说，一边搓着衣角。

"那谁是狗？谁是老虎？"

缸巴图摇头。

"不知道是吧？我来告诉你，我就是那只落难的老虎，你们都是狗！"

他指着缸巴图和餐馆里的人，"你们都在看我努桑哈的笑话，很好，我无所谓，看吧，但是好看的还在后面呢……"

努桑哈说着，从怀里掏出了那把用帆布包裹的刀子，拍在桌子上："告诉你们，我要杀人！"

随后，他举起手臂，给了牧羊人两个嘴巴："你记住了！右边这个，是为我大哥打的，左边是为二哥……"

"住手！努桑哈……"老爷子拄着拐棍站起身，厉声道。

努桑哈看了一眼老头，年轻店老板在吧台拿起电话机的手柄……

"没什么，"努桑哈摊了摊手，"我只是和他开个玩笑。滚吧，老羊倌，以后不要让我再看到你……"

接着，努桑哈手拄额头，俯首啜泣起来，但他此刻没有眼泪："我可怜的哥哥啊，你俩受委屈啦……"他大口地吞咽着包子，一边喝着酒，"你俩在监牢里肯定吃不上喝不上……都是那些狗把你俩害了……"

用餐人停下了碗筷，用目光表达着愤怒，有人安慰着牧羊人离席。

"努桑哈，你走！这里不欢迎你！"老爷子顿着拐棍，声音颤抖，"你，你是一匹害群之马！"

努桑哈白了下眼睛，把满嘴即将吞咽的东西呕吐到碗里，冲着老爷子张大嘴巴："瞧，我把吃的东西都还给您了，这回别再说我欠你们什么账了！"他向着离散而去的人们挥着刀子："告诉你们，我要杀人！"

这匹狼重新走到了街上时，已日上三竿，雪后的太阳有点曚昽，被雾状的雪屑遮蔽，一副恶魔缠身的样子。这回他不再两手空空，而是一手提着裹布的长刀，一手提着酒瓶，充满血丝的眼睛在街头搜寻着什么，最后他将目光定格在临街一家门店上。人们的心一下子提到了嗓子眼，那家主人不是别人，正是巴根的弟弟，那个靠打字复印为生的残疾人。他来这里的目的昭然若揭,这个恶人,他到底想对一个手无缚鸡之力的人做些什么?

不难想象绍布——这个跛脚的店主人见到努桑哈时的惊愕表情,他愣在那里好半天才缓过神来。努桑哈不请自坐,把一只满是泥雪的脚放在另一把椅子上,他邪恶地笑着,摆好刀子和酒,用那种欣赏猎物的眼神看着绍布,"见到我不意外吧?"他说,"我昨晚就梦到你这个小家伙了!"

"这不关我的事儿。"绍布说。

"你指的是哪件事儿?"努桑哈龇着牙,"我说了什么吗?我什么都没说你就猜到了?真是个聪明的小家伙。"他一副嬉皮笑脸的样子,用手指轻轻地敲着桌子:"那就说说吧,所谓'无事不登三宝殿',我来找你干什么?"

"我知道你是为我哥哥的事儿而来,"绍布激动地说,有点畸形的胸脯起伏无序,"可这不关我的事儿。"

"噢,噢,很好,继续说,"努桑哈像哄小孩子那样,一边眯着细眼,慢条斯理地一层一层打开裹刀布,"说说你哥哥都干了什么……"

"努桑哈,求你了……"绍布声音里带着哭腔,"放过他们吧,你的女人就要被你折磨死了……"

努桑哈呆滞了下神情:"那是我们夫妻的事儿,不需要你多嘴!我要你说说——你哥哥做了什么坏事!"

"好吧,既然你不说,我就替你说吧,你那个整天拉臭泔水的哥哥拐走了我的老婆,一去无踪。"努桑哈用那块布擦拭着刀刃,使它更加寒光闪闪,"所以我只能来找你,就是这码事儿。嗯,先别着急,有账咱们一笔一笔地算,这样,你先给我打两份字!"

绍布满眼疑惑地看着努桑哈:"打,打字?"

"是的，打字。"努桑哈提起酒瓶往嘴里灌了口酒，"你知道我不会写字，所以只能烦你代劳。一份，是我的遗书，一份，是你哥哥的讣告！"

"努桑哈，别这样……"

"好吗小家伙？现在我们就进行，你要学会听话。"努桑哈颠着刀子。

绍布一跛一跛地来到电脑前，打开机箱……

努桑哈饮着酒，暂时闭上了那对浑浊的眸子，口述大意如下："我的死去的父亲母亲、万分想念的大哥二哥：努桑哈不孝，给你们丢脸了。我那刚生下我就死去了的母亲，我似乎没见过您的面，但在梦中我总能梦到您，我愿您往生。我的那个终于死去的父亲，拜您所赐，我们三兄弟都很像您，血管里流的都是邪恶的血，所以我们和您一样酗酒、赌博、搞女人，更像您一样无赖！小时候您像打牲口一样打我们，不幸中的万幸，我们能活到今天，我祈愿您下地狱。而我的两个哥哥，我感激你们从小把我带大，教会我偷鸡摸狗的本领，没有这些我们只能饿死。其实这个世界对我们有很多不公，在此已无法尽述，所以，我诅咒这个世界，也诅咒长生天！……现在你哥儿俩已在狱中，这是迟早的事儿，也是报应。再不能为非作歹了，以后要好自为之，我祝愿你俩早日改邪归正。最后，我想说的是，这个世界上我最对不起的是我的女人，我的恶毒源于我那该死的父亲，母亲就是被他一脚踢死的，那时我刚刚出生，母亲临死前还紧紧抱着我，怕我被他活活掐死……"说到这里，努桑哈流下了眼泪，也流下了鼻涕和口水，好半天，他接着说，"……可是，我不能容忍背叛，不能容忍，特别是那个从泔水缸里爬出来的男人，他偷走了我仅有的一点东西，那是我手心里的小鹿……所以，我要杀了那个小偷，不，是江洋大盗！我要杀了他，我要亲眼看着他死去！这是我和这个世界最后的了断！不孝的努桑哈遗书……"

努桑哈擦净了眼屎，他重新拿起刀子，瞅一眼屏幕上的字："你是照我说的写的吗？小家伙？"绍布点点头，打字的双手颤抖着，肩膀悸动地抽搐。

"那就好，下面可以写关于你哥哥的讣告了，然后把他逃亡的地址给我，我要亲自给他送去。至于死亡日期，由我最后填写就可以了……"

"不，不，努桑哈，你不能这么做！"绍布俯在桌案上哭了起来……

"我知道你很难过，"努桑哈拍了拍绍布瘦削的肩膀，"你和我一样，都是哥哥带大的……"

"不过，也许是从小哺育你我的方式不同，你吃的是哥哥带回的折箩，我吃的是兄长偷来的腐尸烂肉，所以，结果也不一样，你们成了人间正道，我们成了狼……"努桑哈感叹着，"好吧，小家伙，你唤起了我的感情，我原以为自己没有这些。看在你对你哥哥感情的分儿上，我不再为难你了，只要你把你哥哥的去向告诉我，哪怕是电话号码……"

"我，我不知道他去哪儿了，我不知道……他也没有什么电话号码……"

"怎么可能，你是他唯一的弟弟，要是我哥哥，不管去哪儿，他们都会告诉我的，只要我一个人在家，从来都是。所以，小家伙，你有点不诚实了！"

"我真的不知道，你杀了我，我也不知道……"

努桑哈呆愣在那里，大概有几分钟，他转动着眼珠，想了一会儿："那么好吧，我想我已经知道他的去向了，这个一点也不难猜……"他站起身，把打印出来的遗书方方正正地叠好，放在口袋里，而后舔尽了瓶子里的最后一滴酒，提着刀子走向门外。

"可是你哪儿也去不了，"绍布抬起头，喊着，"客运站都停运了，大雪封路！你杀不了我哥哥！"

努桑哈转过身来："你他妈怎么知道？"

"他们刚刚打印的通知,在我这儿……"

"狼"抖了抖身上的毛:"那又怎么样?冰雪总会化的……"

"努桑哈!为什么你的心不能融化,他们俩,很好,真的很好……"绍布满脸是泪。

"但是我不好,我一点都不好……"努桑哈栽靠在门框上,一脸的疲惫,头上像顶着鸡窝,从背影看去,显得堆崇又苍老,"所以,我也不能让别人好过……"

绍布声嘶力竭地哭喊:"……睁开眼看看长生天吧,即便你是条狼,也是她赐给了你生命……"

"嘭——"酒瓶子四散着碎在地上,努桑哈像头困兽那样咧了咧嘴巴,翻着死鱼似的眼睛:"告诉你们,我就要杀人!"

冬日苦短。努桑哈再次站在街头时,天地一片黄昏的宁静,雪地在夕光下显得十分耀眼,泛着青蓝色的寒光。几匹马屁股冲着背风的方向,在胡同里冻得发抖。一瓶酒的酒精正在努桑哈的胃里、血管里燃烧,他趔趔趄趄,眼神比街巷还直。努桑哈不太相信别人的鬼话,他刚刚去砸过客运站的大门,大门紧锁,他拾起一块硕大的石头……几个穿制服的人冲他走来,他弯下身,假装用它蹭了蹭鞋底的雪,直到瞥见几双皮靴从身边嘎吱有声地走过,他才举起石头向他们的背影做了个恶狠狠的哑相,然后悻悻地丢到一边。现在他漫无目的,看到的街景和他一样摇摇晃晃,有人影偶尔路过,他凑上前去准备打声招呼,可那些镇民见到酒气熏天的他,避之唯恐不及。

"妈的!"他重新掏出怀里的家伙,刀子反射的光圈四处乱晃,"告诉你们,我要杀人!"他嘴里嘟嘟囔囔说着这句,随手砍断身边的小树,踢飞了路旁的垃圾桶,使出浑身力气向路灯杆撞去……当他大大咧咧冲一户人家的板杖子撒尿时，院子里的一条大黑狗蹿出来，冲他狂吠，围他撕咬。努桑哈怒不可遏，他想起"虎落平川"那句，举刀追砍，只差那么一点就要刺破黑狗的肚皮了，刀子却被他脱了手，最后，他终于踢断了黑狗的一条后腿，若不是大黑狗夹着尾巴逃掉，他非把它剁成肉酱不可。

他怒气未消，重新来到大道上。前方，一群羊浩浩荡荡，像大地的虱蚁顶着风卷雪匍匐过路，羊群进镇还真少见。此时，刺眼的阳光让他睁不开眼睛，他举起刀背遮挡了遮挡，看到一辆四轮车正向这边驶来，于是他站在了路中央逼停了车辆。驾车的是个黑壮的小伙子，这时摘下口罩，露出一副紧张、冷漠而厌恶的表情，他是收废品的吉达，努桑哈认出他来，便咧开嘴哈哈大笑了，"妈的，是你？吉达，扒了皮我也能认得出来你，没想到，一晃长这么高了……"他说，"不过，我现在不喜欢你们这些小崽子了，我眼下最痛恨的就是垃圾，你们这些收折箩泔水、废铜烂铁的人，你们都是垃圾！"

他在空中挥舞着长刀，"垃圾！"他谩骂着，"记不记得，你小的时候，我还干过你……"他淫荡地笑着，做着猥亵动作……

"我还干过你姐，差点扭断你俩的小腿……"努桑哈笑得弯下腰去……

没人知道那是什么时间，只明确是哪个路口……有那么一瞬，他感到腹部有点冰凉，有点异样，一股湿漉漉的东西从里面流出来，他伸手摸了一把，举在眼前，是血，满手的血……这时，他抬起眼睛，看到一张模糊的面孔，遮挡住了眼前所有的光亮……

经过一整天的折腾，努桑哈现在安静地躺在街上，细沙般的雪屑扑打着他，像扑打一块路边石。他似乎累了，需要休息。街角路灯投射来的昏暗灯光抚慰着他惨白色的胡子拉碴的脸庞，表情显得寂寞又安详。

他四腿拉胯，一对空茫的眸子微睁着，望着那片被他诅咒过的天空，深邃而浩渺的天空，让他永远也琢磨不透。他躺在白皑皑的雪地上，一只马靴反扣在一边，身下浸染着大片湿润的黑紫色……这个死去的人一手握着刀，一手紧捏着那份铅字规整的遗书……

（原名《一桩事先张扬的杀人案》，

刊于《草原》2020 年 10 期；

《小说月报》2020 年 12 期转载）

到底发生了什么

他是被一阵剧烈的疼痛唤醒的。天光大亮，他像坨牛粪一样倒扣在那里，脸抢在草地上，眯着眼睛，望到去秋遗下的一簇簇枯草，枯草之外湛蓝的天空，云雀鸟的叫声仿佛是从他醒来的那一刻开始啁啾的。那股子疼痛由腰部传来，像似被什么东西撕裂了。他挣扎了一下，想爬起身，却是动弹不得。他看到自己和土驴子一样，浑身泥污，右手臂黑红发肿，后脑勺跳动着阵痛。妈的，他骂了一句，努力抬起头望望四周草地，除了不远处一片樟子松林，和林子边上几头牛低头食草，没有半个人影。他感到口干舌燥，吧嗒吧嗒嘴，有一股腥臭的味道，一枚硬物被他吐出来，原来是颗掉落的牙齿。阳光越来越足，他饥渴难耐，这会儿哪怕有一滴水也是好的。这是初夏的一个上午，草原贴着地皮刚刚有一些绿意，风吹着青草乍生的气息，地上却湿冷着，冰得他肚子难受，五脏六腑好像纠结在了一起。他摸索到身边的几根小草，用手指连根抠出来，简单去了去泥土，胡乱地塞进嘴里。

到底发生了什么？我这是在哪儿？他反复说着这几句，我这是在哪儿？

下午的时候，若不是巴彦村的苏都和他儿子骑摩托车路过，他大概会被阳光烤干。村子里丢了马群,父子俩和村民正四处寻找,一直找到这里。晕晕沉沉中,他看到头顶上有两个人脑袋。但是父子俩扶不起来他,稍一用劲儿,他就龇牙咧嘴地喊叫。苏都掏出手机打了电话,不多时辰,一辆嘟嘟作响的拉草车来到他身边,跳下几个男人,拿了水壶给他喂水,把他抬到车上,冒着一路尘土,那种颠簸差点要了他的命。他们把他拉到一个小牧村,又换了一副担架将他抬进一座蒙古包里。那是父子俩的家。

他仍旧倒扣在床上。几个半大的孩子巴着门窗围观。他头上有碗大的包,厚厚的血凝固在那里;后背的衣服被磨烂了,血肉模糊。男人女人用剪刀帮他脱掉粘连在一起的衣物,擦拭头脸上的泥污。扎白头巾的女人喂他大米肉粥。他顾不得嘴里的疼痛,狼吞虎咽。女人不年轻了,胸部干瘪,脖颈下倒是很白皙。他这样想着。

到底发生了什么?我这是在哪儿?

一个干部模样的人摘了帽子,坐在他身边,安抚他:听口音,你不像本地人,我是这儿的村长,伙计,你从哪儿来?叫什么名字?我们要联系你的亲属。

你问我是谁?这可把我问糊涂了,我现在什么都想不起来了,我不知道我是谁,求你们告诉我,我是谁?

傍晚,蒙古包里看热闹的人多了起来。那些村民寻找丢失的马群刚刚回来,他们一无所获。医生从镇里赶来,进门先包扎了伤者的头,随后用手指反复按捏他皮开肉绽的后背和腰部,疼得他嗷嗷直叫。忽然,只听嘎巴一声响,像一棵树桩断掉的声音,他晕了过去,醒来时一头汗水。

这个家伙该是从马背上摔下来的,被马拖了很久才脱了马镫,看他把后背都磨坏了。他的腰椎错位了,我已给扶正,不过还有两处骨折,这种情况不宜往镇子里折腾,还是在村里静养吧。医生说。

可他不认识自己了。有人说。

那是脑袋受了外伤,或者受了惊吓,脑子出了点问题,患了失忆症,这可能需要一段时间恢复,或许永远也恢复不了了。

第二天一早,派出所的民警光临了蒙古包,问东问西,可问他什么他都摇头。草地离边境很近,总有逃犯潜逃到这里企图越境。民警搜了他的身,又抽了他的血,准备拿去化验。最后,两个民警背着手吐着痰,和苏都、他的儿子宝日交代了一番,要他俩好生看管"嫌疑人",有任何风吹草动都要及时报告。

人们开始对异乡人小心翼翼了,大人孩子的心里都设了防线,连围观也保持了距离。为保险起见,苏都把异乡人的靴子藏了起来,这个办法是从城里的澡堂子学来的。苏都还拿走了屋里的斧子菜刀火铲子等所有利器,以防不测。从异乡人胡子拉碴的脸和乱蓬蓬的鸡窝头看起来,倒真有点像逃犯,而且他的右脸颊上还结着一道疤,怎么看都不像好人。苏都和宝日还有个发现,他俩为异乡人换药时,在他的尾根部又看到一个圆圆的旧伤疤,有碗底大小,皮肤坏死了似的黑皱皱的,中间甚至裸着指甲大小的白骨,像是蜥蜴的尾巴断掉了那样。苏都正要将这一情况禀报给民警时,村里传来新消息,放牛的牧人拾到了一个大旅行背包,里边装满书籍,有《格萨尔王》《甘珠尔佛经》《大藏经》《成吉思汗箴言》《班禅额尔德尼传》,以及各种小说诗歌杂志。背包帆布上写着主人的名字:哲布。但是没有发现什么坐骑。

哦,你是行吟诗人哲布?四处徒步卖书的哲布?人们惊呼着。

我……我是哲布?我是行吟什么?

行吟诗人！你是行吟诗人，四处卖书的诗人！

不，我怎么会是什么狗屁诗人，我根本不会什么诗……

人们面面相觑。他可能什么都记不得了。嗯嗯，人的脑子坏了，连礼貌都会忘记。赞木萨老人拄着拐棍说，他记得一个恶贯满盈的人立地成佛了，说起话来竟然也文雅起来，好像一下子变成了秀才，照这个理，一个秀才也可能会忽然变成满嘴脏话的鲁夫。

因为没有第二个人经过牧村，人们断定这个大背包就该是异乡人的，而且就遗落在他出事地点不远。那个背着大旅行包以卖书为生的诗人虽然没有来过巴彦村，可人们早有耳闻。草原上历来最尊重读书人，一经证明他是诗人哲布，村民们都想沾点文曲星的文气，左邻右舍争相把好吃的喝的送到父子俩的蒙古包里。苏都死了老婆，几个别人家的娘儿们自告奋勇要轮番照顾哲布，少年宝日则成了来回跑腿的勤务兵。

他吃饱喝足，打着满满的饱嗝，问起女人们：请问一下，我是谁来着？

你又忘记了，你是诗人哲布，是读书人哲布！喏，瞧瞧，这些都是你的书。女人把背包递到哲布面前。

他一副如梦方醒的样子，胡乱掏出几本书来看，可里边爬满的一行行小黑虫子都是些什么呀？嗯不行，他不能在女人面前暴露自己，便装模作样地默读上几页。那个像白萝卜一样滚圆的娘儿们却指着他弯腰撅腚地大笑起来：你们瞧，诗人把书都拿反啦。哲布抓耳挠腮，尴尬地将书倒转过来，可没看上几眼他就鼾声如雷了。等他醒过来，又会问周边的人：到底发生了什么？我，我这是在哪儿？

对于一个受人尊重的诗人，女人们有的是耐心，一边为他擦拭脸颊，一边像教育孩子那样对他循循善诱。她们给他剪过胡子，理过头发，会发现他变得不那么粗鲁了，以为是这些荒草遮蔽了他的文雅与才华，于是要他给读上一段文章。哲布左顾右盼一会儿，推诿不过，只好摇头晃脑地胡编上几句，却是驴唇不对马嘴。女人们又捧腹了：大诗人可真幽默啊，快笑死我们了。

　　白萝卜女人接茬道：大诗人，我也会作诗你信不信？你们听着——啊，这天可真蓝呀，啊，这草可真绿呀，啊，这山可真高呀……

　　女人又笑了个前仰后合。

　　几个娘儿们走后，屋子里终于安静下来，宝日则成了他唯一的伙伴。这个少年除了口吃，每天最大的癖好就是望着天空发呆。

　　哲，哲布诗人，你，你见过飞碟吗？

　　飞碟？哲布摇头：那是个什么东西？

　　那是外，外星人乘坐的飞，飞船。宝日拿来一堆千奇百怪的画本：你，你瞧，这个就是飞，飞碟……

　　哲布愣目愣眼地看着这一堆铁东西：这么说，你见过它？

　　宝日使劲点点头：它有时，就，就停在树林里，有时又，又出现在牛粪垛后面，有时……有时它又飞到黄，黄昏的天空上去了，一闪而过……

　　谈到这个话题，宝日便开始喋喋不休如数家珍了，好像那些飞碟都是他家院子里飞来飞去的蜻蜓。

　　哲布挠着脑袋，听得哈欠连天，瞌睡不断，不过他想出了一个好办法：这样吧小兄弟，你教我读一读课文吧，诗人哲布把书本统统忘记了，现在需要学习，你教我一篇课文，我就听你说上一段，你看中不？

　　俩人就此达成了协议。

　　口吃的宝日读课文也磕磕巴巴，诗人哲布跟着结巴——蒙，蒙古族少，少女龙梅与，与玉荣是一对小，小姐妹。一天，她们利，利用假，假日自告奋，奋，奋，勇，为生产队放，放羊……俩人的朗读把人们的肚子都笑疼了。打那以后,"自告,奋,奋,奋"便成了村民用来打趣的口头禅。

哲布问宝日:诗歌到底长什么样儿?

老师和我们说,太阳出,出汗了,是诗歌,而太,阳把我们晒,晒出汗了,就不是诗歌。

哲布拍了拍脑门,仿佛那里开窍了。再说什么,他就会苦思冥想一番,结果竟有些语出惊人了。他听到屋外百灵的叫声,会说那小鸟叫声怎么会是花花绿绿的,跟女人穿的衣服似的。那天阳光充足,晒得人暖洋洋的,他和苏都说:这阳光和棉花一样,要是拿到集上去卖得值多少钱一斤啊?下雨天,闪电刺到了他的眼睛,他叫着让人把它拔出来,而雷声滚滚而过时,他哈哈大笑着说,这雷声的味道不太好闻,像个臭屁一样。

村子要祭祀敖包了,这会儿哲布诗人已能坐轮椅。宝日把他推出蒙古包,路过的人们纷纷与他打着招呼。村里的娘儿们合资加合作,为哲布做了一套华贵的蒙古袍,熨烫板正,纽襻系得一丝不苟,可穿在他身上却显不出高贵,看上去总感觉像捡来的一样。几个女人左挑右挑也挑不出什么毛病,闹不清问题出在了哪里。人群熙熙攘攘,村民们身着盛装,有的徒步,有的骑马而行。哲布的眼睛滴溜溜乱转,盯着那些牲口瞧个不停。这是一匹阿拉伯半血马呢,他品头论足:没猜错的话,应该有五岁半了。马主人一惊:咳,你说的没错。哲布也不多言,迎面又过来一匹马,他搭了一眼,说:这是匹三河马,不过刚刚串种了,串的是伊犁马种,嗯,它有三岁零几个月了,是匹不错的儿马子。牵马的牧人目瞪口呆,心服口服。瞧瞧前面的那匹,那可是纯种的百岔铁蹄马,一辈子不用钉马掌,嚯,这匹蒙古马可真够壮的,我看看它的体重吧,八成有四百五十公斤。人们惊呼起来：好家伙，他连马的体重都能瞧得出来！这个诗人真是无所不通啊，没准做过兽医呢。村民愈发对其钦佩得五体投地。

正说着话，赞木萨老爷子从后面走来，冲哲布嚷嚷：行吟诗人，看今年的草原多风调雨顺啊，你来给作一首诗吧，替我们向长生天祈福！

作诗？哲布挠了挠头，一时间脑筋短路，憋得满脸通红：这个，这个，让我想一想……

大诗人作诗也像拉屎一样费劲吗？我看他对马倒挺在行，适合当个马倌！有人起哄，那是邻村的图门。

哦，有了有了——啊，这天可真蓝呀，啊，这草可真绿呀，啊，这山可真高呀……

啊，这人可真多呀！图门接过他的下句。

咦，敢情你也会作诗啊！哲布伸出大拇指，夸赞他。

图门鄙夷地瞥着诗人，说：这样的诗歌是三岁孩子作的。

可白萝卜女人已经有四十岁了呀。哲布认真地说。

我不知道什么白萝卜红萝卜，可我知道你不是哲布，我前年去右旗草地可与诗人哲布有过一面之缘，他长的可是眉清目秀，头大如斗，他还在我的衣襟上签了他的大名呢。

我不是哲布？他瞪着昏黄的眼睛：那我是谁？

我看你像流浪汉德勒黑。

我像流浪汉？德勒黑？

你真见过诗人哲布？有村民问图门。

是啊，那还有错，他有电线杆那么瘦高，一对眼睛比长庚星还亮……

哦，人们恍然大悟般的，那眼下的异乡人就该是流浪汉德勒黑了，那个到处乞讨为生的人。回想他最初被牧村救起时那副邋邋遢遢的样子，原本就目不识丁并非什么失忆。对了，那个旅行包一定是他拾荒拾到的，是诗人哲布不小心遗落了，他放到路边去树林里解手或到河边喝水，碰巧让流浪汉遇到顺手牵羊了。再听听他那狗屁不通的诗歌吧，哪里会是一个大名鼎鼎的行吟诗人作的。想到这里，人们为受了一个流浪汉的欺骗而蒙羞，遂变着法地奚落他：嗨，行吟诗人，给我们再作一首诗吧，啊，这天可真蓝呀！啊，这草……大诗人，书本上的那些字你都不认识，可它们都认识你吧……亏得你拾到的是个书包，你要是拾到个官印是不是得冒充我们的旗长啊？

他的脸红一阵儿白一阵儿，冷一阵儿烫一阵儿。我是流浪汉？我是德勒黑？他叨叨咕咕着，随手把系得整整齐齐的纽扣解开，索性把靴子也脱了，将靴子筒直接插在轮椅的把手上，左边一只右边一只。随后他大口地往草地上吐着痰，一边对宝日说：刚才他们说我是谁来着，对，是个流浪汉的名字，德勒黑。对，是德勒黑！我说过我不是什么狗屁诗人，可他们不相信，非给我戴这顶帽子。这不是我的错，对吧？他摸一摸自己的脸颊。

宝日定定地望着异乡人，好像真相就写在他脸上，说：不，我看你就是诗，诗人哲布，没有错，错的是，是他们！

那怎么会？那个叫图门的人可是见过真的诗人哲布，他说的话你没听见吗？异乡人说。

世界上叫，叫哲布的不止他，他一个，诗人也，也不止，所以，你，你一定是另外一个诗，诗人哲布。

可我宁愿是流浪汉德勒黑，我可不想是哲布，当个诗人可真累啊！异乡人说着，把两只脚丫子搭在把手的靴头上，让风吹去徐徐散发的味道。

既然他被确认为德勒黑，就不能在苏都家的蒙古包里住了，村委会也再不会拨钱给他做补助。苏都只好把他请到马厩里，那里本来养着十几匹马的，丢得只剩下了几匹马驹。怕他着凉，苏都在马厩一角为他铺了好些干草，又拎来一件脏兮兮的羊皮袄给他做铺盖。好心人又捐赠了一只豁口漏齿的粗瓷大碗，筷子则是用树棍折成的。那些胖的瘦的高的矮的娘儿们都失踪了似的，再没人来踏一脚门槛。异乡人一下子从天上掉到地上，不过他好像没有懊恼，反而很享受地躺在干草上，把双手放在头下，悠然自得地吹起了口哨，好像早该如此似的。

夜晚，宝日来看他，捂了捂鼻子，说：这马，马粪味可真，真难闻……

德勒黑却嘿嘿笑了：告诉你一个小秘密，我天生最爱嗅的就是这马粪味儿。他又指指马棚外面的星空和月亮，说：我还爱嗅它们的味道呢，好像我小时候就是这个样子，每天晚上看着它们睡觉。

你，你想起了你小，小的时候？

我只是觉得似曾相识，睡在这里我总能想起我妈妈，虽然我记不起她是谁，长的什么样儿……说到这儿，德勒黑眨巴眨巴眼睛，没让眼泪掉下来，抬头仰望起天空。你瞧，星星可真多啊，数一辈子也数不清！星空多神秘啊，没准像你说的，真有什么飞碟呢。

那，那还有假？书本上写，写着的，千，千真万确。

这么说，我也想到飞碟上看一看了。

那是外，外星人才能去，去的……可你现在只，只能住在马厩里……

一个流浪汉还想住什么地方，难道要住金銮殿吗？德勒黑舒舒服服地倒在那里，跷着二郎腿，说：这回你把那些飞碟的书拿来给我看吧，我用它们打发时间，以后再也不用背诵什么课文了。

刚入住马厩那段时间，德勒黑把注意力落到了几匹马驹身上。他的腰稍好一些，便为它们梳理皮毛，用刮板给它们刮汗，给它们挨个钉马掌，修剪擀毡了的鬃尾。每天他都早早起来，把马厩打扫得干干净净，一尘不染。瞧这个阵势，若是放上沙发茶几就能当会客厅用了。以至于有谁再来苏都家的马厩，都怀疑走错了地方。

宝日问：你不是最，最爱闻马粪味儿吗？怎么这，这里一点马粪味儿都嗅，嗅不到了？

德勒黑从铺盖里拿出枕头，诡秘地笑了：它们装在这里呢，这样我每天晚上就能枕着这个味道睡觉了……

德勒黑的脊椎骨长好的时候，村民就天天找他帮忙干活了。可他的记忆仍旧没有恢复，脑子还不怎么灵光，每每一觉醒来，还会愣头愣脑地问：到底发生了什么？我这是在哪儿？人们只好反复告诉他，他是流浪汉德勒黑，告诉他受伤之后，村子里的人又是怎么救的他。村民对他有恩，做个有良心的人，他理所当然要回报，邻里谁家有什么活计他理所当然要去帮工，砌院墙，搭牛棚，修栅栏，打秋草，仿佛他无所不能。干完活计也不必付工钱，只管他吃顿饭就行了。吃饭也不叫他上主人家的饭桌，用勺子给他专用的粗瓷大碗里盛上一份，至于他和鸡蹲在一起还是和鸭蹲在一起就随他的便了。这个异乡人倒也没有什么脾气，谁喊他干活，他都应允，随叫随到。所以，村子里有一阵子总能听到有人呼唤他的名字：

德勒黑，到我家来一趟！

德勒黑，到我家来一趟！

有时喊他干活的不止一家，人们只好用投掷羊嘎拉哈（羊骨关节）的方式来决定，肚面朝上的是桑布家，背面朝上的是朝克图家，侧平面是巴音家，争得不亦乐乎。

德勒黑终于病了，他浑身滚烫，高烧烧得稀里糊涂。宝日用湿毛巾给他敷额头，喂他水喝。德勒黑和宝日讲起刚刚做的一个梦，他梦见自己是从比三间房子还大的银盘里掉下来的，那个大银盘闪闪发光，转来转去……一根绳子拖着他,想把他重新曳回舱里去。两个和他一样口音的男人扒着舱门呼喊着他的名字:巴扎黑!巴扎黑!可是绳子被他脱手了,他像个粪球那样滚落在地上……后来的事情他就记不得了。

宝日惊呼:那,就是飞碟,这,这么说,你,你就是外,外星球人!

德勒黑一头雾水,说,梦里头真真切切,他就是从那里边掉出来的,而且他还看清了那个喊他名字的人,他和普通人没什么不一样,只是……

只,只是什么?宝日追问。

只是他好像长着尾巴,像条猴子尾巴似的,盘在舱门上,以防从上边掉下来。

哦,宝日慨叹着:敢,敢情外星人也,也是猴子变来的。

这么说,我要是外星人的话,也应该和那个人一样,有一条猴子尾巴啊?

话说到这儿,宝日惊叫了:我,我想起来了,你的尾,尾巴断掉了,我和阿,阿爸看过你尾巴那,那儿的伤疤,还,还露着白骨头呢!

这可是真的?德勒黑拿掉额头上的毛巾,顾不得头重脚轻,连忙撅过屁股褪下裤子来,说:你再帮我好好瞧瞧,看我的尾巴长出来没有……

冬天的第一场雪堆满了整个村落,远处的原野上也一片白皑皑。好多年没下过这么厚的雪了,足有马靴子深。德勒黑一早就帮着村委会清理大院积雪,他干得满头大汗,甚至把羊皮袄都脱掉了,只穿了件夹袄,头发胡子眉毛都挂足了白霜。一辆警车开进院来,几个警察押解一个犯人下了车,犯人说尿急,直接在院里掏了家伙尿开了。警察背过脸来,顺便问一嘴铲雪的德勒黑:这是巴彦村吧?

德勒黑抓了抓冒着水蒸气的头发,摇了摇脑袋。

村长迎出门来,回答:您别见怪,这是个脑子坏了的人,什么都记不得了，我告诉您，这是巴彦村。

你们村是丢了二十几匹马吗？我们抓到了一个盗马贼，他供认盗过你们村子的马，还杀害了同伙，我们带他来指认现场，顺路到你们村了解下情况。

那个满脸疙瘩溜秋一管酒糟鼻的犯人边撒尿，边回过头来，眼睛死死地盯着德勒黑，一时间竟将半泡尿撒在了脚面上，接着他嘴里发出一声怪叫，便瘫倒在地……

事出蹊跷。警察掐他的人中，好不容易把犯人弄醒，他缓缓地抬起一只手指着德勒黑：他，他还活着，他就是白……

警察是右旗的警察，他们没想到指认杀人现场竟然指认出一个大活人来。眼下，他们把异乡人带到了当地派出所审讯。巴彦乡的民警紧握他们的手：感谢你们抓到了盗马贼，我们就说这个家伙不像好人嘛，当时调查他时还化验了他的血，令人奇怪的是，这个家伙的血型整个世界都少有……

警察连夜审讯。

你的名字是叫白七十三，对吧？警察问。

我，我记不得了。异乡人戴着手铐。

你的同伙特古斯你总该认识吧，他刚才指认了你……

到底发生了什么？

你和特古斯盗了多少草地的马，你可能数不过来了吧？

盗马？我是盗马贼？

特古斯供认你是他的同犯白七十三……

异乡人被押下去的时候，他反复叨咕那一句：我是盗马贼？我是盗马贼白七十三……

　　据特古斯供述，这个家伙是个没爹没妈没亲属的孤儿，他俩合伙盗马已有些年头，这次因为分赃不均而反目，特古斯趁着夜色，从后面袭击了骑马在前的他，白七十三倒下马去，一只脚倒挂在马镫上，拖行好几公里才解脱下来。特古斯追至近前，发现白七十三已经没气了，便就地挖坑将其掩埋。没想到这个家伙竟然死而复生……

　　异乡人是盗马贼的消息不胫而走，巴彦村的村民都有点不敢相信自己的耳朵。他被临时关在看守室里，透过一扇小铁窗能看到他被铐在暖气管子上。

　　那天夜里，没有月光，只有满天繁星，所有村民都聚集在看守室外，只有那儿灯火通明，人们拢着袖口跷脚巴望着那座小房。此时村民对他却没有恨意，好像那些马并非他们所丢。他怎么会是盗马贼呢？一点儿也不像啊。就是，一个爱马的人怎么会盗马、杀马？而且他那么与人为善，不管给谁家干活从不偷懒，也没有怨言。我们误以为他是哲布诗人的时候，他说起话来还真的文绉绉呢，什么阳光多少钱一斤，什么雷声的味道不太好闻……啊，这天可真蓝呀，啊，这草可真绿呀，啊，这山可真高呀……聊到这里，人们禁不住又笑起来，笑了一阵儿感觉有悖于此情此景，纷纷掩住了嘴巴。他还很谦虚好学呢，自告，奋，奋，奋……人们想起这句口头禅，又都哭笑不得了。没准是那个酒糟鼻的诬告呢！是啊，他连自己是谁都忘记了，谁又能证明他就是盗马贼白七十三呢？即便他是白七十三，可他已经死过一回了，那个盗马贼已经死了，重新复活的该是另一个人，就该是诗人哲布或者是流浪汉德勒黑……是啊，他的罪已经赎过了，他该免罪……

　　这时，一个怯懦的声音从人群里凸现出来，那是宝日发出的声音，在雪地里闪着晶亮：他，他不是什么白，白七十三，他，他是外星人，他，他是从飞碟上掉，掉下来的，他，他的名字叫，叫巴扎黑……

外星人？巴扎黑？

是，是的，他，他不是盗马贼，也不，不是诗人哲布，也，也不是流浪汉德勒黑，他是外星人……

何以证明啊？村民问道。

他有，有一条外星人才，才有的猴子尾巴，只是摔断了，我，亲眼见过，不信让他撅，撅屁股给大家瞧一瞧，他是外星人，他的名字叫，叫巴扎黑……

话音落去的一刹那，没有任何预料的，看守室的上空忽然狂风大作，接着传来电线嗞嗞的燃烧声，小屋连同整个村庄的灯光瞬息熄灭，世界陷入一片黑暗里。就在这时，一个庞然大物从天而降，是宝日先呼喊出来的：飞，飞碟！飞碟！快，快看……

那东西确实像个碟子，它缓缓旋转，光芒四射，就悬在人们的上空，将瀑布般的聚光罩在所有巴彦村村民的头顶，人们被它惊得呆若木鸡，只有举头仰望的份儿……宝日此时已是满眼激动的泪水，他浑身颤抖，向着乌云压顶般的飞碟使劲招手，向那无数闪着刺目光亮的窗口使劲招手。有那么一刻，像是对宝日的回应似的，那飞碟停住了旋动，静止在空中，似蜘蛛收缩爪子那样收缩了所有光芒，随之，一股浓重的马粪味道热烘烘地弥漫开来，直冲人的脑门，让村民们不禁捂住口鼻……须臾，一种曼妙的海豚般的声音由近及远，光重新泻下来的时候，那浩大的银盘仿佛长了翅膀般倏忽飞走，还没等人们反应过来，眨眼间它已掠过村庄、树梢，直到消失在深邃浩渺的繁星之间……

（刊于《作家》2021年3期）

六叉角公鹿

春天头上，一个翻着死鱼眼睛的那咩伦（比萨满法力小的神职人员）遇到伊万，曾愣愣地看过他的面相，说伊万今年要有大麻烦。伊万冲老妇瞪了瞪眼，说好给买瓶酒的，结果酒也没给她买就转头走去了。

没想到草刚没马蹄子，麻烦事真像瞎虻那样盯上了他。那天伊万一推开院门，几个警察就闯进来，见到伊万亮了亮证，说要"清枪清爆"，让伊万把半自动步枪交出来。伊万顿了一下，摇摇头说：根本没什么半自动。警察说：这不可能，谁都知道你伊万有枪，年年去林子里转悠。伊万翻了翻眼皮，说：额河乡的人也都知道，我伊万已经十来年没打猎了。警察乐了：刚才还说没枪，我问你，那些年打猎的枪呢？伊万想了想，道：丢了。问：怎么丢的？答：丢了就是丢了，打猎时喝多酒丢的。

伊万这么说，警察也没辙，悻悻地去了。伊万是额河农场的职工，祖上从山东逃荒来到这里。打发了大盖帽，伊万有些心神不宁，拎起酒瓶胡乱地灌了两大口酒。可令他没想到的是，那辆摇摇晃晃的警车又折返回来，这回警察拿来了搜查证。伊万一口痰吐在地上：我说枪丢了就丢了，有给你们就是，犯得着折腾吗？警察说：我们搜查完就信你。伊万急了，正巧他的老婆风风火火跑回来，他扬起嗓门：你们是红胡子咋的？这是搜啊还是抢啊！他老婆听了，不问青红皂白一屁股坐到马厩前：哎呀我的那个天啊！这可不能活了……

眼看事情就要闹大，警察厉声道：伊万，去年黑山头动刀子的事儿我还没找你呢！闻听此言，伊万的眼睛就低顺了，丢掉了手中的铁锹，上去给他老婆一脚：哪儿都他妈有你，赶紧滚一边去！

里里外外翻了个遍，最后搜到马厩里。马厩棚顶是用细密的芦苇搭建的，一根奶桶般粗的横梁上，警察三翻两翻，翻出来一个用破雨衣包着的沉沉的物件，打开来看不禁一惊，里边是两把半自动和一把俄国产的莫辛那甘步枪，都用黄油纸裹着。更为蹊跷的是，其中两把的枪号被人为锉掉了。

伊万被警车带走了，一溜烟驶出额河农场，驶过大片新绿的油菜地、小麦地，和开满黄蓝色小花的绵绵草原，一路向暮色中的古纳镇驶去。

队长，谢谢你的酒了。你们审问那两支枪的来历，我交代，你早几天给我喝酒我早就交代了。你让我想想，那是十几年前的秋天的事儿了。对了，那年我大儿刚上小学一年级，最小的儿子出生不久——我一共有三个儿子。我的脑袋稍微有点乱，我还是从头说起吧……

那年秋收后没事儿可干，我牵了马，背上枪和行囊，一头钻进莫尔道嘎林子里去了。你们知道那几年林子里的猎物少，我一路沿着根河的岭子爬上爬下，走了好几天才打到两三只灰鼠子，连个狍子的白屁股都没看到。那天，我正在一片马尾松林子里垂头丧气呢，忽听林子里有动静，哗哗地响，凭耳朵就知道那是人。我怕他们把我当猎物，赶紧喊两嗓，对方也喊话过来。不一会儿，一条大青狗显出身来冲我吠叫了几声，接着两个人影从林中隐现了。他俩都牵着马背着枪，走到近前瞪着眼睛问我：打着了吗？我指指背夹子上晃晃荡荡的那几只灰鼠，两个人不屑地摇了摇头。其中戴狗皮帽的汉子四十多岁，鄂伦春人，叫吉若，眼睛小得和蓝莓差不多大，看一眼他的莫辛那甘步枪就知道这是个老猎手。另一个牵马的三十岁左右，叫孟根，使的枪和我的一样，都是半自动。他的腿又细又长，走路像阵风一样，我就叫他"飞毛腿"。互相介绍了姓名，我问：就你们两个？吉若用手一指猎狗：还有它，我的西嘎。我伸手摸了摸西嘎的头，向它示好，西嘎摇摇尾巴收敛了凶相。按猎人的规矩，遇到了就是安达（兄弟），就要一起合伙狩猎。吉若是和同族的猎人走散了，在绰尔河遇到孟根的，现在又加入了我。狩猎人是禁忌说话的，三个人不再出声。吉若自然成了头儿，孟根和我紧随在他的屁股后头。

那天下午，吉若带着我们直奔林中的一个水泡子去了。这片山林确实难走，每走一步都要挥刀砍倒密密匝匝的灌木丛和次生林的枝杈。直到天黑我们才到目的地。吉若判断这儿会有鹿来饮水。我年年都钻莫尔道嘎森林，从不知道这儿还有个水泡子，打心眼里佩服眼前这个身材不高的鄂伦春猎人，他毕竟来自狩猎民族，对森林里的山岭、溪流、沼泽地，包括哪儿有苔藓哪儿长蘑菇，都了如指掌。我们卸下行李，把马羁绊好，放到远处去。三个人顶着风慢慢靠近水泡子，潜伏在距泡子十几米的树丛和蒿草下。吉若拂着猎狗不让它出声，自己呦呦地吹响了鹿哨，在这之前我倒听说过这玩意儿，却从没见过，那声音真像发情的公鹿。深秋林子里已经上冻了，夜晚的温度越来越低，一层茸茸的白霜把我整个人罩住，和林间形成了一色；我趴卧着的身体都快僵硬了，手和脚冻得发麻，只有一双眼睛是活动的，一刻不离泡子沿儿，神经绷得像拉满的弓箭。

半块烤饼大的月亮爬上树梢时，猎狗的耳朵突然背立起来，嘴里发出细微的呜呜声。吉若拍了一下它的头，猎狗就不作声了。只见水泡子对岸影影绰绰地有猎物出现,但是距离较远,三个人屏住呼吸弓着腰紧跟着猎狗,在灌木丛里隐蔽着靠近。好不容易进了射程之内,借着惨淡的月光看清是两头正交配的鹿。飞毛腿孟根比猎狗还快,迅速闪到前边的树丛里,我和吉若一前一后。吉若架起枪架,眯眼瞄准,动作娴熟利落,我等他打第一枪呢,却眼见着他把枪放下了,回过头用那双蓝莓眼睛瞅了瞅我,摆了摆手示意我不要开枪,却听孟根的枪声先响了——山林里太静了,"嘎""嘎"两声枪响,清脆,干净,就像天上那半块月亮碎掉了似的。公鹿中弹了,像堵墙那样坍倒下去,身下的母鹿闻声奔逃,窜入一片毛树棵里不见了踪影。猎狗西嘎狂吠着要追上去,但被吉若大声呼唤住了。

这头公鹿的六叉犄角真漂亮,前边三个齿分散成三叉戟,后边的三个叉像举起的巨铲。我跑到跟前时,公鹿还没有死,从鼻子和嘴里喷吐着大团的血沫子,前腿蜷缩后腿有力地抽搐。孟根掏出了猎刀在鹿皮上背了背刀刃,只等它吐尽最后一口气。吉若最后一个到来,他撸着脸,蹲下身看了看猎物,公鹿翻着炭墨一般黑亮的眼睛瞅着他,吉若就伸出手去,摸了摸公鹿的头和嘴,那头鹿仿佛很接受这安慰,用唇翼触了触吉若的手掌,又伸出锉一般的舌头舔了舔吉若的手指,才栽下头去……

我掏了刀子给飞毛腿当帮手,触摸到雄鹿比缎子还要细滑的皮毛,它热嘟嘟的血还烫手呢。吉若一直蹲在塔头棵子里咀嚼口烟,等卸完整只鹿,他才言语一声,要我俩把丢弃的烟蒂拾起来,把岸边的血迹收拾干净。我望了望他阴沉的脸,不情愿地照做了。这么多年打猎,我还是第一次打扫战场。

一块林间空地上,我和孟根找来站杆,吉若用桦树皮和干树枝生起了火。我拿起几根有疤结的干裂木头往火里加时,被吉若制止了,他说这样的木头在火堆里容易炸裂,会崩到白那查神。吊锅架上了,孟根把鹿排砍断，放在水里煮，撒以盐面，鹿肉的香味马上弥散开来。吉若还是不言语，用树棍穿了灰鼠子在火上烤。

他俩的酒前几天就喝光了，问我要酒喝。我犹豫了一下，把行李里仅剩的三瓶酒拎出两瓶来，孟根眼睛一亮，一把抢过去，拧开盖灌了一大口。那天我只觉得吉若哪儿不对头，孟根递给他鹿肉他只用刀子割了两块祭了白那查神，自己一口没动，只把他的灰鼠子撕了，和他的猎狗西嘎你一口我一口地分吃。

喝得都有了些醉意，孟根沉不住气了，他红着眼问吉若：咋的了，鄂伦春大哥？怎么打到一头公鹿像打到你了似的？

吉若灌了一口酒，把挂在树杈上的鹿头用双手托起来，举在头顶上晃了几晃，不屑地说：我要是这头公鹿就变成鬼魂抓你们！让你们这些人打猎不守规矩。

飞毛腿一怔：不守规矩？

知道不？鄂伦春猎人从来不打交配的动物？你们可倒好，操，举起枪就知道放。

孟根咕咚一口喝光了小半瓶酒，放肆地哈哈大笑起来：啊呀大哥，我以为你嫉妒我先开枪了呢，那些规矩是你们鄂伦春人定的，你们遵守就行了。他指指我，又指指自己，嬉皮笑脸地：他祖上是种地的，我祖上是打鱼的，我俩都不是你们鄂伦春人，你没必要要求我们哪。

吉若的火腾地上来了，他骂：要说你们这些盲流子，看看你们干的好事！一路上碰到的那些死套，都是你们整的，那一堆堆动物的骨头，它们都白白死在了套子里了。还有，河里那些药，都是你们下的，连小鱼小虾你们都不放过。猎人有猎人的规矩，你们懂吗？现在林子也没了，猎物也没了，什么都没了，白那查神早晚会惩罚你们这些人的！

争执是一下子起来的，就像眼前这愤燃的篝火。

孟根也恼怒了，他半耷拉着脑袋，舌头比嘴还大，指着吉若的鼻子说：你……你以为这一切是我们造成的吗？有比我们更……不守规矩的人，是他们把林子给……毁了。可别忘了，当年就是你们这些猎人给……他们做的向导，到处给他们引路建林场！

吉若的蓝莓眼睛瞪得更圆了，他抄起酒瓶子冲飞毛腿摔去，孟根低头躲过，哐啷一声在暗处碎了。吉若骂：闭嘴！你个傻狍子！你以为我们故意把他们引进来的吗？我们当他们是朋友，谁知道他们会不守规矩！

孟根却动起了枪，他趔趔趄趄地站起来，黑乎乎的枪口直戳吉若，气氛一时紧张起来。猎狗西嘎也不知从哪儿钻出来，呜呜低吼着。

吉若倒是毫无惧色，一把扯开衣襟露出半块胸膛：你他妈竟然把枪口对着猎人！来，开枪吧！

孟根直愣着眼神后退几步，差点被脚下的一棵树墩绊倒，身体后仰枪口前倾……就在这时，西嘎猛地扑将上去，狠咬了孟根一口，孟根大叫一声，半个皮袖被扯了去，胳膊上已是血肉模糊。吉若见状急忙喝退西嘎……孟根的枪声却响了，"咣"的一声，耳朵震得嗡嗡直颤。我当时吓呆了，以为是孟根向吉若开枪了呢，缓了半天神才看见是猎狗西嘎倒下了……

那可是致命的一枪，湿乎乎的血汩汩地从西嘎的肋骨处冒出来，猎狗痉挛着。

我的西嘎呀！吉若扑过去抱他的狗……他哭号着，把鼻涕和眼泪垂在西嘎身上。要知道，鄂伦春猎人视猎狗为最亲密的伙伴，孟根这是剜了他的心肝。可再看孟根，这家伙满不在乎，抓了一把草木灰涂到狗咬的伤口处，再撕下半个内衣袖，用嘴扯成布条，抖着手给受伤的胳膊做了包扎，然后没事人一样坐在树墩上，歪着脖子呼呼大睡了。

吉若抬起头来，小眼睛里映着猎猎的火——所有的事儿都是在那一刻发生的，我记得比刀刻的还深——吉若放下猎狗，抄起了自己的家伙，可他没有立即开枪，而是冲着我歪了歪脑袋。我会意了，慌忙弄醒孟根，睡蒙圈了的他怔了好一会儿才明白怎么回事，下意识地摸起枪来。两杆枪口黑洞洞地对峙着……我当时吓得要命，不知如何是好……

就在这时，枪声却又一次响起了，再看孟根，软得像泥墙一样堆缩在那儿。

这一切来得太突然，整个林子都仿佛在枪声中静止了似的。

紧接着，吉若慢慢地转过身来，把枪口对准了我，我蒙了，脑袋比林子还大，我说：吉若，你，你要干什么？我，我可什么都没干……

吉若就这样定定地瞅我半天，然后挨着孟根坐下来，他查看了一下死者，把他的胳膊和腿摆正，捡起孟根吃剩下的骨头，端详了一眼：这种啃法，白那查神不会再给他肉吃了。他张开嘴叼住一条肉筋，一甩头咬下一条，慢条斯理地咀嚼，再叼再撕，直到啃得干干净净，一丝不剩，把白皙的骨头放进他的皮衣口袋里。

看着他不紧不慢的，我的腿也好像被他抽走了筋肉似的。我想安慰他，嘴却说不成话：我，我什么都没看见，我向你们的白那查神保证，我……

吉若把酒瓶子里的最后几滴酒滴到嘴里，随手丢给我一把猎刀，冲着死人努了努下巴……我就明白他的意思了，拾了刀子挖起坑来。林地还没有冻结，刀子剁到土里不费力气……因为心里害怕，我挖得比兔子还快，也忘记过了多少时辰……坑挖好也不用吉若吩咐，我拖起孟根的两只胳膊，像拖死狗那样把他拖到坑里。这家伙的腿确实长，我又扩了好半天坑才把他装进去，再手脚并用把他埋了。

我浑身是汗，抬起头冲吉若龇龇牙，说：你看这样行不？吉若瞅我一眼，又努了努下巴，说：再挖一个……我的腿一下子就软了，跪下来给他连磕了几个响头，哭腔都不是我的了：大哥，你就饶了我吧，我真啥也没看见啊，我一个人到山上打猎，只找见几只灰鼠子，别的什么都没看见，一会儿我就把舌头割掉下山去，以后再也不到林子里来了……

吉若鄙夷地吐了一口痰：操，我是让你埋了西嘎！

又一个坑挖好，这次不用我动手，吉若使刀柄将土块一点点敲碎，均匀地覆盖在猎狗身上。

我讨好地竖了竖大拇指：你，你们鄂伦春人对狗都这么好，真是好人。

吉若的回应让我的脊背直冒凉风：那谁是坏人？

我强挤出笑来，说：孟，孟根，孟根是坏人……

吉若狠狠地瞪了我一眼，像黑熊那样张开大嘴向我一吼：我看你他妈才是坏人！

我一下子跌坐到地上，再不敢多言多语了。

后来吉若就把枪收起来，慢慢地往将熄的火里加柴。

我趁机瞟了一眼我的枪，它就在离我几步远的站杆上躺着……我弯下腰，试着拾起脚下的几根干柴，那是被吉若认为不祥的木柴，窸窣的动静并没有引起他的注意。我把柴添到火里，火焰迅速旺盛起来，紧接着"叭——"的一声炸响，那是干透的木柴结节因剧烈燃烧而崩裂的声音，一时间火星迸溅，我忽然一下想起吉若的禁忌，是的，那四射的火星肯定惊扰了白那查神……一时间，莫名的恐惧抓住了我，就在那一瞬我疯了似的拾起了自己的枪……

可我却扑通一下跪下了，双手托枪过头，我说：大哥，这杆枪你也收着，你就把心放到肚子里吧……

吉若手按莫辛那甘枪杆审视了我半天，才接过我的枪放在他的枪下，用一只眼瞧我：行，我信了你。不过，你还藏了东西……

没，没有啊，我伊万手里可什么家伙都没有了……

吉若一摆手：我说的是酒。

……队长，还有酒吗？你再给我喝点吧，提到酒我就又想喝酒了。我这些年养成了酗酒的毛病，天天在酒中度日……对，再给我倒上一杯，我也好再捋捋思路——

嗯对，吉若要了我藏的最后一瓶酒，让我陪他一起喝，我就喝了，大概喝了小二两我就假装喝多了。我想把酒都留给他。

吉若真的醉了，变得越发絮絮叨叨，他说我不会伤害你，你放心吧，我其实也不想打死孟根，是他先杀了我的伙伴，作为猎人我和他公平较量，是他枪法不济，否则现在躺在坑里的应该是我……他说，你们这些半拉子猎人知道为什么不能打交配的猎物吗？因为它们正在孕育生命，它们正为这个林子添崽增仔，只有林子里松鸡鸣野鹿叫热热闹闹的，猎人才有取之不尽的猎物可打。接着就反复地讲他们族人的事儿，说什么鄂伦春猎人虽然打猎，但他们尊重猎物，林子里的一草一木和人都是平等的生命，什么万物有灵，他说人有的时候会变成鹿，鹿也会变成人，而人更有可能是一根草……这些话我那会儿根本没心思听，也听不进去。他掏出揣在口袋里的那块公鹿骨头，用猎刀一下一下地刻着，不一会儿，一个鹿神偶就刻成了，再系上一根皮绳，顺手挂在脖子上，问我，好看不？我连说，好看好看。

这不是一般的公鹿，它已经在林子里活有二十岁了，这是一头鹿王。吉若又说，就在他弯腰触摸公鹿的头和嘴的那一刻，公鹿的"腾"

（魂灵）就随着它的舌头附在他身上了。说着，他从火堆里抽出一枝火把举到鼻子前让我看他的眼睛，说你瞅瞅，里边是不是有一头公鹿的影子？我胆战心惊地遵命，看来看去，在他眸子闪动的火点间，隐隐约约见到一头长着大角的公鹿，这把我吓了一跳。恍惚间，我甚至觉得火把下的吉若就是那头被杀死的公鹿，那一瞬，我的头发都立起来了。后来我假装醉了，瘫在铺上，胡言乱语一番，一边倒头睡去。我打着熟睡的呼噜，可眯缝着的眼睛时刻盯着吉若，我看着他一口一口地将一瓶子酒喝光，看见篝火在他的脸膛上忽明忽暗，而他的一双小眼睛闪着孩童眸子才有的清澈，里面噙着一股说不出的忧伤。

吉若的哭号声是突然爆发的，他咧着嘴，号啕大哭，像个受了天大委屈似的：我的林子啊，没有啦，什么都没有了……那哭声在寂静的暗夜里显得十分瘆人……

我不知道吉若是什么时候睡着的，后来就听见他的鼾声一波高过一波。我仔细地听着忍着，像聆听一只猎物的动静，直到他鼾声如雷。我就慢慢爬起来，蹑手蹑脚，心跳如鼓，拾起吉若身边的猎刀……我一共捅了他五六刀，把他的肚皮捅成了筛子似的。吉若最后看了我一眼，仿佛不相信这是真的。可我要偷袭这个睡死的人，我可不想守什么规矩，再给他什么机会了……

队长，你知道我为什么这么做，你知道的，我怕这些狩猎人反复无常……我的小命就在他手里握着呢，我战战兢兢，不知哪件小事做的不对激怒他。我不想死，我还有老婆和三个儿子，我最小的儿子才呱呱落地。虽然他口口声声说不会杀我，可我不能下这个赌注，所以，我得解决他，这样就一了百了了。我在刚刚埋下飞毛腿的旁边又挖了一个坑。刚才拖飞毛腿时我还没感到这么费劲，吉若简直比一头熊还沉。费了九牛二虎的力气，我才把吉若弄到坑里，和飞毛腿孟根并排埋在了一起。然后我倒在那儿，连吓带累的我觉得自己快死了……

再睁开眼睛天已经蒙蒙放亮，我下意识地瞥了一眼灰烬旁的那几片踩踏平整的新土，才知道昨天晚上不是一场噩梦。忽然，一个人影从不远处的林子里一闪而过，凭经验判断那绝不是一阵旋风。我操起枪冲着树枝摇动的地方疯了似的喊：吉若，别他妈躲了！我看到你了！我把你的血都放尽了，你逃不掉的！

地上拖动的一条血迹吸引住我，我疾步追去，那条血迹湮没在一片稀疏的黑桦林中，一些树干上还残存着他留下的尚未干掉的血手印。我屏住呼吸一路搜索，次生林的黑桦树干才碗口粗，根本遮蔽不住一个人，即便这样我也不能掉以轻心，不断地向稍显黑暗的隐蔽处开枪，可是根本不见吉若的踪影……

太阳挂在半空时，我终于钻出这片丛林，向林外半人高的杂草滩里寻找。一片人为压倒的草丛让我心跳加快，那是新鲜的痕迹，草秆折断的地方还冒着绿浆。我停下来，平息了一下吁喘，在一簇草叶上伸手摸到了黑褐色的湿湿的人血。这使我的精神亢奋起来抬眼望去，那倒伏的草丛正隐匿着延伸向远处空旷的丘陵。

吉若，你逃不掉了！你这个杂种，我不会让你逃出我的手掌的，那样我就活不成了！

我一头扎进野草滩里，像追击受伤猎物那样沿着痕迹不顾一切地撵去，扑面的草叶锯齿般地割痛，深浅不一的脚下让我不断跌倒再爬起。直到我双腿沉沉迈不动步时，我才意识到自己不知啥时进到一片芦苇荡漾的烂泥潭里了，像无数双手拽着我的两条腿，我拔出一条来，另一条就被芦苇根须缠住，迈步不得，越倒腾越深陷，最后只有用枪拄地撑住身子。

就在这时，眼见着远处密集的杂草晃动起来，那是一股巨大的力量拨开的路，更像一条大鱼从寂静的水潭划向远处……惊惧和兴奋一起抓紧了我，我想从烂泥里抽枪出来，却差点被脚下的魔鬼揽进怀里。恍惚间再去望那股草浪的尽头，一个身影已爬出草滩，越向丘冈，可那不是吉若，是……是一头六叉角公鹿……它头顶高擎着的犄角我认得，昨晚我还亲手摩挲过……这他妈的是错觉，是我的眼睛出了毛病，是我自己吓破了胆子！我使劲揉了揉眸子，定睛又看，千真万确，那头颚毛像狮子一样的公鹿正回转头来，向我引颈吼叫了一声，"嗷——呜——"声音好似凭空而来的闷雷，把整个山谷都震荡了……

后来我忘记了自己是怎么爬出那片泥潭的，大概是旁边密匝匝的芦苇丛救了我。我浑身烂泥返回到昨晚的营地，去察看掩埋吉若的土坑，令我瞠目结舌的是，土坑完好无损，根本没有掀开的痕迹。我拔下猎刀想掘开它看个究竟，刀子挖进土里却终没有动，那一刻我真的失去了勇气……

后来，我来到林子外，找到羁绊在林子边上的那两个猎人的马，举枪打死了它们，再肢解成块，和孟根打到的那头鹿一同放到我的马背上驮着，自己背上那三杆枪，一路头也没回，惊慌透顶，马不停蹄到的家。

单就这次出猎，我也算最大的赢家，收获颇丰。可是队长，你不知道，我并不能安心。我这些年的日子是怎么过的，我天天提心吊胆，也曾托人去阿里河打听吉若，他们乡的人说吉若失踪了，一次行猎后再没有回来，我才侥幸没有踏上逃亡之路。可我再不敢钻林子了，更不敢去打什么猎。这还不说，我总是做同一个噩梦，梦到吉若，梦见那头六叉角公鹿，他和它变幻莫测，在我梦里的森林里飞奔；偶尔吉若会转身近前，瞪着一双又深又亮的公鹿眼睛，盯得我很不自在，在空荡荡的山坳里让我无处藏身……

队长,谢谢你们帮我解脱了,我明天就领你们上路,带你们去找吉若……

这家伙的记忆力真惊人,时隔多年他依然毫不费力地带着警车指认了埋尸的地点。警察挖出了猎人孟根的一堆黑乎乎的骨头,他的衣物尚未完全腐烂,而猎狗西嘎只剩下了几颗白皙的犬齿。人们更关心掩埋吉若的墓坑,可正如伊万所料,那里面空空荡荡,除了一副狍角骨什么都没有,那是吉若的狍角帽子留下的唯一证据。

正值盛夏,兴安岭林子比起伊万记忆中的要茂盛得多,一副重峦叠嶂、莽莽苍苍的样子,一路上随处可闻飞龙、野鸡、布谷鸟和各种不知名的鸟儿啼鸣。打十几年前,上边就下令收缴猎民的枪支,并禁止砍伐树木了。透过车窗,伊万甚至还看到一群野猪乱哄哄地穿越公路,几只白屁股狍子从灌木丛间一掠而过。警车一直开到吉若失踪的案发地,伊万再次下了车,他戴着沉重的手铐和脚镣,可眼前的野草滩已非同昔日,过人高的草木荡漾如海,在黛色苍天之下显得诡秘而幽深。同行者与伊万正踟蹰不前,忽然间,一片清灰雾霭的林草深处隐约传来一个声音,并且渐次洪大,那是一头公鹿的哞叫:"嗷——嗷——嗷——"悠悠如巨石击木。

这时,伊万麻木的脸上就浮现了微笑:是它,是它,吉若,是六叉角公鹿……

几位办案人一同听到这叫声,一时间面色茫然……

警车回返的路上,车内一片肃穆,只有伊万频频要求下车解手。在近古纳镇的边儿上,尿频的伊万将再次遇到那个那咩伦,她正在山坡上放羊，伊万抬头看了老妇一眼，目光无意间落在了她的脖子上，那是一块用鹿骨雕成的项饰，看仔细了却是一枚鹿神偶……老妇此时也注意到了伊万，她白了白死鱼眼睛，撇着嘴说了一句：这个倒霉蛋儿我认得，他还欠我一瓶酒呢。

（刊于《青年文学》2017 年 7 期）

蒸汽火车呼啸而过

平安是我们的头儿，那时食物匮乏营养不良，我们换牙都比较晚，平安比我们大，他早换完牙了，而我们几个还豁牙漏齿，所以，他可以用满口牙的嘴对我们发号施令。

那年上，平安不再领我们前街打后街，他爹死了，死在了春天里，留下了他妈，留下了他，还有他的一个弟弟两个妹妹。后来人们说他爹要是能活过那个夏季就不会死了，就差那么小半年就到了1976年的秋天。所以平安要接替他爹当家做主。在北方零下四十度的漫长冬季，最要紧的就是解决烧柴问题，他家住的是俄罗斯老式木刻楞房，一冬天要烧掉两吨煤或者三卡车桦子，才不至于冻死。所以平安一上秋就要去山上砍柴。那会儿还没恢复学校秩序，不用上课，他把一辆拉水车改成拉柴车，缚上绳子，腰别一把斧子，天天早出晚归，上午一小车树桦子，傍晚又一小车树桦子。

那天黄昏，我和几个伙伴正在街巷里踢毽子，刚刚砍柴回来的平安一手拿一个苞米面大饼子，一手拿一根大葱，他劳累一天可是饿急了，左右开弓，吃得秋风浩荡，满腮帮子咔嚓嚓直响。天已渐冷，我们都戴着线帽子，穿着厚外套，流着鼻涕，可平安光着脑瓜还满头是汗，头发一缕一缕地贴在额头上呼呼地冒着热气，他吞掉最后一口大饼子和大葱，才腾出嘴来和我们说话。平安穿着单布衫敞着怀，像一只老鹰那样蹲在墙头上，告诉我们大家，他今天发现新大陆了，想跟他一起捡洋落儿的就准备好土篮子和尼龙袋子，带好干粮，明天一早出发。至于是什么宝贝，他卖下了关子，说去了就知道了。我们欢呼雀跃，像拥戴领袖那样拥戴平安。临了，平安把我拉到一边，用他那满是裂口的黑手从挎兜掏出一把山丁子塞给我，一边做嘘状："这是给你的，别出声，"又掏出更大的一把，"这是给你姐的，千万别说是我给的，明天去捡东西把你姐也带来，记住了。"我点头应允。

我姐比我大三岁，比平安小一岁。我虽然还缺着两颗牙齿，可并不缺心眼，平安对我姐有意思这在三道街的巷子里已经不是秘密。那年刚好十六岁的我姐已经亭亭玉立，在被服厂做裁缝的我妈总是工作之余省下一些布料，给我姐打扮得干干净净，每次从街巷走过免不了引来一些臭小子们的坏笑和口哨声，或者齐声喊我姐的大名"白玲""白玲"！不过，平安追我姐只是他的一厢情愿，我姐好像从没拿正眼睛瞧过他。

第二天在路口的供销社门前集合时，平安正坐在他的推车上摆弄一把日式军刀，远远地望到白玲牵着我的手走过来，他赶紧把刀插回刀鞘，下车立正。可他并不知晓我姐的来意，走到平安近前的白玲明显比他高出小半头，开口第一句话就问："平安，我妈让我问你，你要带我弟弟去哪儿？"平安支支吾吾，一手挠着脑袋："到……到地方就知道了……"白玲表情异常严肃："毛主席教导我们说，要诚实做人，你说，你到底领他们干什么？"平安脸涨得通红："去，去水泥桥的铁路边上捡煤块……"

水泥桥是我们镇东郊的一座大桥，它的东边是长着两根大烟囱的火力发电厂，平安就是在通往热电厂的一条铁路上发现"宝贝"的。作为领路人,他有权盘腿坐在拉柴车上作威作福,让我们几个小伙伴换班推他前行。我们一路呼哧带喘,走了好半天,终于越过了水泥桥和桥下湍急的河流,再走就是郊外了。刚八月末,山岭上已是一片初秋之色,白桦树早早将叶子变成透明的金黄,衬以秀丽白的树干,煞是好看;而那些郁郁苍苍的樟子松和颜色纷杂、不知名的灌木丛更是把山野变成了一幅姹紫嫣红的蜡笔画。此时秋阳高照,横亘在眼前的窄窄的两道铁轨正蜿蜒向远,从前方一条拱形公路的下面洞口穿行过去,那些晶亮的黑色小东西就掩映在铺陈枕木的石子之间,像零零碎碎散落在地的马粪蛋子,在那个年代,没有比这更珍贵的燃料了。此时飕飕的小冷风一扫我们徒步的疲惫,更似吹着了几簇噗噗燃烧的小火苗。平安一声令下,我们展开了空前的拾煤块比赛。许是我姐没来的缘故,平安一副怅然若失的样子,他不急于像我们那样小鸡啄米似的捡拾,东张西望了一阵之后,背着他的日式军刀走向了前面孤独的铁道。

那天的平安确实反常,整整大半天他都没舍得弯一下他的腰,只在铁路桥洞那儿跳上跳下。比我们稍大的二成是个磕巴,大声呼喊他:"平,平安,你,你咋不,不捡煤块呀?"他好半天才回答:"你们捡你们的,不用管我!"

黄昏时分,伙伴们已精疲力尽,每人的土篮子和尼龙袋子都收获满满,即将起身收工,平安远远地招手唤我们到他那边去,伙伴们不知道他葫芦里卖的什么药。等到了近前,他挎着军刀一副神秘兮兮的相儿:"知道我在等待什么吗?我在等着拉煤的火车!"

我们不得其解。平安撇嘴笑了一笑:"说了你们也不懂。"

他俯身贴耳在铁轨上,像要谛听大地的心跳似的,叫我们不要出声。故弄玄虚地听了半天,忽然,他爬起身来,向着铁轨的远方观望,"它来了,快,快,它来了!"急忙命令我们藏到路基下去,他自己则像个猴子那样几下爬到拱形桥洞之上，埋身在桥梁间。

先前我们还什么都没听见没看见，正满腹狐疑呢，隐隐的，仿佛有细微的哐哧哐哧声传来，慢慢地越来越大，直到把脚下的大地都震颤了，一列黑乎乎的大家伙就出现在我们的视野里，它亮着额头上的一只眼睛，仿佛整个脑壳都烧着了，冒着滚滚浓烟，而身下好像还有左右两个大鼻孔，噗噗地喘着白色的粗气。临近桥洞时，它朝天空打了一个响鼻，那响鼻声随着一股烟柱直冲云霄，并且不断努力向上攀升，直到震彻了整个山谷，把山岭的耳朵都震痛了。我和几个伙伴惊呆住了，没谁这么近距离看过一列蒸汽火车，在夕阳辉煌的光线里，它像极了一头怒气冲冲的庞然大物，鼻孔喷出的强烈气体差点把埋伏在左右两侧的我们掀翻到路基下。蒸汽车头闪去之后，一节节满载煤炭的车厢开始排队从我们眼前经过。就在最后一节车厢即将露出屁股时，桥洞上的平安纵身一跃，像只大鸟那样稳稳地落在了满是烟雾的煤山上，因为背对着夕阳，他模糊的剪影像镶了一圈金色的轮廓，这使他的形象更加耀眼夺目。大块大块的煤便经由他的手从高高的车顶纷落而下⋯⋯

火车驶出去好远，平安才从车厢后头攀爬下来，一瘸一拐地迎着我们走回来，我们都以为他受伤了呢，赶忙跑去接应，没等近前他却嘻嘻哈哈地大笑了，原来是装瘸骗我们，伙伴们佩服得五体投地，只有把他抛到空中欢呼胜利的份儿！

平安丢下来的煤块足足装满了一大推车，上面放着我们可怜兮兮的煤袋子和篮子。回到镇里已是百家灯火。临别，平安让每个人发誓保守秘密，对外和家人只宣称这些煤块是我们从铁路上捡来的，让大人知道扒火车非被打断腿不可。在给我家卸煤时，平安特意挑了两块大煤块搬进我家院子，和我说，要是白玲明天去，他把半车煤都卸给我家。

我姐几天后出现在捡煤块的队伍里，并非为了平安的半车煤，她是受我妈的唆使。对于白玲的到来，平安的欢喜溢于言表，这从他每天头脸和衣物的干净程度就能看出一斑。那些时日，我们不再去捡拾路基上的鸡零狗碎，而是专等运煤火车的到来，然后分工明细，由平安率领二成和另外两个稍大的同伴爬上桥洞去劫掠火车，女生和我们几个小伙伴负责搬运。在给各家分战利品时，平安也是公平起见，按劳分配。平安本想从他那份里多给白玲一些，但被白玲婉言谢绝。我姐一向义正词严："毛主席教导我们说，不要做不劳而获的人。"我们那时不知道这些话到底是不是毛主席说的，总之，凡是有道理的话一般都源自他老人家。

回想那年的整个秋天，真是自由自在。每天下午，几个伙伴都以堂而皇之捡拾煤块的名义逃避其他劳动和家长的管束，去小镇的郊外等待蒸汽火车，它总是在黄昏时分准时来临。而在此之前，我们有了太多的空闲时光，嬉戏、玩耍、打闹，讲各种传说和鬼故事，直到把所有游戏玩得乏味，再没有什么新东西可讲。平安这个时候又显出他的见多识广，他爹生前曾是仓库保管员，他的仓库里存放了好多书籍，一些据说还是"大毒草"，平安偶尔替他爹送饭、打更，就是在那里读到它们的。这家伙不仅热爱读书，而且记忆力惊人，过目不忘。无论多冷的天儿，他都敞着怀，正襟危坐在枕木上，眯缝着一双鹰隼一样的小眼睛，给我们讲他看来的故事，讲什么保尔·柯察金，讲《安娜·卡列尼娜》，讲《林海雪原》，这些我们都闻所未闻……在清寒而高远的旷野里，七八个半大少年紧紧围在一起，用这些故事来为成长中的心灵取暖，让那些书中的主人公带着我们展开翅膀飞到另外的世界去。虽然有的故事我们听得似懂非懂，比如安娜·卡列尼娜为什么会抛弃自己的孩子而跟一个坏蛋私奔，又比如保尔·柯察金缘何要与美丽的恋人冬妮娅分手。平安讲到动情之处时，他闪闪发亮的眸子就会紧盯着白玲，我姐也确实是他最忠实的听众，一会儿杏核眼里噙满了泪水，随着眼睛的眨动扑簌而下；一会儿又破涕为笑了，咯咯咯没完……可总是到最关键时刻，平安就打住不讲了，他心里有数，是要给我们预留悬念，更是为了我姐，想让她每天都因此风雨不误，跟随他的脚步。

每当黄昏运煤火车远远开来，都是最欢欣鼓舞的时刻。平安他们几个像铁道游击队员那样各显身手，迎着滚滚蒸汽和哐哐贯耳的铁轮声响，在火车厢上穿梭如风。特别是平安，他在几个爬车的少年里最为英勇，动作也最为敏捷，他甚至可以从这个车厢跳到另一个车厢，而这一切他都是为了表现给白玲看。我发现我姐不知从什么时候起，开始慢慢喜欢上了这个通晓故事、热衷于勇敢的家伙。

可是晴天也有霹雳。我们正热热闹闹捡煤呢，镇革委会的广播里却传来了伟大领袖毛主席他老人家逝世的消息。蒸汽火车停运了，整个世界陷入了悲痛之中。平安跟着大人们一起去开追悼会，我们也挤到人群里跟着抹鼻涕。我们看到平安哭得最厉害，简直是上气不接下气，要不是当场有好几个年龄大的工人哭晕在地，平安一同帮着往医院抬人，他那天肯定会哭出个好歹来。

没煤可捡，伙伴们仿佛一下子失业了，不仅如此，我们还惦记着平安讲的《林海雪原》呢。他刚讲到杨子荣跟着刘大麻子一路上了威虎山，虽然有八大金刚之首的引荐，可这山里突然来了新人，土匪们依旧十分警惕，从内到外步步紧逼，行话黑话问了一通。杨子荣对答如流，并献上了青鬃马和指挥刀、先遣图三件宝物，老谋深算的座山雕没有看出破绽，当即要封杨子荣为磕头老九……说好第二天"下回分解"的，就这么中止掉了。追悼会开完，去水泥桥打探的伙伴几次回来都说没见到火车的影踪，发电厂的大门紧闭，厂院里人迹寥寥。那段时间，我们镇上也总是停电，伟大领袖的离去仿佛带走了所有光明，世界即将终结于此，一切都变得黑暗和死气沉沉。

我们无事可做，平安却忙得不亦乐乎，每天又开始上山砍柴、回家做家务，帮他妈看最小的妹妹。不过，那些时日平安和我姐却飞雁传书起来，今天平安给我姐捎一封信，明天我姐又给他回一封……为了他俩的小恩小惠，我也乐此不疲。

有一次，我手里正拿着我姐写的信溜墙根呢，二成迎面把我拦住了，嗖地一下抢走了信封，嘻嘻哈哈地问我，这是什么。我拼命想抢回来，可蹦了高也够不着他的胳膊。他说，让我瞧瞧我就还给你，否则我就把它撕碎。无奈之下，只好任由他用唾沫洇开了封口。二成抽出一张被擦掉铅笔印的信纸，我认出那是从我的算术本上撕下来的，字迹纤小而工整，二成摇头晃脑地大声读道："平，平安你，你好：我，我还想和你讨，讨论安娜卡，卡，卡，卡列尼娜的命运，她太，太凄惨了，她不，不，不应该卧轨自杀，我无法想象那么美，美的女人，卧在铁，轨上被火车碾轧是什么样子，即便死，死也不该选择这种方式，自从你讲过她，她死在火车下，现在我，我都不敢看，看运煤火车了……"这家伙念到安娜·卡列尼娜时，他"卡"得满脸通红，我还以为他"卡"到那儿念不下去了呢，后来就因为这个，"卡，卡列尼娜"成了二成的外号。

除了传信之外，白玲还给平安织了两副线手套，而平安则送给我姐一条白头巾。那条头巾据说是上海的大海绒线厂产的，纯羊毛，又柔软又温暖，这之前，我只看到过镇上栲胶厂的知青姐姐戴过这样的头巾，捧在手里闻了闻，有股膻香的羊羔味儿，那是平安用编了几天芦苇席子的钱换来的。那天傍晚，我出院门倒脏水桶，平安从墙角猫似的蹿出来，戴着我姐送的白手套，郑重其事地用双手捧着这个物件，像天安门广场的国旗卫士传递红旗一样递给我,说:"这是我送给你姐的,请你把它转交给白玲!"为了显示正式和庄重,他竟然用了一个请字,差点酸掉我的大牙。随后平安告诉了我一个令人振奋的消息:

"知道吗?运煤火车这两天又开来了!明天下午,让白玲扎上这条头巾……"

我们再次出现在通往发电厂的铁轨上时,已是初冬的光景。那天天气异常的寒冷,一整天都没见太阳,凛冽的北风摇曳着光秃秃的桦树林和落叶松林,山岭上除了一片枯黄和白霜再没别的颜色。白玲当真扎了那条白头巾,小脸冻得像苹果似的红扑扑的,一件碎花的棉袄,手臂上两条浅蓝色的套袖。别说,我还是第一次发现我姐长得这么好看。见到扎白头巾的白玲,平安满眼激动,他这天穿了他爹留下的军大衣,还破例戴了狗皮帽子,腰上系了一条军用腰带,神采奕奕的样子一看就是在模仿杨子荣。那天的风真大,我们走在无遮无拦的铁轨上,跟跟跄跄地险些被风吹跑。张嘴就往肚子里灌风,所以彼此也很少说话,这多少影响了我们小别重逢的心情。后来,我们堆缩到门洞的另一侧去避风,互相偎依着取暖。平安则故意背靠着我和白玲坐在风口,一边为我俩遮挡风寒,一边吱吱啦啦地吹着一管漆色斑驳的旧口琴。说实话,他吹这个确实蹩脚,听了半天勉强能听出是《喀秋莎》的曲调,不过这丝毫影响不来他的热情,吹个没完没了。我们几个被折磨得差点捂住耳朵,可我姐始终听得很入迷,不断提醒我们静一静,不要出声,仿佛世界上就剩下了他们两个。多年后,每当我听到这首曲子,眼前总浮现平安那天在桥洞吹口琴的身影,好像这曲子是专为他而作。

临近傍晚,蒸汽火车如约而至,它似乎被清洗过全身,面貌崭新。

此时寒冷已经把我们冻透了,手脚又麻又胀。平安终于放下他的口琴,几个人哆哆嗦嗦地爬上桥洞,像往常一样做好准备。火车大灯探射过来的光束与蒸腾的热气一起纠缠着,在我们的头顶忽聚忽散。冷风吹乱了白玲的头帘,她解下头巾准备重新扎一扎,可冻僵的手指一松,头巾竟被火车强烈的气流卷飞起来,像一方洁白的云朵那样打了两个空旋,一直刮到了机车底部的车轮里去了,白玲惊叫了一声:"我的头巾!"此时,正从门洞跳下的平安也看到了这一幕,他迅速越到车厢的连接处……

"不要……"我姐已看出平安的意图,话音刚出口,他已从那儿跨身而下……

火车一节一节哐当哐当闪过,却一直不见平安的踪影。白玲双手在胸前紧握,我们的心也都提在了嗓子眼。等到最后一节车厢终于驶过去,二成他们也已顺利跳下车来,铁轨上却空空荡荡了无人迹……

二成捧声呼喊:"平安,你,你个臭小子,别藏了,我,我们已经看,看到你啦!"

可除了火车远去的动静和风吹枯草的声音,原野里万籁俱寂。

白玲已是哭腔:"平安,你别吓我们了,快出来呀……"

这时,有同伴发现前面的路基上有一块白色的像火焰一样飘忽的东西,二成拉上我去看个究竟,我俩壮着胆子走到近前,却见那是一只手臂,紧握的拳头里正飘飞着那条白头巾……

就是那天夜晚,我少年的记忆突然发生了故障,仿佛一条鱼被猛地丢在了刺目的岸上,强烈的白光和殷红的血迹灌满了我整个脑海,身边的一切都变得鸦雀无声,继而成了支离破碎无始无终的图景,占据了我惊恐的眼睛。横七竖八的手电筒在黑夜里接踵而至,我妈把我紧紧抱在怀里，不断捋着我的头脸，我听到有人说——这个孩子被吓到了，快让他离开。于是我被裹在一件棉衣里被大人背走了。

之后的很长一段时间，我的记忆似乎一直蒙着这件厚厚的棉衣，浑浑噩噩中，我仿佛穿越了一条没有尽头的黑暗洞穴。直到有一天，我眼前出现了陌生的垂柳和荡漾的湖水，有几条铁壳鸭子船停到岸边，我妈和我爸带着我踏上摇摇晃晃的小船，微风轻拂，我听到了几声绿鹦鸟的鸣啭，我问妈妈，这是哪儿？妈妈喜出望外：孩子，我们现在是在南方，爸爸调转工作，我们搬家了。

一段生命印迹被我弄丢了，它重新回我的身边的那天已是另一年的夏末。随后，在公园的鸭船上，妈妈像是教三岁孩子那样指着公园里的景物，柔声细语地让我一一说出它们的名字。紧接着，一阵狂风袭来，乌云滚滚下起了暴雨。我爸将我放在自行车的前梁上，我妈坐在车座后，撑着一把黑纸伞。雨声喧哗湮没了我的少年时代。

几年后，我的个头差不多有平安那么高了，一天我收拾家里的杂物，意外发现了一个男孩写给姐姐的一摞信，它们和几枚毛主席像章放在一起，整整齐齐，尘封在一个老式的梳妆盒里。我打开最上面的一封来看，信里错别字很多却并不潦草，其中一封信大意如下——

……白玲，你就是我心中的安娜·卡列尼娜，可我绝不是渥伦斯基！我愿意为你做所有的一切，包括为你去死，我想这就是爱情……可我知道自己配不上你，我听知青们说，学校就要复课了，大学就要恢复高考了，这多么激动人心啊！可我爹死了，我妈风湿病，我要在家里照顾弟弟妹妹，我希望复课后你好好上学去，以后考上大学，读好多好多的书，好多好多的故事，回来讲给我们听……

落款是：平安，九月某日。

这封信勾起了我掩埋在时光废墟里的回忆，让我想起这个叫作平安的人来。那天，在校读师专的我姐正巧周末回家，我把那封信背在身后，小心而迟疑地问她：还记得平安吗？埋首洗衣服的她抬起眼睛看了我许久，却低下头去，奋力地搓起衣板，说：当然……

你有他的消息吗？

没有。

有机会，我们应该回去看看他。

他已经不在那个镇子上了。白玲用手背抹了一把额头。

他去哪儿了？

白玲丢下衣物忽然跑出门去……

对于平安的耿耿于怀就是从那天开始的，我想，就是他把我的一段少年记忆锁进了迷宫里，我要找到这把钥匙，打开那扇尘封的门。后来，在爸妈和白玲遮遮掩掩的只言片语里，我的脑海中勾勒了以下的情形——

失去了整只手臂的平安，被我们在一片乱石堆旁发现。那天夜晚漆黑惨淡，我们几个少年被凄惶的寒风包裹着，抓紧我们的还有无边的惊慌和恐惧。在一片嘈杂的哭喊声中，二成手忙脚乱地用绳子勒住平安流血不止的膀根，鲜血弄得他满脸满身都是。随后，我们把昏厥的平安抬上推车，一路仓皇着向小镇医院奔跑，奔跑，直至将那个夜晚抛在记忆的荒郊……

等平安在镇医院的病床上苏醒过来，已是一天一夜之后。要不是他爬下火车时事先解开了军大衣的纽扣,他会成为铁轨上的一摊肉泥。我和几个伙伴扒着病房的门缝看到了缠满纱布的平安,那会儿他已经微睁开了眼睛,一旁忙乱着的是他的母亲,那个两鬓斑白永远佝偻着脊背的女人。

白玲泪眼如桃,和二成获得了一次进入监护室内探望的机会。等她出来时哭声更为响亮,用一只袖口掩着面跑出医院。我们在后面一路追赶,一边不识趣地询问她平安哥到底怎么样了,问话没有回答,一直跑到家中,我姐把她的房门死死地关上,之后再不肯打开。

雾霭是在两个月之后渐渐散去的。

那天,平安被二成搀扶着,从医院的大门里缓缓走出来,站在冬日上午的阳光下,我们注意到他右手的袖管,那里面空空荡荡,被风掀来掀去。平安清瘦了许多,脸部添了好多疤痕,这时就用左手遮了遮眼,扫视着迎接他的人,目光最后像钉子那样落在了我的身后——我姐正站在那里,像个做错了事的孩子隐着身影低垂着头,任凭寒风吹乱她的一头秀发。那一刻,我闪开身,希望她能走上前去,和平安说几句安慰的话。可白玲没有动,只是缓缓地抬起头,从碎花棉袄的口袋里掏出了一样东西——是那条被血浸染又被水无数遍清洗过的白头巾,上面还滞留着大片的淡黑色污迹,白玲轻轻地迎风展开它,然后一丝不苟地把它系在了头上……

关于少年美好的记忆似乎就定格在了这里。

第二年开春,据二成说,平安他爹落实了政策,平安接了他爹的班去农机厂当了一名钳工,为此他天天在家练习左手拧螺丝掰扳子。就在这时,镇上传开了我爸要调转的消息……

那天,风平浪静的我们正沐浴着春天的阳光,缺漏的牙齿也像雨后小草那样发芽长齐,我们站在黄昏的街头比试谁的最闪闪发亮。二成却打老远风风火火地跑来,告诉我们——平安又出事了,我们大惊失色,问他出了什么事,二成因急迫而口吃得不能言语,只反复说一句"火,火,火车……火,火车……"

我们跟随他撒腿跑向火车站,迎面遇见刚刚放学的白玲,她拦住惊慌不已的我们,我们也只有大声告诉她"火车!火车……"接着,二成塞给了白玲一个信封,那是平安唯一留给她的信,白玲来不及打开来看就与我们一起向车站奔去。我们一群少年尘土飞扬地穿过小镇的大街小巷,跑得鸡飞狗跳,行人纷纷躲闪,楼房与电线杆排排向后,然后我们前扑后拥地越过车站高耸的栅栏,直冲到空无一人的站台上……

可我们没有看到群众团团围观和警车呼啸的场面,转头觑向二成,二成这才上气不接下气地指着白玲手里的信告诉我们:"平,平安他,他不是卧,卧轨了,他,他是坐火车走,走了……"

那时小镇刚通蒸汽客车不久。我们找到当天值班的站务员,正巧是二成的大伯,他佐证说,下午确实看到了平安,空着一条袖管的他好像只背了一个军用挎包,晃晃荡荡地上了最后一节车厢。开走的火车要三天之后才重新开来,没人知道平安去了哪里……这次他不是被卷到火车下边,而是被停靠小镇的火车带走了,平安失踪了!

面对铁路尽头那轮孤零零的夕阳,我们一时茫然无措。二成冲到铁轨上,拾起一块石头向空旷的远方抛去:"平,平安,你个傻,傻狍子!"

这并非我姐和我爸妈的描述,而是我通过多年的想象把关于平安的故事还原了。我相信这就是他带给我们的结局,只有这样,他少年英雄的形象才能在我们心中完好无损。后来我甚至一度想为平安构思一篇小说,结尾当然如上所述。可就在几年前,与二成的一次意外邂逅改变了这一切。那次是我偶尔回兴安岭某地,在街头竟遇到了摆摊卖水果的二成，要不是他磕磕巴巴的口音，我差点认不出眼前这个满脸络腮胡加皱纹的汉子。家乡遇故知，我俩坐进了临街的一家小酒馆里，略显拘谨和羞涩的二成和我一起梳理了共同的过往，当谈到平安时，他狐疑地反复问我：你真的忘记了平安哥后来的事情吗？我说，他失踪之后我真的不知道了。二成把头摇得像拨浪鼓，然后把满满一杯酒倒进了肚里。那天下午，二成酒醉后更为口吃的陈述，唤醒了我沉睡多年的真实记忆：

……那天的夜晚不知如何过去的。第二天黎明，印象里浮现了一个披头散发的女人，她带着几个少年行走在那条凝满血迹的铁轨上，女人一直低弯着腰，手里提着一个清洗干净的土篮，少年们在帮助这个母亲捡拾她儿子的遗物。他支离破碎的肢体已在昨天晚上被铁路警察收走，可母亲仍不放心，害怕儿子尸骨不全。事实证明她的担心并非多余，他们沿着铁路搜寻了上千米远，捡回了好多像榨菜丝一样曲卷着的皮肉……

这一切似乎都源于白玲。那些天里，十六岁的白玲把自己关在自家的煤棚子里，不吃不喝也不给任何人开门。人们记不得她是何时重见天日的。事故之后，每个少年的心里都压上了沉沉的阴霾，很长一段时间，那列蒸汽火车夜夜从梦里蜿蜒而来，再呼啸而过，刺耳的汽笛声粗犷而悠长，令人惊心动魄，滚滚浓烟把我们席卷、淹没……

（刊于《草原》2019 年 4 期）

能动嘴就别动刀

大城死了,是被人用刀子捅死的。

超子两年前和我们说这事儿时,哥儿几个都震惊不已。超子点了根雪茄烟,眯着一只眼睛撇着嘴和我们说:大城开夜班出租,一个女的从夜场出来坐了他的车,女的穿得挺少,该露的地方都露着,一看就不是做正经生意的。那会儿还没严禁酒驾,大城喝了点酒,不知是存心还是无意摸了女人的大腿一把,结果让女人给了一个大嘴巴。大城有点意料之外,捂着发红的脸好说歹说,想把场圆过去,女人却不依不饶,扯着脖领子问他怎么办,要么给钱要么经官,经官就告他性骚扰。大城知道自己遇到"碰瓷"的了,劫数难逃,一时间脑袋有点发蒙,有点不听使唤。女人说舍不得钱是不是?今天我倒要让你出点血看看。一个电话叫来两个"炮子",岁数不大,开车直接把大城别下了。俩人上了后车座就用家伙顶住大城后背,说大哥拿两万块钱吧,拿两万块钱咱私了,我们立马下车。这对开出租的大城来说可不是个小数字,不过大城毕竟是块老姜,不会轻易认怂,嘴上假装告饶——兄弟有话好说,动啥都别动刀,我这就拉你们去银行取钱……等到了自助银行门口,大城要下车,"炮子"说,哥,不劳您大驾,把卡号密码告诉我,我替您取就行。大城说兄弟不用，我自己来……开门要跑，后面的狗急了，一顿乱刀，大城正一脚门里一脚门外呢，结果弄得车里车外都是血……

超子是天生讲故事的高手，什么事儿经他一说，都像他亲眼看到的一样。说到这儿，挨他身边坐的小巧女人喵叫了一声，一手捂住耳朵作惊吓状。女人是超子带来的，超子给一家旅游车队开金龙拉客，女人做导游，长头发狐狸脸，故作娇羞和小鸟依人状，看状态就知道俩人关系暧昧，非同寻常。

大城是我们圈子里的朋友，年龄比我们都长，尊称为"城哥"，这刚回老家没两年，挺让人唏嘘。他原本是黑龙江K市人，为了讨生活来的我们边城M市，做点小生意，见人总客客气气，一副忠厚相，装蔫，可明眼人知道，他可是老江湖。城哥据说婚史也复杂得很，头婚留下一个儿子，中间好像还结过两次，草草散了，和现任嫂子生的也是个公子。关于城哥出事的消息是他的大儿子带给超子的。那天，超子正跑线拉客呢，手机响了，一接是小强，为他爹的事儿，他大老远从俄罗斯新西伯利亚特意赶回国来，问超子能不能弄到去K市的火车票，七月正值边城旅游季节，一票难求。

那天哥儿几个都为小强竖了大拇指，大家都知道，长大后的小强和他爹感情并不好，原因不仅仅在于大城和现任嫂子，小强从小单亲失去管束，很早就辍学成了"惹事少年"，经常给他爹弄些小是小非，父子矛盾日深。此次小强能回来为他爹奔丧，可见孩子已懂得了孝道。

说起小强的"无良"，有一件事是我亲历。那还是我刚与大城结识，他开个卖二手手机的小门店，我没事找他闲聊，临时帮他看了一会儿摊儿。他出去没二十分钟回来，居然说放在柜台里的一台手机找不见了，价值两千多块。他这么说弄得我很恼火，明显我成了最大的嫌疑者。四处翻找了半天无果，报了警。派出所查来查去，调了邻居的户外监控，发现一早上小强曾光临过他的店面，再给小强打电话，手机关机人已逃之夭夭。那年小强才十六岁。

后来，关于小强的事情就接二连三穿起了糖葫芦。有一次据说是偷了城哥媳妇的几千块钱，城哥要我们几个兄弟去长途客运站、火车站帮忙堵截，又通过铁路派出所调出小强买的车次，大城自己则登上火车一路跟踪至齐齐哈尔，终于在硬座车厢的厕所里堵住了儿子，和城哥斗智斗勇的小强已经练出反侦察能力。结果是，被活捉的小强免不了他爹的一顿拳脚。

城哥那几年被大儿子折磨得苦不堪言。只要有钱花小强就人间蒸发，哪天大城能接到儿子的电话一定是他实在走投无路了。作为父亲，大城睡不着觉时最大的担心，就是怕哪天这个儿子给他惹出个大祸。思来想去，大城准备把他这个儿子送出国去，他的一个朋友韩老板在俄罗斯远东做中国餐馆，大城让这个朋友把儿子带走，去餐馆学徒。

为了说服小强，这么多年大城难得和他儿子做了一番长谈。过去他见到小强从来都是横鼻子瞪眼，这次破天荒对儿子心平气和，带他去饭店吃饭，点的是小强最爱吃的锅包肉和烧卖。饭菜上来，大城又朝服务员要了几瓶啤酒，亲自给儿子倒了一杯。这阵势倒是让小强受宠若惊。

开口说话时，大城先抓住小强冰凉又细长的手指握了握，说：瞧你的手，都和爹的一般大了，强，知道今天是什么日子吗？是你十八岁生日，今天起你十八岁了，你就是成人了，再不能像以前那样胡来了，人间正道是沧桑，得有个营生好好做人了……过去，也有你爹我的不对，那几年忙忽略了你的学习，没照管好你，可我也不容易啊，为了咱爷儿俩的生活，爹得干活得张罗，得在这社会上立脚……都怪你爹你妈没正事把你给耽搁了……

那天，城哥先把自己喝多了，他一喝多就话痨，最后把过去的家世也翻了出来，什么他从小没有父母，是他爷爷奶奶带大的，知道为什么没父没母吗？那是因为他爹"文革"时跟人家动刀动枪，被人家捅了刀子死了，爹死娘改嫁，那时他才三四岁。爷爷用拐棍敲着爹的棺材哭，说我让你老老实实做人，一辈子别动刀，你就是不听，这是报应啊……他爷爷年轻时候在东北当过土匪犯过人命，土改时隐姓埋名侥幸活下来，所以打小不让他爹碰任何带刃的东西，结果他爹还是犯了忌。说到这儿，大城把衣服撩起来，亮出后背一道长长的绳索似的伤疤，跟儿子讲：看见这个没？这是你爹跟人打架留下的，医生说差一点我就没命了……种什么因得什么果，你太爷说咱家人到啥时都不能沾刀枪的边儿，这是宿命，我说这个你能听懂不？

小强摇摇脑袋。

大城急了：我说的意思是，以后你不管走到哪儿遇到什么事儿，能动嘴就别动刀，这回你听懂了没？

小强这才勉强点点头。

说到动情处，大城还掉了几颗泪水。那天城哥的苦肉计演得很像，和儿子俩人推杯换盏，最后，酒醉的小强真给说动了，先是趴在桌子上呜咽有声，后来是爷儿俩抱在一起号啕大哭，小强说：张大城，你早这样对我，我，早好了，你以为我愿意东混西混吗？我这是有爹没妈，没地方可去……你现在那个家只是我弟弟的，我能回得去吗……王阿姨（大城媳妇）连我的鞋子都不让放在屋里，嫌我脚臭……

小强就这样被大城送去了俄罗斯新西伯利亚，一去三年，大城由此去掉了一块心病。临走，他给小强买了身新衣服，一双新鞋，亲自送到火车上。回头和韩老板一再交代，要他好生管教小强，该打打该骂骂，千万别让他在外面惹是生非。那天刚好进腊月，我陪城哥站在站台上，雪下得簌簌密密，火车开动了，大城还不肯走，一直到车行无踪，他仍冻在那里，眉毛胡子白霜成冰，身上的雪落了半寸多厚。

小强走后无话。这期间发生的唯一变故是，某一天大城忽然要搬迁回黑龙江老家，源于他的生意日益惨淡，市场变幻，大鱼吃小鱼，小店买卖难以为继。正巧老家有个做金店的朋友，邀他一起参股，这些年大城少有积蓄，就卖了住宅楼，携妻儿回了K市。

给大城送行那天，圈子里的朋友去了十几个，包括一个叫可可的女人，据说在夜场坐台，是城哥的相好。那天城哥的酒喝得表面挺尽兴，实则有些郁郁寡欢。席间超子说起自己的儿子，足球踢得带劲，被学校选进足球队云云，大城却在下面猫着腰鼻涕一把泪一把了，大家伙儿纳闷了，纷纷问咋了咋了，大城把一杯白酒干了：我是想我那败家儿子了……哥儿几个嗨了一声，劝他，挺大老爷们儿怎么婆婆妈妈的了。可可在一旁说：小强这孩子挺可怜，一个人在外面没人照看，我要是他亲爹亲妈说啥也不能把他送到国外去……大城火了，说：你闭嘴，哪儿都有你。可可瞥了他一眼，拎包欲走，被大家劝住：今儿个是给城哥送行，别扫了兴，日后啥时见面还不一定呢。大城却受了什么刺激似的，扯着脖子喊：你的意思是我不心疼我儿子呗，我告诉你，那可是我亲生的，我对他好不好日后他自然知道，别人说啥都没有用，你给我少操这份心。他这么说，可可也不示弱，说：大城子，就冲你对孩子心狠这一点，我瞧不起你……超子见机，推搡开大城，说：行了城哥，可可也是好心，你俩也别吵了，我送可可回去。拉起可可的手，连搂带抱把她弄上了车。

告别宴席就这样不欢而散了。那是我与城哥最后一次见面，他第二天搬家走后从此了无消息。直到这次聚会，超子说大城开出租被人捅了。有哥们儿问，不是说大城回老家开金店去了么，怎么开上出租了？

超子说,喊,谁不想往自己的脸上贴金呢。

唏嘘归唏嘘,自古江湖人走茶凉。酒桌上都是大城的朋友,只有我朝超子要了大城媳妇的电话号码,几个兄弟还提醒:别提我们知道这事啊,知道了不随礼不好,随礼都给隔壁老王随了。

这话说完没过一个月,我外地来客人找超子出趟车,超子旧话重提:哎,上次我和你说城哥咋死的来着?我说:不是被人捅死的么?他说,嗨,捅死是捅死的,原因可不那么简单。超子一向爱卖关子,神秘兮兮地点了烟,半天附耳告之:是和一个女的搞上了,被人家老公发现了。那小子想敲诈大城,管他要两万块钱,大城不给,这给起来还有头么。男的急了,给我戴绿帽子还不给钱,欺人太甚,拎着刀瞄到大城的出租车,上来就……

我问,这事儿听谁说的?超子撇嘴:指指他手上的饮料瓶子,我懂了:是可可?超子吐了一口烟圈:嗯,大城和可可一直没断了联系,出事的几天前,和可可说,自己可能有麻烦了,一个女人的老公盯上了他……果真出事了……

女人都是祸水,超子吐了一口痰,说:哎,你知道可可那个骚货,大城哥走后挂上我了……别说,她床上功夫倒是真好,一晚上下来,床湿得透透的,都没法睡人了……可我的钱也没少给她,临到最后朝我借了五千块钱,说啥也不还了……你说这个娘儿们……

人死如灯灭,没想到城哥的死因却出了蹊跷。那几天,大城的身影总浮现在我脑海里,挥之不去。

那天周末下午我正在街心广场散步,凑巧碰见了遛蝴蝶犬的可可。有两年不见,可可皮肤有几分松弛,身体也有些发福。我问起她,还和城哥有联系吗？可可摇摇头，说：早就人走茶凉了，和他倒是断得比流水还干净，可小强前些天来找我……

我递烟给她，问：城哥的事儿你知道了吧？她搓了下被烟熏黄的手指，长叹一口气，说：怎么会不知道，唉，短命的。

沉默了一会儿，我说：真没想到，城哥一个"老江湖"也会在河边湿了鞋。

该在水里死就不会在岸上亡。可可有些神伤，抱起她的蝴蝶犬，像母亲那样为小狗捋着毛：唉，说的是，大城刚从银行取钱出来，一个小伙子，蒙着头，估计是瞄好大城了，上了出租车就用刀顶到了他的后腰上：别动大哥，把钱给我咱俩没事，动就玩儿完，我说你信不信？大城那个性子，伸手便抢刀，那人急了，二话也没说，就给大城子一顿捅，还手的机会都没给他留……

这话听得我有点蒙头，道：你说的和超子说的可不一样……

可可摇头说：别和我提超子，他最不是个东西，还不抵城哥一个脚指头呢。我说你信不信？你城哥走后他就天天赖皮我，说我跟谁还不是跟呢，言外之意，我一个坐台的有啥好装的。我可可偏偏不是那种水性杨花的女人，我坐台是为了赚钱为了生活，可跟你相好还真不一定……超子其实就想和我上床，要不是那次我生病他假惺惺地天天伺候我，我也不能跟他，最后可倒好，吃我软饭不说，前些天从我这儿拿了五千块钱，说应急，钱给他了人没影了……要是没钱就和老娘说一声，这叫个男人办的事吗？我也不找他要了，只当给他烧了纸钱……

大城咋死的，可是小强亲口和我说的，那几天是入冬最冷的天儿，天气预报说是西伯利亚寒流。可巧，寒流把小强从西伯利亚带回来了，他先找的超子买车票，超子说好给买，可再打电话说啥不接了，他是怕小强不给他票钱，后来小强找的我。你不知道大冷的天儿小强穿的有多单薄，在我家暖了一整天还打哆嗦呢，一直用帽子捂着耳朵不让我看，吃饭时我强行让他摘下帽子，才知道他的两个耳朵都冻坏了，黑乎乎的冻疮还淌水呢，我心疼得眼泪都下来了。这孩子在我那儿住了三天，临走我给拿的路费。小强不容易，他去俄罗斯之前，没地方住就到我那儿，我留宿他，没钱花我给他拿，变着法给他做好吃的，做锅包肉做宫保鸡丁做可乐鸡翅。和大城相好不相好的，我也看不得一个孩子没人疼没人管。这次小强从国外回来，人变了，长得比大城还帅……他翻兜找烟时，我看里面有一把刀，我给拿出来没收了，跟他说：这玩意儿小孩子不能带，会给自己惹事的。

可可提到小强眼神迷离起来，想想又苦笑了：小强这孩子懂感情，我也算没白疼他。那天晚上，他和我说，至今还记得第一次见我时我给他买的一双鞋。那会儿他十四五岁，穿了一双大城的旧鞋，趿拉趿拉的，总要把自己绊倒似的，我看不过眼，领他去鞋店买了一双新鞋子。他说就因为穿他爹的鞋子，他得了脚气病……小强那时问我，可可阿姨，没鞋穿的人是不是世界上最可怜的人？一句话把我的眼泪都问出来了……

说着话，可可用手指甲抹了一下眼睛：我有个表弟，从小没有父母，没成年就一个人在外打工，啥苦都吃过，也像小强一样，可怜见的……

小强那天忽然从后面把我抱住了，说一辈子也忘不了我对他的好……我知道这样的事不该发生，说什么也没答应……第二天早上我醒来时，他已经赶火车走了，把他那把刀子也带走了，只给我留了个纸条说如何如何爱我，还说了一堆丧气话，什么他这次回去给他爹奔丧也可能再见不到我的面了，或许有一天他还会来找我，那时他一定是个有钱人，以后他养我。小强越这样我越觉得不能害了他，他走后，我把他的微信和电话都屏蔽了，他该有自己的生活……

我和可可聊了很久，直到她要去夜班。临走，可可神情忧郁地嘱咐我，日后有机会见到小强，多帮帮他。

关于大城的事儿越发云里雾里了，我也只是一时好奇，可斯人已去，没多久就被时间冲淡了。如果不是后来发生的事情，飞鹤远去的城哥早已被忘到脑后。可就在前些天我忽然接到一个陌生电话，却是多年不见的小强打来的，客套几句之后，他问我和可可阿姨有没有联系，他找可可的电话号码或住址。我问他在哪里，他说自己来M市已经一周了，就为了找可可。我把可可的电话和住址告诉了他，小强听了，说这个电话他有，早已停机，住址也不对，两年前她就搬走了。而且他找遍了M市的夜场，都没有可可，原来可可常驻的那个歌厅看场的保安告诉他，可可早就不干这行当了，去哪儿谁也不知道。我表示无能为力，告诉小强有空可以到我这里坐一坐，共同想想办法。

小强当天下午就来了我的工作室，穿着倒是得体，身材略显单薄，一脸讨好的笑容，我几次让他坐他才腼腆地坐下。我倒了一杯热水递到他手里，他双手捧着，眼神满是求助的焦急。先是闲聊几句，我问他还在不在俄罗斯，他说早就回来了。我说，是你爸没的时候回来再没回去么？他惊讶了，问我怎么知道他爸没的？我答是可可阿姨告诉我的。那你肯定见过她了？什么时候见的？小强两眼放光。两年以前吧，我说。他失望了，低下头去。

我想自己应该劝劝这孩子，就坐到他身边。

小强，你和可可的事我知道一些，叔叔想问一句你心里话，你觉得合适吗？

小强看了看我，说：没什么合适不合适的，打小我就没见过我亲妈，这个世界上就她给过我温暖。

可她年龄比你大得多……

我不在乎，他始终端着水杯：我只在乎自己心里的感觉。

你有没有想过，她给你的爱只是母爱……

不，叔叔，你不要和我说这些好吗？他抬起头，满脸通红，嘴唇哆嗦着：我只想找到她，哪怕只见她一面……

看他激动的样子，我岔开了话题，问他现在做什么呢？还去不去俄罗斯了……

俄罗斯？那是我最伤心之地……说着话，小强的泪水竟在眼圈里打起转：……我爸把我骗到俄罗斯，他是为了让我离他远远的，再看不到我才好……他把我发配到新西伯利亚，不叫老板给我一分钱，我的薪水都直接打到他的银行卡上，只定期给我一些必需品……他把我的辛苦钱我的血汗钱都拿去了，养他的家，养他的小儿子……

……你看看我弟弟的生活，看看他穿的戴的，新鞋子就有二十几双，可我呢，他什么时候给过我钱？给也是十块二十块的，只够吃碗面条钱……叔，你知道我那年怎么从新西伯利亚回来的吗？那年冬天寒流跟小孩鼻涕似的，出溜个没完，零下四五十度的天气可我连双棉鞋都买不起……天越冷我越恨我爹，我觉得他是把我当累赘丢到这里来了。我觉得我必须逃离这个鬼地方，回国跟我爹讨个说法……叔你知道我那次回来是咋回来的吗，我差点冻死到半路上……到 M 市我的脚都冻坏了，脚趾连在一起，破烂的二棉鞋都脱不下来了……是可可阿姨，天天用雪为我搓脚，晚上把我的脚放在她怀里……

那天下了初冬的第一场清雪，天黑得也早，细密的雪粒在路灯下随风四处挥洒。我挽留小强吃晚饭，他说啥不留，我拿出些钱塞在他手里，他也谢绝了，说：叔，我现在有能力挣钱了，和伙伴在哈尔滨开了一家鞋店，生意还好。叔，我想问你，是我无意中伤害了可可阿姨吗？让她再不想见我……

我不置可否，站在街头，目送这个毛头小子裹紧衣襟一蹿一蹿地走去，淹没在来往的人群里。身后薄薄的清雪地留下了他一双崭新皮鞋的脚印……

小强走后的那几天里，我总放不下他，心里莫名地空落，我觉得自己是该帮帮他，无论结果怎样。就想起可可嘱托我的话，不禁摇头苦笑：没想到可可让我帮小强的忙，有一天竟是为了寻找她。正思量着，忽然想起可可说起的那个表弟好像在 M 市，当初来的时候，还是托的城哥给介绍到一家装修公司，他们的田老板我倒认识，是过去的牌友。电话打过去，田老板说，对对，城哥是介绍过一个工人，现在做油漆工呢，随后给了我一个手机号码，不过说他正在工地干活，一般不接电话，要找他就得到工地去。我要来了工地地址，急急地给小强打过去，小强听了，万分高兴。我开车接上小强，径直奔目的地去了。

在西郊河边新建的别墅小区里，工头领着我们进了一户三层小楼，几个油工正在粉刷墙壁，室内乌烟瘴气，强烈的油漆味直冲脑门，我下意识地捂了口鼻。工头指了指脚手架上一个矮半截的工人，他满身满头都是白灰，正双手举着滚刷涂抹房顶。我和小强走上前去，才发现他不是蹲在架子上的，而是个双腿从膝盖下截肢的残疾人。我上去和他打了招呼，他摘下口罩露出一张年轻而干净的脸。我注意到小强对这个没有双脚的人充满惊讶，眼睛一直盯着他的下肢。

可可的表弟从脚手架上凭借着双臂左摇右晃地爬下来，我与他说明来意，表弟先前还心存疑虑，看到小强一副迫切而诚恳的样儿，便掏出沾满油漆的烟卷兀自点了，猛吸了几口过了过烟瘾，才慢吞吞地告诉我们，可可已经结婚了，嫁给了老家镇子上的一个做小生意的男人，男人长他十来岁带着两个孩子。不过，她很幸福。表弟最后与我们说。

临别，小强终于忍不住好奇，问表弟：你，你的腿？

表弟低头瞅了一下自己，平淡地一笑，说：挺多年了，我没爹没妈，十四岁那年在城里当小工盖楼，不小心从五层脚手架上摔了下来……

从别墅区出来，小强使劲呼吸了几口河岸的新鲜空气，故作欣慰地对我说：谢谢你，叔叔。便转过头去。

我拍了拍他的肩膀：听到了吗？可可阿姨很幸福，我们祝福她吧！

小强蹲下了身子，止不住呜咽有声：可是我还想哭，叔叔，我为可可阿姨的幸福哭，也为了可可的表弟，过去我以为没鞋穿的人是最可怜的人，没想到这世界上还有没了双脚的人……

我拥抱了小强，握了握他的手，让他好好照顾自己。小强盯着我的眼睛，和我说：叔叔，我跟你说的一切你信不信？

我使劲点点头。

小强迟疑了一下，别过脸去：如果哪天，叔叔，你发现有人在某件事上说了谎，你不要见怪他，那可能是他想做而没做的……

这话我不明其意，也没去多想，就此与他挥手告别。

说来也是鬼使神差。和小强分别没多久，我获得了一个公差的机会，差旅地竟然是黑龙江 K 市。说实话，一路上我都在矛盾，要不要顺便去看望看望大城媳妇。这个心理斗争直到公差快结束，我才决定把当面看望改作打个问候电话。

电话接通，是个女人的声音，与记忆里的基本能对得上：谁呀？我忙自报家门。哎呀，多少年不见了，找你大城哥吧？你等等，我让他接电话……

说真的，那会儿我的头皮像过电似的发麻，低头仔细看了看拨出去的手机号码……几年过去，大城的声音没有什么变化：是小海弟弟啊——

当天晚上，在新城区一个胡同的小酒馆里，我见到了多年不见的城哥。城哥确实显老了，头发斑白，背也有些驼，不过还是当年那样客客气气，一再解释嫂子没来是因为儿子要中考了，在家忙着照看。

几杯酒下肚，我没敢提那些是非传言，只告诉他前几天小强来我这儿了。

噢，小兔崽子到你那儿去了？咋样，没给你惹祸吧？城哥急急地问。

我说，没有没有，他只是偶尔路过去看望下我。小强出息了，个头比城哥你还高，也懂礼貌，听他说在哈尔滨做鞋店生意呢。

城哥狐疑地瞅着我的表情，点了根烟，吞云吐雾起来。

怎么，小强最近没回家吗？

他？城哥干了一小杯酒，说：小兔崽子有两年没消息了，我就当没他这个儿子。回头问我：他还跟你说些什么了？

我想起小强说他怎么从俄罗斯回来的事儿，借着酒劲也想和老兄唠叨几句：城哥有句话我说你别生气，你千不该万不该，不该把孩子的薪水全扣了，那年大冬天儿的，从新西伯利亚回来孩子连路费都没有。

大城剧烈地咳嗽了一阵，说：我还不是想让这兔崽子断了回家的念想，我怕他拿了工资哪天买了车票飞机票跑回来，我是想彻底叫他和那些狐朋狗友断个干净，跟他一起混的那些孩子没一个是省油的灯……可这兔崽子两年前特地从俄罗斯跑回来，你猜他要干什么？他拿着刀子来找我要他的工钱，那天我正开出租呢，他用帽衫蒙着头上了我的车，让我把他挣的五万块钱还给他，说：老张今天你要是不还我钱，咱俩就来个了断……你说他还是不是我儿子？

那钱你给他了？

城哥沉默了半天才言语：说实话，那会儿我的眼泪就在眼圈里转，忍了几忍才咽回去，我轻轻地拍了拍他的手，和他说：把那个东西收起来……儿子，还记得爹跟你说过的话不，到啥时候，咱都别动刀子……我拉着他一路来到银行，我把他这几年的工钱一分不少全给了他，还额外给他几万块钱，那是我背着你嫂子一分一毛给他攒的娶媳妇钱，我让他别胡乱花掉了，长点心做点营生……

　　归途无话。那天正是小寒，M市又一股西伯利亚寒流来袭，早晨七点钟我下了火车，天冷得像冰柜一般，寒气低低地压着，使汽车的尾气和城市雾霾升不到空中，十几米外看不清人影。我穿着最厚的羽绒服，一出站口就冻透了。我叫了的士，刚上车摘了帽子，司机就一眼认出我来：你是超子的朋友？有一次和超子喝酒有你一个，想起来了吧？

　　我噢噢地点头称是，其实真没想起来。

　　他神秘兮兮地转头对我说：知道吗？超子前段时间出事儿了……

　　出什么事儿了？我一惊。

　　你真不知道？真不知道。嗐，一个导游女的老公，在超子的金龙车上，拿刀子顶住了他的后腰……那男人说，有句古话我不知道你听没听说过——逢奸情必有人命，这话你信吗？超子倒是知趣，忙摆手，说：兄弟你有可能误会了……男人说：这个不会错，错了我负责！说时已手起刀落……超子最后说了一句：是我错了，兄弟……对不起了……

　　本来那刀子是奔胸口去的，男人一愣，手微微一抖，刀走了偏锋，据说离心脏就差两毫米……超子算捡了一条命……

（刊于《草原》2019年12期头题）

十八岁出门打工

在城里做保姆的表姐把我领到力士装卸队，面见杜老板。工棚里光线昏暗，一股酸臭味儿和苍蝇一起扑面而来，窗台上一台老掉牙的双卡录音机搅了带，呜里哇啦播着变调了的《恋曲一九九〇》。几个穿着邋遢的工友一边吞云吐雾，一边吆五喝六，围在破旧的台球桌前支杆打球。

见到我表姐，其中那个黄头发的小黑胡"嘶溜"打了声口哨，引来一片哄笑。里间是杜老板的办公室，杜老板倒像个斯文人，西装革履，头发比他的皮鞋还要油光锃亮。

杜老板拍了拍我肩膀：身子骨挺单薄，有十八了吗？

有了有了，表姐紧忙说，在老家都干了一年农活了。

这个年龄应该念书才是啊？

表姐忙答：唉，还不是他爹去世得早，几年前出了车祸……

电话铃响了，杜老板接电话：啊，对，我们是装卸队，什么？东郊电厂要卸几车水泥，好好，我们这儿工人有的是，都不怕脏不怕累，对，你要说毒气罐里有金子我们也能去掏！好，我这就安排。

放下电话，杜老板喜上眉梢：好家伙，这几天的活计都排满了，砖厂要装砖的，煤场要卸煤的，废品要外运，冷冻厂要卸猪肉板子，批发公司要卸水果，国家储备粮要装运小麦，说不定哪天雷公打电话来，要我们把老天也大卸八块。在我们这里，有力气能吃苦就能赚钱，下午你就跟着张队长一起去卸火车吧。

这个杜老板是我表姐的雇主家的朋友，表姐对他千恩万谢。临出门，杜老板的手从表姐的肩膀滑到屁股那儿，看似无意地捏了一把。

张队长据说是刚刚当上的，鹰钩鼻子，高挑的大个儿。先前的队长腰肌劳损，改行卖菜去了。我还第一次见人打台球，在村里我们只玩过泥球、尿球和玻璃球，我凑上前去，看张队长和黄毛小胡子谁更厉害。

小胡子吐着烟圈，和围观的工友说：知道为啥男人都爱玩篮球、足球、台球、橄榄球、网球、各种球吗？

这还用说，"球"就是卵子嘛。有人嬉笑。

错错错，小胡子故弄玄虚。

工友你瞅我我瞅你，龇牙眨眼半天，问他：你说为啥？

小胡子瞄准一个球洞贯球而入，说：你们瞧瞧这些进球的架势，都是射、投、戳、顶，然后把球弄到眼儿里、坑里、筐里、洞里，这是啥？这就是男人和女人之间的游戏。

一帮工友就笑得稀里哗啦了。

小胡子转过头来，扬了扬眉毛问我：刚才那个女的是你表姐？

我点点头。

她有男朋友没？

我摇摇头。

行，日后你就叫我表姐夫吧。

工友们又捧起肚子上气不接下气起来，纷纷起哄：

以后小胡子就教你表姐打球啦！

对,小胡子进球最准!

数他最会射啦……

张队长举起台球杆欲抽工友,骂:你们他妈的有点正经行不行,人家还是个孩子。

孩子?这么说他裤袋里的家伙还没长毛呢?小胡子假作惊讶。

张队长笑道:不信,把他的家伙掏出来,和你下巴上的胡子比一比,肯定没你的长。

又一阵哄笑。

分了工装和床铺,我就正式成为装卸队的一员了。工装是别人穿过的,满是白灰、水泥、油污和铁锈。我到墙角换装,黑暗处一个老头堆缩那里,吓我一跳,老头只剩下一把骨头,像只瘟鸡不断伸脖子拔气,秃头顶上硕果仅存的几缕头发恰似几根老鸡毛。

张队长叫我去给他买包香烟,我刚到城市对路形不熟,骑着二八车子绕了一圈又一圈,最后才发现小卖部就在装卸队对面。

卖货的女孩比她卖的水萝卜还水灵,一双长睫毛好似两把呼扇的小刷子,眼睛黑得和炭一样。女孩见我一笑,露出整齐的牙齿:新来的吧?

我点了点头。低头瞧见自己这身脏工服,羞得就要钻进地缝里。

你们那儿的人我都认识,她一副得意相:这烟是给你们张队长买的,对不?我一猜就是,你们那儿的人谁抽什么牌子的烟我都知道。她把烟递给我,顺便放我手里两个白球球,一边说:没零钱找你了,用这个抵顶吧。她白嫩的小手碰到我的手心,好像电触到我一样。

哎,你回来!

我扭过身,看她正笑盈盈地瞅着我,说:对了,还没问你叫什么名字呢。

我，我姓马，你叫我小马就行。我的心怦怦直跳，脸上涂了辣椒水似的。

女孩扑哧乐了：我还没见过男孩子害羞呢，一看你就是个实诚的人儿，和他们不一样，以后我就叫你小马哥了。我叫小红，没事常过来玩啊。

出门时我差点被门槛绊倒，一路想着水萝卜姑娘，一边哼起歌曲：乌溜溜的黑眼珠和你的笑脸……我怎么感觉罗大佑写的就是小卖店这个女孩呢。回来把香烟和白球球都交给了张队长，张队长接了烟，说：怎么给了两个白球球？给俩白馒头才好吃呢。小胡子会意了，嘻嘻哈哈地一阵坏笑，两手在胸前做捧状，说：哎呦呦，队长是想吃她这儿的白馒头……我转身走到一边，不想听小胡子满嘴爆粗。张队长说球球让我留着吃，他牙疼，我谢过张队长，把白球丢在嘴里，刚嚼了两口，一股刺鼻子的气味就喷薄而出，直顶在天灵盖上，满嘴又苦又涩又腥辣，只有蹲在地上呕吐不止。再抬眼看张队长和几个工友，他们已经弯腰撅腚了，小胡子指着我，眼泪都笑出来了，说：快看，快看，这小子把——把——臭——球当——糖球吃——啦——

一个年轻工友看我的囧相，递给我一舀子水，叫我到外面漱漱口。我顶着阳光吐得晕晕乎乎。年轻工友一边拍着我的背，说：

刚出来混没见过啥世面，得了，以后我罩着你吧。

下午阳光当晌。张队长率领我们二十几个工友列着自行车队出发了。

东郊电厂离市区十公里。天上并没有课本里写的云卷云舒，只有一轮黑黑的太阳晃眼睛，我们的皮肤嗞嗞冒油，黝黑的脖颈和胸脯上爬着一溜溜污泥小沟。路旁的杨柳树、蒿草和我一样，被晒得蔫蔫巴巴，翻着白眼和白叶子。我落在最后面,那件脏兮兮硬邦邦的工服被汗水浸湿,变作了一群蚂蚁咬得我又痒又痛。出发前每人带了十斤一桶的水,天热口渴,我不断停下来往喉咙里浇。

年轻工友慢下来等我,说:老弟,这水你得悠着点喝,等干活时才真叫渴呢。

我望望头顶上看不见的火焰山,感觉自己还没等干活就要烤干了。

他神秘兮兮地压低声音:哎,别说,你表姐长得还真挺漂亮的,她今年有二十没?小胡子那小子胡说八道,日后你告诉表姐得提防点他,他可是结过一次婚的人。跟你说,他媳妇前两年跟一个牛贩子跑啦!那会儿,张队长还叫张老二,还没当上队长,小胡子平素和他最要好,两个人称兄道弟,小胡子要去寻仇,张老二当即拍了胸脯,要和小胡子有难同当。大家伙佩服得五体投地,两个人就提了刀子去一百多里外的镇上找那个牛贩子,临走时像两个江湖侠客那样,和我们说非宰了一对狗男女不可。可没出三天,俩人竟灰头土脸回来了,小胡子鼻青脸肿还瘸了一条腿,被张老二架着胳膊,张老二除了衣着不整,倒是一副完好无损的样儿。工友们围着两个人问这问那,小胡子哑巴了似的一言不发,张老二躲躲闪闪,问东说西。等小胡子养好了伤,有一天到工队堵住门口大骂张老二,人们才知道其中细节。说来好笑,他俩大概刚到镇上就被牛贩子的眼线盯上了,你想,两个外地人揣着刀,到各处牛羊集市打听一个当地的牛贩子,谁能不给这家伙通风报信。那天傍晚,两个人在小馆子喝了顿老散白,吹了半天牛逼,出来就被十几个男人围住了,手里各持棍棒、板锹,张老二别看长了骆驼个儿,胆子比鸡还小,当时就吓尿了,撒腿逃进小馆子,从后门一溜烟蹽没影了,剩下小胡子一个人只能挨一顿胖揍。要不是有人传来小胡子那个原配媳妇(现归属于牛贩子)的话,不让把人弄死,估计小胡子早就没命了。等到夜深人静,满身是血的小胡子从壕沟里爬出来，找了好多条胡同，才找到躲在电线杆后面的张老二，俩人连夜坐车奔回家来。至那以后，小胡子和张老二就掰了交，直到张老二去年被杜老板任命为队长，两个人的关系才彻底缓和。小胡子也再不提去找牛贩子算账的事儿，认怂了。

我就不佩服这种男人。要说我刘好不管高低贵贱，咱做人光明磊落。这帮工友里数我这人心好，所以人家都叫我刘好。女人找对象谁不想找个好人呢，日后咱们接触多了你和表姐就知道我这个人有多好了。我和你说，看到咱工棚墙角蹲着的那个老头没，他原来可是咱队里的老工友，现在干不动活计了。刘好指指胸部：他这里灌了十多年的煤灰和水泥，喘不上气来了，猴在队里好几个月，就等老板借钱看病呢，看样子再挺不了多时，就得奔火葬场去了。唉，你穿的这身工装还是他的呢。咱队里那帮人过去跟他你好我好，他病了大家都躲得远远的，生怕他朝自己借钱，只有我刘好把吃剩下的饭给他吃，把穿过的衣服给他穿，谁让我心眼儿好呢，我这个人就看不得别人可怜。

杜老板会借钱给他吗？我问。

哪里会，他的儿子现在咱队里干活儿，有钱喝酒也不拿钱给他看病，还天天骂他爹老不死的，拖累他，害的他三十几岁找不到媳妇，话说回来了，他儿子扛活挣的那两个钱还不够给他挂半个月吊瓶的呢。亲儿子不管，杜老板又不是他儿子，借了他钱就是肉包子打狗了。这老头前段时间还和杜老板理论呢，说他肺子里的煤灰水泥都是给杜老板打工灌进去的，如今灌满了就得让杜老板花钱给掏出来。杜老板说，你给我打工不假，可工钱我早付给你了，你肺子里的东西也不是我杜老板用戳子灌进去的，我凭啥给你掏出来？要说咱杜老板真是大善人，叫别的老板早给轰出去了。

前面骑行的工友都默不作声，像一群无精打采的鸭子左摇右晃。

干咱们这行当的,要有力气才行,刘好炫耀着:咱张队长的弟弟小六子,过去那才叫真正的大力士。其实张老二能当上这个队长就是依仗他的这个弟弟,咱队里没有不怕小六子的。你还没见到他,个头还没你高,可肩膀和他的身材一边宽,前胸后背比一堵墙还厚实,跟一头公牛似的。这么和你说吧,知道他一次能扛起多少袋子白面吗? 一百斤一袋的,那次是我和小胡子给他搭的肩,整整十袋,一千斤!好家伙,面袋子摞得像小山一样,他走了五十多米,脸涨得像喝了鸡血似的,额角上的青筋比蚯蚓还粗。

小六子凭着一身力气也在外面交了不少桃花运。前段时间,服装大世界的女老板看上了他,小六子有媳妇,可那娘儿们有钱,给小六子买这买那,一条金利来腰带据说老几百块,天天请小六子下馆子,我还蹭过一两顿呢。那娘儿们满身珠光宝气,香水味离二里地都能把人呛个跟头。剔牙都不像咱们一样,人家一手捂着嘴,根本不让你看到她张口。别看比小六子大个十几岁,脸上的褶皱都像用白灰抹平了,胸脯那儿的沟又白又深。说到这儿,刘好闭着眼睛喷饭一样乐了,说:小六子还真他妈有艳福,他亲口和我们说,那女的不仅下边的活儿好,上边的更不孬,这主儿也只有小六子的体格能侍候得了。你猜俩人一晚上干多少次?对了,你还是个雏,说了你也猜不到。刘好腾出一只手,翻了三翻,从牙缝里挤出一句:十五次!跟拳王泰森差不离儿了!

就凭这一条,那娘儿们也吃定小六子了。可世上没有不透风的墙。这事儿让小六子媳妇知道了,领着两个孩子到处闹。那娘儿们仗势欺人,逼着小六子离婚,说只要他离婚,就让他立马辞了装卸队这份苦力,要啥给啥。小六子倒是动了心,对哭闹不休的媳妇非打即骂,却舍不得一双儿女,正两头为难呢,就出事了——

干咱这个行当的有个不成文的规矩,叫捡"洋落儿":几个工友干活儿,干到最后都可以喊加磅,叫号,加大劳动强度,能撑下来的工钱拿走,撑不下来的,对不起,血汗钱就算别人的了。小六子仗着力气大,每次都是他喊加磅,他叫出的号没人敢不应,因为这个没少捡别人的"洋落儿"。可那天给火车上装粮食,他栽了……

刘好掏出一根黄瓜一掰两半,一半递给我:吃吧,以后咱俩就是兄弟了,有难同当有福同享。

那天扛的是二百二十斤的麻袋,眼看车皮装完了,有工友壮了胆子提出要加磅,剩下的二十几袋子要一人一次扛两袋。小六子满腹心事正坐在麻袋上呼哧带喘呢,一听这个有点蒙逼,过去还没谁和他叫板呢。其实这是几个工友事先商量好的,他们见小六子那段时间神疲体倦的样儿,知道他这是被娘儿们夜晚里掏空了精气,就想趁火打劫。此时头晕眼花两腿发软的小六子只有摆手拒绝。跳出来的工友说:别介,我说六子,往常你说啥时加磅就啥时加磅,我们哪次没奉陪?你捡我们的"洋落儿"可不是一回两回了,怎么我们一说加磅你就摆手,还是不是爷们儿?你今天要认尿,工钱就当给几个兄弟喝喜酒了,左右你也飞黄腾达了,不会和几个穷工友计较几个小钱吧?小六子闻言恼了,指着那个工友鼻子骂:喝你娘个喜酒!哪来的喜酒?谁他妈再敢胡说八道,我把鸡巴塞谁嘴里!不就是加磅吗?来来来!小六子把腰一弯,双手叉膝,扭头冲几个工友吆喝:我小六子横竖都是爷们儿!和往常一样,我还是一个人叫你们几个的号!剩下这些袋子我小六子一个人加磅扛上去,我要是不顶,工钱一分不取!要是我扛稳了,照例捡你们的"洋落儿"!

棋落到这一步就没有退路了。几个工友相互一使眼色,麻袋重重地压上去,小六子汗水成片淋下来,腰像弹簧一样稍稍颤了几下;摞第二袋时,小六子的腰身像船吃水那样沉下去了一截。装火车是要上木跳的,一条乱颤的木板一头搭在高高的车厢上,人要扛着麻袋踩着这木跳由下而上。小六子矮矮的身子驮着压顶的泰山，两条腿绷得像拉满的弓，颤颤巍巍地似晃非晃，一直挪移到跳板顶端，就要跨上车厢的一瞬，不知怎么的竟一个跟头栽了下来……等把他从麻袋下面扒出来时，鼻口流了一大摊血……

小六子折了三根肋骨，腰椎严重扭伤，医生说他能保住一条命就不错了，以后不半瘫就是他的造化。铁打的汉子在医院卧床不起，闻听此讯，那个服装店的娘儿们托人甩给小六子两千元钱，从此再没露面，反倒是那个被他嫌弃的糟糠之妻，一边拉扯着两个孩子每日床前陪护，端屎端尿，直到小六子能坐轮椅出院，弃拐走路……我们正庆幸小六子找了个好媳妇呢，有一天，他那个瘦小的女人却不辞而别了，只领走了最小的女儿，留下儿子给小六子。小六子满世界找了好几个月，女人像人间蒸发了似的，音讯皆无……

刘好讲得口干舌燥，我听得乱七八糟。车子遇到一段木桥的下坡路，路面坑坑洼洼，我的心跟着坑坑洼洼。

东郊电厂近在眼前了。一列火车皮像一堵铜墙铁壁横在那里，一共六节五十吨重的车皮，轰隆隆地打开厢门，灰土飞扬了一阵，才看清封闭车厢里高耸入云的水泥袋子。

张队长开始分工，把我分给黄毛小胡子和刘好，三个人一组，小胡子急了：张队长你真不仗义，不就是上午赢了你几杆台球，至于吗？把一个刚来的小崽子分给我，他的鸡巴还不会硬呢。

小胡子你有点眼力见儿好吧？没看谁给老板介绍来的人吗？你想当他表姐夫，没准人家管杜老板叫表姐夫呢。张队长龇着牙。

工友们像劫持火车的游击队员迅速包抄过去。我笨手笨脚地爬上一节车厢，负责在火车上把水泥袋一一拽下来，搭在车厢下面的工友肩上，他俩再把袋子扛到下边，摞成城墙状。先前我还像刚上岸的鱼似的在水泥灰里扑腾了一阵，一会儿的工夫满脸的汗水便流成了泥汤，左额头也被丝袋子磨破了一块皮，蜇杀着痛，头发眼睛鼻子都是热辣辣的灰土，分不出模样了。可是水泥堆积如山，哪有时间擦汗，只有飞蛾扑火般向前……

天像个大闷罐，封闭车厢像个大烤箱，大闷罐套大烤箱，我在弥漫的水泥灰里就要喘不上气了。满车厢大山还没吃掉一小半，我就头昏脑涨，腰腿发软，浑身灼热如火。我举起水桶往嘴巴里灌往头上灌往脖子里灌，可水被太阳晒得像温开水一般烫，根本不解渴也不解暑。一桶水很快被我消耗殆尽，我的脚步愈发沉重，灌满了铅一样，腰部如同拴了大磨盘，弯下去就不想再挺起来……

我借着小便的名义想喘口气，刘好也掐着家伙凑过来，和我一起对着太阳撒尿。此时的刘好已满身灰土，看上去像一条会眨巴眼睛的水泥袋子，他偷看了下我的裆处，龇出白牙：小胡子说你的鸡巴不会硬，其实干咱们这行当的，装卸一次，鸡巴都得软上好几天。哪像咱杜老板，天天无事可做，天天都是硬挺挺的。哎，看见小卖店那个白萝卜的姑娘了吗，我和你说，她的屁股比她的脸蛋还白呢……

刘好一边提裤子一边附我的耳朵：那天去砖厂卸砖，我的铁卡子忘记拿了，回队里去取，你猜我看到什么了——咱杜老板正撅着屁股——和——和那个白胖姑娘……说到这儿，刘好的眼泪都嬉笑出来了，弄得眼眶像丑旦一样……

我的头就是在那一刻炸裂的，我瞪圆了眼睛看着刘好，他上下翻飞的嘴还在翕动着，纷飞的唾沫像要连同那几颗黑牙一起崩出来似的。我跟跟跄跄爬上火车，看到每一个水泥袋子都仿佛对我不怀好意。有那么一刻，我感觉眼前一黑，晕晕沉沉，就要跌倒了，又仿佛身体像云朵那样飘起来,飘过冒烟咕咚的火车厢,飘过烟囱高耸的热电厂,前面就是成片成片的金黄灿烂的油菜花地、墨绿色的苞米地、土豆田,那些熟悉的老乡满脸黝黑,正在里面弯腰撅腚;再远处就是一望无际的草原,五颜六色的小花开满其间……可一座破烂城市挡住了去路,那里正大兴土木,建筑工地脚手架林立、挖掘机轰鸣,油漆板马路打开着拉锁,铺设着比缸还粗的管道,到处都是我们农民工兄弟繁忙劳作的身影,他们的命运都与我相似,我们为了讨生活来到这里,充当着城市廉价的建设者……恍惚间,一个小卖店里,长睫毛呼扇呼扇的女孩儿用白嫩的手递给我两粒白球球,白球球模糊又清晰,变小又放大,最后化作了两瓣圆圆的白屁股……

我是被小胡子用脚踹醒的,满车厢就剩下十几袋水泥了,我趴在其中一个袋子上睡了满脸水泥灰。

这家伙好像中暑了,刘好在我耳边说,一边拳击裁判似的唤我站起来,我想爬起来可身子比石头还沉比水泥袋子还瘫软。刘好和小胡子对视了一下,满脸喜滋滋的样子。小胡子一歪下巴,说:还不把他弄下去。刘好就拽着我的两只脚把我拖下火车,像丢死狗一样把我丢到一旁,边说:兄弟,你别怪我和小胡子捡"洋落儿"了,今儿的工钱可没你的份儿啦……

回返城里时已近傍晚,天空乌云密布。工友们蹬着车子作鸟兽散去,唯有我一个人推着二八车在后面一步一挨地走。不一会儿,狂风大作,大雨倾盆,这免费的洗澡水让我欢喜不已,满身的泥灰和燥热顺流而去,透心凉爽了一阵,疲惫也扫去了许多。我索性把自行车丢到一旁,仰起头伸开手臂尽情让雨水浇个透,然后我就像匹小马驹那样嘶鸣几声,呱唧呱唧地在电闪雷鸣间奔跑起来。

前面是一段陡坡,大雨席卷着黄泥冲塌了边沿的路基。我小心翼翼,蹑脚前行,忽然听见有呼救声,声音先是微弱,随之一声高过一声。我循着那呼唤的来源,只见路基下的水沟里,一个人满身污泥正向我伸手求援,沟壑里水满泥滑,他没有抓手爬不上岸来。我走近这个人,看见他顶着一头泥草,污水糊了他满脸,只有一口白牙闪闪发亮,他哆哆嗦嗦:行行好,兄弟,我是刘好,快救救我……

我望着他的狼狈样儿,想笑几声却感到胸脯疼痛,那是水泥灰灌进到里面去了,这让我想起那个堆缩墙角的老头,有一天我的肺子也可能灌满水泥灰,我的身上还披着他卸任的工装,想到这儿我心情有一丝不爽,但马上又乐不可支了,我捂着胸口问他:刘好,你小子怎么跑到泥沟里面去了?

还不是那个小胡子,王八蛋!说好你的工钱我俩一人一半,可他非要多吃多占,我踢他一脚,他就把我推到了沟里面,我咒他家祖孙八代生孩子没屁眼。兄弟,你的工钱我,我不要了,你快救救我……

刘好骂小胡子祖孙八代的话我听着耳熟,这话我爹也骂过。

那是他出车祸的临死前,回光返照的我爹昏迷十几天忽然苏醒了一阵,把我妈、我、我妹都叫到床前,一个字一个字从牙缝里挤出了那天晚上的遭遇:其实那个大货车把我爹撞倒要是及时送去医院,他就不会死了。货车司机当时停下车走过来看了我爹一眼,我爹浑身是血倒在路边上对他说:你把我送到医院去吧,我不会讹你的。司机浑身哆嗦闭着眼睛想了半天,等他再睁开眼就把我爹几脚踢到壕沟里去了,他冲我爹喊:去你妈的吧,鬼才相信你的话,我把你送到医院就等于给自己找个祖宗,卖房子卖地也不够填乎你的,下半辈子我就只能伺候你玩儿了,我他妈上有老下有小,你就让让道给我条活路吧。

我爹说,这个人缺德呀,生孩子没屁眼,人做事天在看,举头三尺有神明，你们长大无论如何不能这么做人，我死也就瞑目了。

眼下，刘好的哀求让我迟疑了一会儿，等我睁开眼睛就像个没事的人那样起身走去。

刘好在后面喊：别走，兄弟，看在那半根黄瓜的份儿上救救我……

此时雨停风止，我两耳只闻雨后小鸟的啁啾，一边在霞光万丈的暮色里瞅东看西。我就看到了不远处灌木丛下的一个大黑腚，正冲着草丛和一片蛙鸣拉屎呢。听见动静他转过头望着我，我也看清了他，原来竟是小胡子。旁边倒伏着他的自行车。

我乐呵了，喊他：胡子哥，刚刚刘好还、还说你家世代生孩子没屁眼呢，你就在这儿拉上屎了，看来他是不攻自破呀。

说着话，小胡子已经用蒿草擦完腚提上了裤子，他恶狠狠地瞪我一眼，骂道：我不仅有屁眼，还拉了一路稀呢。小兔崽子，快用自行车驮我回去，我的肚子被雨淋得着凉了，好汉架不住三泡稀屎，我走不动路啦。

我冲他走过去，却没有搀扶他，而是到他旁边的灌木丛里折了一根长长的树棍，这使小胡子紧张起来：你，你要干什么？

我扛着木棍二话没说，挥一挥衣袖作别西天的云彩，我甚至哼起了小曲：……或许明日太阳西下倦鸟已归时/你将已经踏上旧时的归途/人生难得再次寻觅相知的……我原路反身走回来，直走到水坑之处，我站在坚实的路基中央，这样就不会将自己置于危险境地，我举起木棍，把长长的另一端递给满身污泥的刘好……

（刊于《鹿鸣》2019 年 9 期）

午夜沉溺

> 魔鬼引诱我,后来又告诉我,说我不可以走那条路……
> ——陀思妥耶夫斯基《罪与罚》

一

他买了绳子,胶带,胶皮手套,一把仿军用钢刀。他买了这些,装在两层黑垃圾袋里,放在出租屋的床下。那是三天前的事儿了。现在他把这些东西一一掏出来,用手试了试那把刀的锋芒,掂了掂刀的钢质,把手正握反握,朝空中胡乱挥舞几刀,想象着怎样与人搏杀。刀子的黑血槽又深又长,他仿佛看到血从那里喷涌出来的情形,不由得打个冷战,这才把刀子插入皮革刀鞘,重又塞回原处。

这是出租房改成的几个单间之一,用石膏板墙隔开,分租给了他和两个大学生、一对小情侣。属于他的房间只有二十多平米,廉价的装修,简陋的床和桌椅。桌子上,几盒多天前吃剩的方便面散发着酸腐的味道,调料包、卫生纸和灰尘布满台面。墙脚歪倒着一堆啤酒和饮料瓶子,翻着两只拖鞋。他和衣躺在床上,先甩掉一只皮鞋,又甩另一只,却半卡在脚脖子那儿，他懒得再动一下，半穿着鞋子倒在冰凉的脏兮兮的被子里，从衣兜里掏出烟盒，里面空空如也，他捏扁了烟盒使劲摔到门上。墙上一个廉价的时钟指向下午三点。他摸了手机，屏幕裂成碎玻璃状，手机的声音大得刺耳，他哗哗地刷着快手，翻看里面层出不穷的小视频，那些搞笑的段子没有让他呈现丝毫笑意，他听着视频里夸张到发不出声的哑笑，觉得无聊透顶。此时，手指上的烟油味儿让他烟瘾发作，俯身到地上搜索烟头，在床腿后面有小半截烟幸存着，他捡起来，点燃后几口就吸到了海绵嘴，用鼻子反复过滤吐出的烟雾。

他再次醒来时，屋内已漆黑一片。他是被隔壁单间里吭吭唧唧声弄醒的，他立起耳朵，屏住呼吸，不让自己发出一点动静。石膏板墙不隔音，那对小情侣一定以为出租房里没人，大学生每天要等到很晚才回来……女人肆无忌惮，他的心跳加快，额头渗汗，熟睡后的身体像冬眠过的蛇，欲钻了门缝盘旋寻去……他这才想到自己已经很久没碰过女人了，这会儿就迫不及待地解开腰带……

他正兴起时，女人的叫声停止了，接下来是小情侣你一句我一句的嬉闹，他咽了一口唾沫，上下晃动的手指停那儿，一时觉得索然无味。对面楼房的微弱灯光从窗外透进来，他望着屋顶想了那么一会儿，随即又闭上了眼睛。

真想就这么睡去，把那些现实中的事儿都他妈忘掉。可怎么能做到……一年前，女友小美曾劝过他多少次，不要再继续下去，为此还哭了鼻子。如果就此收手，他就没有今天。可他不甘心，他以为还有翻盘的机会，要知道他曾经在网络平台一晚上就赢了十几万，仅仅是一个晚上，真他妈过瘾……一个见过大风大浪的人，不可能再去划小船，再去打工赚那几千元的辛苦钱，他根本没有那个耐心。从那时起，他才开始欺骗没见过几次面的母亲，拿来了她几十年为自己攒下的钱，父亲是个酒鬼他指望不上，拉扯他长大的奶奶刚死，他就卖掉了她六十平米的老宅。接下来他以做生意为名，借遍了亲友，沾染了各种网贷、小额高利贷……也是从那时起，他走起了背运，直到半年前，连他那辆几近报废的"老爷车"也被人开走了。接着小美离开了他，临别时只给他留了一条微信：你欠我的那些钱我不要了，那是我几年来打工赚的钱，以后你好自为之。而那个平台女，当初领他入道的代理人，也再不来劝慰他，再不嗲声嗲气地说什么"留得青山在，不怕没柴烧"。她当然知道他已是被掏空的皮囊，再无任何价值，说话的腔调也变得阴阳怪气，不咸不淡：没钱就不要赌了嘛，做男人要拿得起放得下……随即像丢弃一条臭鱼那样拉黑了他。债台高筑，众叛亲离。他的手机就是那一刻被他摔碎的，摔到马路中间，好在没有被过往车辆轧坏，十几分钟后又被他捡了回来……这使他想起去换一张手机号卡，否则追债的人会把他的电话打爆。他搬了家，租到了这个又脏又小的"鸡蛋壳"，曾几何时，他一夜"暴富"，也曾和小美租过豪宅，四处双飞……

　　隔壁情侣还在打情骂俏，他故意咳嗽，用拳头敲墙板，挪动椅子发出剧烈的响动，他要让那对男女知道，他俩所做的一切都被他听到，而且打扰了他睡觉，让他无端醒来面对这烦恼。一种恶作剧的心理让他只想着发泄，他穿上另一只鞋子，冲着外间大声骂着：操×也不分个时候！他系上裤子，踹开门，隔壁已没有了声息，他朝那间房门使劲唾了一口，弯腰系鞋带的时候，他瞥见了床下的黑袋子，眼睛迟疑在那儿，鬼使神差的，他伸手把它够出来，冲着隔壁做了一个斩首的动作，这才把家什塞进挎包。

二

他来到街上时已人迹寥寥。刚刚是中秋后的晚八点多，商业街上很多店铺都早早打烊。新闻说，疫情秋后反弹，看来人们都是怕死鬼，他这样想着，一边捂严了口罩。停车场没有几辆车，银行自助厅里空无一人，这年头人们习惯了手机支付，谁还提取什么现金，都他妈该关门大吉。十字街头，一辆特警车让他心头紧张，挎包里的家什向他暗示，像一只不怀好意的黑猫伸出爪子，他按捺着，强作镇定地走过街口，好在几个年轻特警并没有注意到他。

晚九点半左右的时候，他已经在街上转悠好几圈了，漫无目的。北方小城的秋夜寒气袭人，呼吸也上了白霜，他缩脖竖领，兜紧屁股，仍抵御不住瑟瑟寒冷。整整大半天没吃东西，饥饿感开始向他抗议，可属于他的钱只剩下微信里的十几元，今晚吃掉明天就身无分文，以后即便一盒方便面也无处可赊……或者像那个穷诗人说的，"从明天起，喂马劈柴"，找个地方打工去？可那欠下的七位数字的赌债何时才能还清，毫无希望，想都别想。如果他是只蚂蚁，头上正顶着天大的石头，不，他绝不会背着这石头过活，绝不……他想到这里，不由自主地把手伸进挎包，摸了摸那把冰冷的物件，那只长着獠牙的黑猫似乎正"喵""喵"地厉叫，与他唱和"不，不要——"是的，我要弄到钱，一笔钱，无论如何。他吞咽了一口唾沫，目光开始在街头四处搜索。那些游鱼一样往来穿梭的出租车是他的猎物吗？不会，他们的车里都装置着一键报警器；或者胡同里行色匆匆的女人？拜托，而今的城区，胡同已无处可见，即便有也在"贫民窟"里，那儿的女人也不会有什么钱。打那些金店、银行、商场的主意？可无处不在的摄像头会叫你在劫难逃。这个世界让穷人无路可走，连盗窃抢劫都下手不得。这个傻×世界！他愤骂着。

转个弯路过一家洗浴中心,这个地方他过去经常光顾,他想起刘叔就在这儿做搓澡师傅,那曾是他的救命恩人。在报复这个世界之前,他觉得应该和刘叔见上一面。他拐进前厅,问刘师傅当班不?确认后,他换了鞋子拿了手牌进得浴池。

他没有着急去见刘叔,而是先冲了澡。温水池里的水还算清澈,他沉下水去,直到把头脸都淹没水中。他记起那是自己小学五年级的夏天,他和几个伙伴背着大人去城郊的大河游泳。小时候他就爱逞强,与几个伙伴打赌谁敢游到河中心的小岛,伙伴们都把头摇成拨浪鼓,因为那需要游过一段凶险的激流,连水性好的大人都轻易不去冒险。他拍拍胸脯,叫号自己要是游过去怎么办?伙伴们说,要啥给啥。他认真想了一会儿,说他要一瓶冰镇可乐、两根牛肉火腿肠,外加一碗康师傅方便面,谁说话不算数就是小狗。他一个猛子扎进河里,接近河中心的时候,明显感到忽然加剧的水流速度,此时脚尖悬空已够不到河底,他探出脑袋看到一段漂浮的树根瞬息卷入漩涡不见了踪影,不由得犹豫了片刻,回望浅滩上那几个伙伴,正在波光中晃动着浮影,冲他喊着:回来吧,快回来!别再往前游啦……可马上就到嘴的冰镇可乐正向他招手,游泳过后一口气灌上半瓶简直爽死人了,于是他狠憋了一口气使出浑身力气又向前游去……一股强大的激流冲击过来,他失去了平衡,像一块乱滚的石块被裹挟到昏暗的水底……后来他是被一个大人的手抓住头发提上岸的,那个人就是刘叔,那天刘叔正在中心岛钓鱼,几个小崽子在河边折腾他早看到了,一直用眼梢瞄着,不想真就出了事。刘叔拎着他的双腿头朝下控了好半天,才算捡回他的一条小命。

他憋在水里,回想着这一切,直到忍受不住才冒出头来大口呼吸,像鸭子那样拨棱着脑袋。这时他看到了刘叔,有两年多不见头发又花白了许多,背也弯驼着,穿着裤头从卫生间出来。他喊了刘叔一声,刘叔回过头，问他啥时来的，咋没打个招呼。他说刚刚进来，就要到后面找叔叔去。刘叔端详他，说怎么瘦这么多？他看看自己原本鼓囊囊的肚皮确实瘦了不少。刘叔说过来我给你搓一搓。他说叔搓澡就不用了，他还没吃饭呢。

二楼休息大厅旁有夜宵店。刘叔和他对坐，点了份饺子，要了两碟拌菜，拎了一打啤酒，自己拿了小瓶二锅头。

刘叔问，你这是怎么了？小子，这么憔悴，没精神。

没有啊，他直了直腰板说，估计是没吃饭的事儿。

饺子上来了，他狼吞虎咽，一边往肚子里灌啤酒。打少年起，奶奶一直带着他看望刘叔这个救命恩人，奶奶说，刘叔就是再造父母，到啥时也不能忘记。刘叔每次都还之以礼，所以一点不见外。这几年他借遍了亲友的钱，唯独没向刘叔张口。刘叔负担很重，有个脑瘫的儿子，老两口都做搓澡师傅，勉强维持生计。做搓澡师傅前，刘叔和刘婶曾是国营毛纺厂的职工，刘叔一度当过供销科科长，那时他为了推销厂里的毛线，大江南北没少走，也是见过世面的人。那个年代，人没有中饱私囊吃回扣这一说，一心朴实只为公家，刘婶在一线纺织，勤勤恳恳任劳任怨，两口子没少得什么"劳动模范""三八红旗手"。可到了九十年代厂子还是黄掉了，俩人双双下岗。刘叔刘婶都是十八九岁进的厂，只会纺毛线不会别的手艺，后来经人介绍进了澡堂子干起搓澡的活儿，凭一身笨力气赚个辛苦钱，这一干就是二十多年。刘叔是个心大没愁事的人，天塌下来与他没关系似的，唯一爱好就是钓鱼，只要休班没事干就领着脑瘫儿子来河边消磨时间。

你肯定有啥心事，刘叔一边掏出廉价烟卷，递给他一根，连说烟不太好。

他接过来，如获至宝地点燃了，猛吸了几口。

有啥心里话你和叔说说。

他吞云吐雾了好半天,才抬起头看着刘叔满是木刻皱纹的脸说,叔,你说人世间有过不去的坎儿吗?

要我说没有。刘叔用他那双粗大有力的常年被水浸泡泛白的手,从旧钱包里掏出一打零零碎碎的钱来,推给他:不用瞒我,小子,你一定遇到啥为难的事儿了,把这个拿着。

他望着这打湿漉漉的钱,那是被刘叔的汗水打透的……眼泪不禁在眼圈里打起转。

小子,听我说,知道你婶子吗,你有两年没看着她了吧?前年过春节,客人比较多,她连续接待了二十几个顾客,有点劳累过度,加上地上湿滑,一不小心跌倒了,硌到了台阶上,把腰椎给摔坏了,现在一直卧床不起。我现在是一个人伺候俩,好在儿子自己找了份工作,在快递公司帮人分拣邮包,计件工资,一个月能挣点糊口钱,儿子懂事,一点点学会了做饭,我当班的时候,就他照顾妈妈。你瞧刘叔我,哪有过不去的坎儿,日子再难再累不是一样活着吗。

听到这里,他干了一杯酒,苦笑着摇了摇头,说:叔你这么一个好人,可老天不长眼睛,这个世界对你不公……

你这话怎么说的?这个世界也不是为我存在的,我能活着就很庆幸。就像一条河,它自来有险滩,有激流,也有风平浪静,可以让你在里边游泳,有一天把你淹到,你不能说河流有错,那该是你没有顾及危险,没有好好把握。

河流当然有错!他激动起来,它淹到了我就是有错,它哪儿来的那些险滩?还不都是管理不严,让坏人肆意挖沙,挖得河底到处是陷阱……再说刘叔你呢,要不是他们任意改变河道,你会成今天这个样子?……所以我就要恨这条河……

那又能怎么样？你还不是要吃这条河的水，用这条河的水？

叔，咱爷儿俩说的是两码事，你我的活法不同，我要是像你一样，我就不要活了。

你这说的是什么话？你觉得刘叔低人一等是吗？

不，叔，我说的不是这个，我说的是你这么活着太难了，这么活着还有什么意义……

你要这么说，小子，我可反对你了。你看到我的那个儿子没？手和脚都不听使唤，说话也语不成句的，小时候自卑得很，也总怨老天不公，心理失衡不愿见人。我后来没事带他到大河钓鱼，目的就是为了调节他的心性。大自然是疗伤最好的良方，他在河边玩耍，学着"狗刨"，没事摸个小鱼小虾，慢慢也锻炼了身体的协调性。他看着河水哗哗地流淌，听着小鸟在柳丛叽叽喳喳叫，天上是白云，水里也是白云，他听听这儿看看那儿，脸上就有了笑容。有一次，几个半大孩子弄残了一只青蛙，丢弃到河岸上。我儿子发现了，把它捧起来，放在河流旁的一片小水洼里。他惦记着这事，过几天又到水洼去看，竟在一片水草里发现了它，这只残疾青蛙居然还活着，而且还学会了用仅存的两条前后肢游泳。儿子对我说，爸爸，这只青蛙可真坚强啊。我说是啊，这就是求生的欲望，无论遇到什么困境，活着就有活着的道理，想活下去就有活下去的办法……

听到这里，不知是什么刺痛了他，忽然间的，他愠怒了脸，够了！他打断了刘叔的话，火气像个汽油桶那样砰地点着了，这次他直接干掉了半瓶啤酒，使劲把空瓶蹾在桌子上。

刘叔惊愕住了，在此之前这个孩子还从没有对他这么说话。刘叔望着他扭曲的表情，怔怔地问他：怎么了？小子？

别和我说这些，我不是你那个脑瘫的儿子，我是我！我不会给别人搓澡,也不会像个傻×似的去分拣什么邮包!是别人抢了我的钱,是那些王八蛋让我上当受骗,现在我就要把它抢回来……他说着话站起身,瞥了一眼那打零碎钱,说:这点钱你自己留着养老吧,或者给我那瘫痪在床的婶子看病,看你们活成这样我真替你们担心,也替你们犯愁,你以为用你的生活可以教育我吗?我告诉你,听了这些只能让我对生活更绝望!记着叔,我有我的路,有我自己的活法……

他抓起桌子上的半盒烟揣进挎包,转身头也不回地走去。

三

从浴池出来,他在街口的路灯杆下摇摇晃晃地撒了一泡尿,才感到自己喝得有点晕头。对刚刚无端发的脾气他并没有懊悔,甚至感到病态发泄的痛快。一个搓澡的,浑身臭汗也来教育我,活该!他往小便里吐着痰,这么些年来,老家伙总在他面前絮絮叨叨,指手画脚,真让人讨厌,过去他可以装成乖孩子,对他恭恭敬敬,可现在,他是条饥肠辘辘的狼,正满世界觅食,谁也不懂他的饥渴。

在午夜十二点之前,他翻墙越障,逛了两个高档小区,可那些楼道大门紧闭,需要钥匙和电梯卡才能进入,而且家家安有防盗门窗。他悻悻然从那两个鬼地方出来,溜进一处老旧楼区。这里倒是有机会下手,好几个单元的门锁都年久失修,他随便钻进一个门去,从步梯上行,楼道很静,静得能听见自己怦怦的心跳。就在这时,顶楼上传来吱吱呀呀的开门声,几个男人送客寒暄,谈论着今晚的输赢,脚步咚咚下楼,他无端地紧张起来,好像已做了坏事怕被人发觉。他放慢脚步,几个男人擦肩而过时瞟了他一眼,好在他戴着口罩,不至于被人记住相貌。不过他还是放弃了这个单元,毕竟有人看到了他。

现在他来到了另一个楼道。他做了准备，把挎包丢掉，把刀掖在臀后的腰带，其他工具揣在怀里，一边谋划了敲房门的话术。这个时辰大多数人家都该入睡了，他观察了下每家的房门，对联贴得是否齐整，门口的卫生干净与否，有没有脚垫，以判断家境是否殷实。他来到了三楼，一个细微的声音从右侧房门里传出来，让他嗅到了味道，那是一个女人的娇喘。他想起出租房的那对小情侣，真晦气，今天怎么总能听到猫叫春的声音，他在心里骂了一句。门口的地上有白灰，这证明房子正在装修。女人一声高过高一声，估计房间里除了一对男女不会有其他人。楼道的声控灯灭了，他陷入黑暗里，荷尔蒙却偾张起来，欲望像千足虫蠢蠢欲动，一个更坏的念头在他心里酝酿，燃烧……他拿定了主意，头却莫名地晕眩起来，要干就痛快地干吧。他咬了下嘴唇，举起的手仿佛不是自己的，咚，他敲了一下门，胸中猛烈地打鼓，万一里边还有其他人呢，或者有孩子在熟睡，不能，否则女人不会这么肆无忌惮。咚咚，他又敲了两下，屋里的动静小了，可没人来开门。一不做二不休……一阵急促的敲门声过后，门里有了应声，有人扒着猫眼问谁呀，他抖了声音，说我是楼上的，你，你家是不是跑水了，把我家给，给淹到了……他口吃着。门没有开，里边男人的声音：不会吧？把楼上淹了？你搞错了吧大哥。他狠拍了脑袋，不，我刚才说错了，是楼下，楼下的，你，你家卫生间好像跑水了……门仍没开，里边来回的脚步声，没有啊，水龙头都关得好好的。可水是从棚顶上漏下来的，他镇定下紧张情绪。门哗啦一阵推开了，一个高个子男人穿着裤头，冷淡的态度，不信你自己进来看。从身高上他感到了胆怯，事已至此，他还是假装到卫生间查看一番，疫情期间，他戴着口罩理所当然。他瞟了瞟屋里的环境，一扇门虚掩着，露着一条缝隙，他扫到了那个女人，正在床上好奇地外望，那是一张让人心动的年轻的脸，白皙而红润，头发蓬乱着，一副房事后的样子,被子掩在脖颈……他的邪念烧灼着。卫生间的地面有水痕,热水器显示着高温。你们是不是刚刚冲了澡?他问。高个子这才猫下腰去检查地漏,冲是冲了,可我们天天冲澡,怎么今天漏了?他接过话,漏水可不分哪天,要不你下楼瞧瞧……他演着戏。男人说,那倒不必。男人弯腰的时候他就该下手,那会儿他的手已摸到了刀柄,可不由自主地颤抖让他没能抽出家伙。他觉得再待下去自己就会暴露,那好吧,我回去再看看,要漏水我还得找你。他说着,又四处观察了一番,脚步不稳地出了门去。

门关上那一刻,他如释重负了,往楼下走的时候心里又有许多不甘,就像小时候溺水前的心理,马上到手的东西他放弃了。他眼前浮现了那女人在床上的一幕,那是个娇小的女人,裸着体……这足够勾起他的兽欲,不行,今晚无论如何要干了,他背靠在墙上,闭上眼睛平复心跳,捋了捋思路。二次敲门是五分钟以后,他庆幸自己留下了那句话柄——要是漏水我还得找你,这是他无意中说出的,却给自己留下了再次下手的机会。门又打开了,男人一副不耐烦的样子,问他还漏水呢?他答,嗯,我也奇怪……他的声音变了调,好像不是从他嘴里说出的。只要高个子转身他就下手,他把右手背在身后,这样方便他掏家伙。可男人仿佛不肯给他这个机会,面对着他坐在沙发上玩起了手机,一边说:大哥,你最好快点,都几点钟了,我们还要休息呢。好,我马上,马上……这次他没看见女人,那扇门关得很严,他又进了卫生间,这儿敲敲那儿打打,心里盘算着如何是好。他刚看到男人玩的手机是苹果的,看来是个时尚男,消费不低,房子新装修,地砖墙面灯饰都刚刚弄完,还没置放家具,没贴喜字,证明俩人还没结婚。女人的化妆台上琳琅满目,有两支价格不菲的口红他认得,那是小美曾用的牌子……他喊高个子过来一下,高个子打着游戏,你自己看着弄吧。这招没有得逞,他从镜子里看到了自己，戴口罩的脸是僵硬的，目光满是慌张。现在扑过去对高个子下手？他感觉自己没有胜算，他已很长时间没有锻炼过身体，爬个楼都气喘吁吁，而高个子虽然干瘦却一身精肉，估计过去打过篮球。大哥能不能快点？高个子点了根烟，甩过来一句。马上，马上，他答应着，没有理由再磨蹭下去了，抱歉抱歉，打扰你们休息了，他一边告退一边再次打量高个子，男人身上没有纹身，也没有烫过的烟花，说明不是狠角色，看样子又不像公务员，那么顶多是个做本分小生意的，或者是国企职工、高级打工仔？他判断着，顺口说：我再去物业找找……

他在二楼转弯处站住，忙不迭地掏了烟卷，却发觉没带火机。一阵无端的烦躁代替了紧张感，让他像没偷到小鸡的黄鼠狼一样沮丧。女人，钱，都在那个房间里，他已经进去过两次，完全可以得手，可眼下他又灰溜溜地站在了楼道里……这时，隐约的，女人该死的声音重又传来，牵引住他的两条腿，他把脚步放轻，把耳朵贴在门上，那波浪起伏跌宕，让他脑海里充满了床笫之欢的画面。雄兽的冲动让他嘘喘，如同一头狗熊嗅到了鱼腥……敲门的声音大得惊人，把他自己都吓了一跳，此时大脑一片空白。门里传出男人的愤懑：到底有完没完？他答着：物业的来了，说有个阀门在你家，要关一下……这是他背好的托词，他戴好了胶皮手套，握紧了刀柄，这次他不会再给男人留机会了……门开处，男人一脸怒容，双手叉腰：你还让不让人睡……话音未落他已跨步进屋，随即猛扑过去，男人没有任何预料，啊的一声惨叫……不能让男人还手，两刀，三刀，四刀……男人再没喊出声来，像一条大虾窝在那里，他感到了一股股喷涌的血，有几滴像细密的雨点溅到他脸上……

声音惊动了女人，卧室门开处，女人尖叫声响起……他跌撞着冲过去，差点绊倒了自己，用满是鲜血的刀子对准女人：不要叫，叫就杀了你……他的手抖成一片风吹的树叶……女人用双手握住嘴巴，被惊吓到的脸扭曲着，挤压出流水般的泪来：不要……不要……女人后退着，腿软到瘫在地上……他慌乱至极地去捆绑女人，可手脚不听使唤，此时若是女人反抗他都不一定能制服她，可女人瘫了，任其摆布。他找到绳子的头绪，好歹把女人捆绑起来，抻过枕巾塞住她的嘴，手套上的血不经意涂抹了女人一身。女人团成一团……一切都安静下来，他这才感到浑身骨节疼痛，疲惫不堪像干了几天的重活儿……

如他从门缝中所见，女人身体很白，烫染的头发遮着脸，低头泣不成声（嘴被堵住发不出声音）。她已成了他的猎物，她瑟瑟发抖的样子也的确像只弱小的猎物，可他忽然不知如何是好……手套上黏稠的血正在凝固，他起身去卫生间冲洗，连同那把刀子，血好像洗不净似的，水流里血丝源源不断。他摘下沾血的口罩，从镜子里看了看自己苍白的脸，左侧腮部无端地抽搐，衣前襟也有血迹迸溅，他扯过一条湿毛巾使劲擦拭。有那么一刻他不敢相信刚刚发生的一切，直到瞥见门口处的尸体，那里的血越流越多，像一条乌黑色的河……

回到卧室里，他脱掉上衣，把团成一团的女人丢到床上，女人挣扎，他给了她一个嘴巴，呵斥她不要动，又晃了晃刀子，动我就杀了你！他反复说着这句话，又截了绳子捆住女人的脚……或许是紧张过度，他软着，硬不起来，他用那个软塌塌的东西磨蹭女人的下体，可无济于事，只好像狗那样伸出舌头舔舐女人的身体。女人似被电击了一般痉挛，这反倒激起了他的兽欲。床头摆着男女人亲昵的照片，他伸手把它反扣过去……

泄欲过后，他仰躺在那里，接下来怎么办，对了，接下来得找到钱，然后，然后杀了这个女人马上逃离……他看了下时间，凌晨一点半。他拽下女人的口塞，摆出一副恶狠狠的架势，刀尖顶着女人的下巴：告诉我，你们的钱放在哪里？女人大口咳嗽，涕泪横流……我问你钱放在哪儿了？他厉声着。女人不能言语，抬头搜寻她的手机。我说的是现金！女人呜咽着摇头，他给了她一刀把，女人尖叫一声，拼命摇头……手机里的钱是不能要的，转账就暴露了目标。他四下翻找，发现了金项链和耳坠等若干首饰，一块男士手表，几十元现钞，再无所获。该死，他骂着，妈的，又扑到女人身上，使劲抓住她的头发，你他妈快说，钱！钱放在哪儿了？女人终于说话：没……没有……他把她的头一次次掼到床头上……

　　该是杀死她的时候了，他把女人倒扣过去，举起了刀子……女人意识到了什么，哀叫连声：不，不要杀我……求求你了……不要……刀子举在空中，他不想听她的哀求，可……让他疯了似的什么也不想一股脑地刺死一个男人可以，而眼下面对一个软弱的被捆绑了手脚任人宰割的女人，他却下不了手。他想起自己一直戴着口罩，包括舔舐女人身体时，也是从口罩下伸出的舌头……把她杀了他就害了两条人命，不杀她，他只算杀了一个人……这桩命案早晚会被发现，杀了她就灭了口，不杀她，她会认出自己吗？像电影演的那样向警察描述他的相貌轮廓……那还是要杀了她，可是……他再见不得血了，刚才男人喷溅血的样子已把他吓坏，再眼睁睁地让这个女人也鲜血淋漓，他不敢再想下去……刀子丢到了一边，拿过胶带封住了她的嘴，再把她提到地上靠在墙角，与暖气管子绑在一起。做完这一切，他如释重负，抓起搜来的那点东西塞进口袋，检查有没有遗落的家什……转身出门时，他看到那个男人的血已快流到卧室，不得不跳了脚，从猫眼里望到屋外漆黑一片，他轻轻开门，关门，转瞬消失在楼道里。

四

夜风凛冽,他码着暗处走出小区,走了很远,站到路边等候出租车,一边想着自己该逃向哪里,火车站?客运站?这个时辰不会有列车客车,估计要等到早上,时不待人,而且疫情防控期间,到处盘查,不能冒这个险。打出租去外地?这么晚了,司机不会跑长途的,要走也会出城登记,那会给自己找麻烦。为什么作案前没仔细想想逃离之路,他为自己的筹划不周感到懊丧。劫持一辆出租车,杀了司机……他不是杀人惯犯,他只是一时冲昏头脑,而且,而且头脑竟如此简单……看来只能去往牧区,出了城就是草原,那里除了牧民老乡便荒无人烟。这次犯下的错真不值得,不,不是犯错,是犯罪,是杀了人却没抢到钱……我是杀人犯,他脑海里浮现了男人倒在血泊中的情形,打着一阵阵冷战……

终于拦到一辆出租车,司机问他去哪儿他还在犹豫,不过他顺口说了郊区外的一个乡村,说完他又反悔了,觉得不应该和任何人暴露自己的真实行踪,便改口说就到北郊某个地点。

他对北郊的地形再熟悉不过了,小时候总在这附近玩耍,虽然二十几年来变化得面目全非。他付过钱下了车,郊区路灯熄灭,好在有惨淡的月光能看清模模糊糊的路。记忆里的那些平房区已经拆掉,规划成了各种小型工厂、冷库、绿化带,他从绿化带穿过去,走建筑物少的无人区,加快着脚步,越过这儿,前面就是儿时常去游玩的那条大河。冷风飕飕打在脸上有些刺痛,不过身上还不觉得冷,甚至出了汗,那是快步走路的结果。那个女人会不会被饿死?如果被人发现得晚,不,不会,两个人同时失踪,亲友很快会找上门的,那会在几天后?至少两三天吧,不会太快引起警觉。这么说他有两三天时间可以安心逃遁,估计那时他已经走到中俄边境了，在那儿即便没有可能越境也能隐姓埋名，找个老乡给他们放羊，或者……他想起来边境那儿有一个大湖，湖的一部分在国内，一部分在蒙古国，一个相识多年的大哥就在湖边打鱼，他可以投奔他去，"留得青山在，不怕没柴烧"，他想起平台女常对他说的话。这条河是不是一直通往湖泊呢？嗯，有这种可能，总之沿着河岸一直走没有错，既不会迷失方向，又可以避开牧区层层叠叠的网围栏。

这会儿他已来到河边，河水尚未结冰，深夜的旷野阴森可怖，除了自己踉跄的脚步声和河水的喧哗，偶尔会从远处传来一两声鸟兽的怪叫。他打小就不敢走夜路，别说野外，即便在城里，如果街头没有路人他一个人也会发毛。他后悔刚做下的事情了，如果一切都没发生他就不会如此仓皇出逃，现在想来，哪怕在出租屋里饿肚子睡觉也似天堂般美好，而今，无边的黑暗就是他的未来，等待他的不会有什么好结果，他不敢再想下去……

再往前走就是他小时候出事的那段险滩了，他记起自己沉进水底那一瞬的感觉，热辣辣的河水冲灌进他的肺部，像一颗颗炸弹在胸腔里爆炸，鼻子嘴耳朵眼睛都要鼓荡出来，火药与弹片似把整个躯体四分五裂……他想求生，四肢拼命蹬踹抓挠，可身边没有一根救命草，只有沉溺，沉溺，坠入河底……要不是刘叔像抓一把水草那样抓住他的头发把他拖出水面，让他重见天日重见这个世界，他早成了溺死鬼……

溺死鬼，夜晚的河边……他越发感到莫名的恐惧，忽然记起口袋里的作案工具，见鬼似的把它们一一丢进激流，唯独把刀子留下来，他要用它壮胆。抛物时他假想着，刚刚作案的不是他，是那个二十多年前就死掉了的溺水鬼，那个家伙早该死了，从此以后，他就是一个羊倌或者渔夫，要他干啥都行，只要能活着有一碗饭吃。这时他忆起刘叔说的话，人想活着怎么都会有活的办法，他想这句话说的真有道理，可当时却没听懂，没听得进去，最后一念之差成了丧家之犬……到底是自己错了还是河流错了？这个问题让他头疼，让他想不明白……

他草木皆兵般地慌慌而行，头顶上的半个月亮阴魂似的追随着他的身影。有那么一会儿，他老觉得身后有人，回头看时又空空如也，难道是那个高个子的鬼魂跟踪着他？想到这儿他害怕极了，挥起刀子向身后乱扫一通。一只貌似狐狸的东西嗖地从草丛里钻出，闪身隐入柳树丛，却把他吓得毛发孓立，魂飞魄散好半天，接下来只觉得腿部发飘，像腾云驾雾似的着不到地面。

好在天快亮了，嗯，天亮之前他得找个隐蔽的地方藏身，蹲上一个白天，待天黑再逃。藏到哪里？树丛？不行，万一有人看到，河水里？不成，那一定会被冻死……那要藏到哪里？要是有个地洞钻进去就好了……地洞？想到这里，他更加庆幸没把刀子丢进河去，对，挖一个地洞，这个主意不错，没人会想到一个杀人逃犯会挖个地洞藏身……

说干就干，一夜没睡他没有半点困意，求生的欲望让他不顾一切。他找了低凹的隐蔽处开始用刀子掘土，像条兔子那样弯腰撅腚，手脚并用，使出浑身气力。土层冻得不深，坑挖得很顺利，连刨带蹚，可晦气的事儿发生了，一边的坑沿无缘由地塌了方，令他恼恨不已，索性横向挖掘。天蒙蒙亮前他已挖出窄窄的一条沟壑，却怎么看都像蹩脚的墓坑，真是自掘坟墓，他感到晦气，躺进去试了试，刚好能容纳他一个人。本想四下里再扩一扩，让自己躺在里边更舒服些，可天已放亮，他平复了浮土，抹掉了周边的脚印，这还不够，他从树丛里寻来两条废弃的化肥袋子，一个套头一个套脚，别说，还真像裹尸布，整个人都被装了进去，他这才放心地倒进土坑。坟墓到底是死人待的地方，活人躺在里边又湿又冰，他咬牙忍耐着，折腾一夜了，又累又乏，此时他想假寐一会儿，哪怕是几分钟，思维却总是跑路，乱七八糟。他又想起那个女人和男人，想起犯罪现场，想到整个作案过程的细节末节，自己是否留下了什么破绽……糟糕！他在袋子里忽然瞪大了眼睛，他想起自己在现场遗落下了罪证，没错，是罪证，因了这个大意，警察立马就可以破案，就可以找出他来……该死，愚蠢……是的，他忘记处理掉自己的分泌物了，他晕了头，只顾痛快……警察第一时间便会把他的DNA调查出来，而他多年前有过一次盗窃前科，被记录在案。他感到土坑里愈发湿冷，让他打起阵阵牙战，而且这个土坑太小了，没有一点回身的余地，就快憋闷死了……

五

太阳并没有如期而至，风更硬了，天上飘起零星的雪花。他似乎睡着了一会儿，又似乎没有。这会儿他感到浑身冰冷，麻木而疼痛，好像冻僵了一样。他想爬出坑去活动活动身体，就在那时，他隐约听到了一种声音，先前还以为是自己的神经过敏，他立起耳朵仔细辨别，没错，那是警笛的声音……他的心狂跳起来，怎么会这么快？不能，不会是冲着他来的……雪愈发下得大了，下雪好，把他覆盖上才好，那样神仙也找他不到了，此时他宁愿僵硬了也不敢再动弹一下。

不知过了多少时辰，雪真的把他盖上了厚厚一层，袋子上的两个视孔现在也什么都看不到了，只能感觉到微茫的光亮，若没了这光亮就意味着天黑了，他便可以起身……一个奇怪的东西在上空响起来，像一只巨大的苍蝇嗡嗡地忽远忽近，那是什么？莫非是……他的心一下子提到嗓子眼儿，遥控无人机？不会，这次一定是幻听，他隐藏得这么严密不会有人找到他的，手机他早就关掉了，即便警方已发现了案情，也没有任何可能会侦查到他，绝不会……傍晚很快就要来的，天一黑他就得救了，他就像一条夹好尾巴的狼那样，一猫腰就遁进夜色，遁进荒野……

刺耳的警笛声越来越接近他的时候，他原以为自己在做梦，接着狗吠声，人们的呼应声，踩雪的脚步声纷沓而至。那些声音如此真确，真确到让他绝望，绝望得那么彻底，就像一只跳鼠被四面八方的猎犬包围，他想着爬起来逃跑，可躯体僵直到不能动弹，连眼睛都不能转动……甚至于窒息得无法呼吸，那是少年时在险滩沉溺的感觉，胸腔爆炸，五官鼓冒，仿佛死亡正伸出双手掐住他的脖子……他就这样痛苦地等待着，煎熬着，直到有人拖死狗一样把他从洞穴里拖出来，摘掉他头脚上的"裹尸布"，让一张死灰般的脸暴露在白茫的雪色里……可他的眼睛什么也看不清，只感到人声鼎沸，警笛摇曳，对讲机呜里哇啦地讲话：……嫌犯抓到，嫌犯抓到，现在是×点×刻，从受害人凌晨三点报案到抓到嫌犯用了不到十三个小时，对，是出租车拉到北郊的那个人，嗯，视频监控里显示的也是他，没错……

他四肢失去了行动的知觉，被人架起胳膊时像一具行尸走肉。这时大雪飞扬，簌簌地落在他的头顶，肩上，那么大片大片的雪花，让他麻木的耳朵似乎都听到了雪落的声音。在被警察蒙住眼睛之前，他微微动了动干裂的没有血色的嘴唇，艰难地张开嘴巴，一边伸了长长的舌头，贪婪地迎接着那些自由飘洒的雪花……与冰冷的地洞相比，这个世界的雪花原来都是温暖的，他这样想着……

清白的玉米

阿根和玉米秧苗坐在一起晒太阳的时候,总想起五年前他被一根鞋带带走的情景。那根鞋带是从他的解放鞋上解下来的,将他的两个手臂一上一下反扣在后肩处拴绑一起,这个捆绑方法叫作"秦琼背剑"。他佝偻着背被几个人推搡着走过半截高的秧苗,他的比秧苗高出半截的儿子奔跑在旁边,他的女人则在后头哭叫跌倒,爬起再哭叫:阿根……阿根……阿根像风吹玉米秸秆般瑟瑟发抖,这时转过头冲他的儿子喊:快回去,看好你妈!爸没事,爸这是去城里开会!

这会儿,阿根正坐在异乡的田埂上和玉米地说着话。秧苗秸粗叶肥,阿根却干枯瘦弱。阿根说:阿根已经不是民办教师了,可你们还是你们,你们的名字还叫玉米。

说起玉米,我媳妇刘惠过去总和我说,做人就要像一穗玉米一样,要清清白白的,我这辈子嫁给你不图别的,就图个干净。

秧苗嬉皮笑脸的样子。

你们这些小崽子都他妈的严肃点!阿根说完就捂住了嘴:对不起,对不起,我这是跟里边的人学的,你们也知道,我阿根老师过去是从不说脏话的。你们都是我的学生,看在我教过你们这些年的分儿上,还请原谅阿根的不礼貌……告诉我，我媳妇和儿子，他俩到底去哪儿了？你们告诉我，我给，我给你们糖吃。

秧苗欢呼雀跃着，一阵风过去，又垂头不语了。

阿根不满了，他佯装生气的样子。他的两根大拇脚趾正钻出鞋子东张西望呢，他看到了它俩，脚趾马上就缩回头去。阿根顺手把鞋子脱下来，磕掉里面的沙土，然后端端正正地放在一边：喊，你们怕什么？怕村里人吃了你们？你们是玉米，当然会被他们吃掉。我也会被他们吃掉，不过在他们吃掉我之前，我要去做两件事。我得找到我妻儿，她娘儿俩一个是我的心肝一个是我的宝贝。我在狱里给她娘儿俩做了好多鞋子，足足有九九八十一双呢。有一段时间我满脑子都是我儿长大的个头和脚，我媳妇刘惠的脚我当然知道尺寸。我用废报纸裁剪鞋样，捡拾那些监狱加工厂不要的布片、边角料，再用一口一口攒下的米汤浆洗。狱里不让有针线，我用自行车条偷偷磨了一根针。白天劳动连撒泡尿的时间都没有，晚上等熄灯后，我才一针一线缝。那些密密麻麻的针脚就像铁窗外的星星，越缝越密集，越缝心里越有了些微亮。为这个，我手指肚上落了上百个针眼呢……怕狱警检查，我一直把这些鞋子藏了，直到出狱才背出来。可是，回到家里才知道……

为了找寻她娘儿俩，我在路上走了快一年半时间了，一路下来我费了多少脚力啊？黄胶鞋穿碎几双都忘记了。阿根谦卑地笑一笑：我做的鞋子我舍不得穿，它们都是给我妻儿的，我宁愿光着脚走路也舍不得穿……老校长说，踏破铁鞋无觅处。我踏破的是胶鞋，还差着功夫呢。所以我不坐公交车、客运车，也不搭路上的四轮子，只凭着我这双脚，每天我都要走上一百里路，这是我对自己的要求。我其实可以走得更多，但路过每一个村庄我都要停下来，打听我妻儿的下落。

另一件顶顶重要的事儿，你们猜不到——我找那个女人去了，你们问那个女人是谁？嗯，就是，就是那个被，被我强奸过的女人……你们别笑话我，这可是我五年来日思夜想的事儿。我之所以要找她，你们日后就知道了，不过为此我真是好费周折呢。

——喏，这是我从县档案局找到的报纸，五年前的报纸，日期是那年的7月13日。上面有我的案子，说被我强奸的女人是杨树屯乡的，但没说哪个村。杨树屯乡离咱这儿就五十里路。报上说那个女的也是个教师，叫作李梦露。我去了那个乡，骑着我的二八自行车走了它下辖的所有中小学，打听这个女人。可是这些学校都说没有这个人，这就奇怪了，仿佛这个人从世界上蒸发了一样。

也许是我问的方法不对，于是我又折回身挨个村问他们，那你们学校五年前有没有一个女老师被人强奸了的？村民一下子来了兴趣，围上来问我：你是谁？找这个女人干什么？我支支吾吾说，我就是那个……男人。他们登时把眼睛瞪成灯泡一般大：你说什么，你就是那个强奸犯？我慌着摇了摇头，又点了点头。有人兴奋地呼喊：快来人啊，大家快过来看强奸犯啊！这儿有个强奸犯！我急迫着又问：你们这里到底有没有人被强奸啊？结果一个耳光把我打得蒙头转向，又一个飞脚将我踹倒在地，一堆唾沫和痰下雨似的落在我的头脸上。他们一边打我一边喜笑颜开，告诉我说，这里根本没有女人被强奸，不过见到强奸犯也不能轻易放过，就像看到一只老鼠过街，我们不能不打。他们每个人还高声宣扬，自己最痛恨的人就是强奸犯。一会儿的工夫，我就鼻青脸肿，好不容易从壕沟里连滚带爬逃掉了。

这还不算，那一次在四家子村，一群人把我围堵住，叫我讲一讲怎么强奸的女人。我先是反抗，告诉他们我讲不出来，可抵不住他们的拳头和巴掌，最后只有讲了。我说的过程都是报纸上写的过程，他们听了不过瘾，让我着重讲一讲细节：譬如怎么弄进去的，里边热不热乎,是像雨后的草丛一样湿漉漉,还是死牡蛎一般干巴巴。我抬起头看见他们的眼睛闪闪发光,全神贯注地盯着我的嘴巴,仿佛我讲出的是什么权威。这时人们把半大的孩子都轰撵出去,呵斥他们走远点,免得跟我学坏了。没办法我只有胡编乱造了,我把和媳妇在一起的那点经验掏出来,讲给他们听。因为紧张有的地方讲得浮皮潦草,他们就让我重讲;有些细节讲的不合乎逻辑,他们就帮我纠正,直到讲得让他们普遍满意。他们脸膛晕红,眸子炯炯,一副心跳加速的表情和意犹未尽的模样,纷纷拍我的肩膀说,真是便宜了你这个臭流氓。有一个黄头发的年轻人牵来了一条黄白花狗,他叼着烟卷,命令我和这条母狗做一下示范。人群哄笑了,笑得像玉米叶子一样哗哗作响。几个男人开始按我的头和身子,解开我的腰带扒掉我的裤子。我拼命挣扎,还是把黄白花狗压倒了,小狗一顿尖叫,回头一口咬到了我的胳膊上,一块皮肉差点没给撕掉……

这时,一个戴着金丝边眼镜的老人家为我解了围,他大声呵斥他们:强奸犯也是人,你们让他和狗交媾,这不是有伤伦理吗?

人们看到他,都叫他老校长,忙散开来。

老校长背着手踱步过来:他已经劳改出来了,就是受到惩罚了,我们要给他重新做人的机会,更要帮助他重新做人,要时时刻刻教育他重新做人。做一个人难,做一个好人更难上加难。毛主席曾经教导我们说:一个人做一件好事并不难,难的是一辈子只做好事,不做坏事……不过,眼前这个人却没做过什么好事,他还做了一件坏事,做了坏事我们就一棒子打死吗?不能,我们要给他重新做人的机会,要帮助他重新做人,要时时刻刻教育他重新做人……

老先生又上下端详了我一番,挥了挥手让我从地上爬起来,指着我的鼻子说:你这个人也是,出来了就回家好好种地,要洗心革面。你倒好,四处去寻那个受害者,你这是自取其辱。

这个老先生一身藏蓝色的中山装,慈眉善目,令我肃然起敬。我上前拉住老人家白皙的手就像抓住一根救命稻草,说:不,老先生,我找她有话要与她当面说……

老先生盯着我的眼睛,却甩开了我的手:所谓法网恢恢疏而不漏,法律不会判错一个好人,也不会让一个坏人漏网。我看你还没有彻底地悔过,应该回去老老实实反省才是。

老人家这么一说,我的眼泪就下来了,我说:可先生我是有委屈的……

先生却摇了摇头让我闭嘴了。他又背着手踱了几步,声如洪钟对我说:脚上的泡都是自己走的。如果还有没交代清楚的,去跟政府说。

我听了,两只手和脑袋像霜打的秋叶般垂下来,下意识地打了一个立正:报告政府,我,我老实交代……

下午的阳光火烫烫的。很久以来阿根都没有洗过澡了,汗水不断爬过他土驴似的脸,好像爬了很多条蚯蚓。不过他破旧军装的风纪扣仍然系得一丝不苟。

今天我已经走了一百里路了,我可以和你们多唠一会儿嗑。阿根从口袋里掏出烟来,整整齐齐地卷,点燃了,深吸一口,把烟全部吞进肚子里,一丝一缕也没冒出来。阿根龇牙笑笑:在里边捡一个烟屁股都是好东西,哪舍得吐出来,等我想过烟瘾时,烟就自动从肚子里出来啦,你们不相信?嘿嘿,和你们说,学到手里都是绝活儿。阿根想起什么,又伸手从挎包里掏出一张折叠得方方正正的旧报纸,他用手指沾了沾嘴唇,借以把报纸展开。

禾苗都像小学生一样肃立听讲呢。阿根又笑上一笑,他指着报纸上面的一段清了清喉咙：先别急呀，我知道你们的鬼心眼，你们这些小崽子也想听这一段对不？那你们就老老实实听我读。阿根表情变得严肃起来，像播音员那样正襟危坐——1996年6月15日……阿根又咳了咳嗓子——

……杨树屯乡村教师李梦露从镇教育局开会回来，骑自行车路过大榆树村，在不足一米高的玉米地里解手，不料一双歹徒的魔爪正向她洁白的胴体伸来……当时正值晌午，在地里干活的人们都回家吃饭了，没有人听见李梦露的求救呼喊。就这样，在光天化日之下，一个乡村教师的贞洁就被夺去了。

接到报案，公安人员的目标很快就锁定在了村民办教师阿根的身上。案件线索是一张大榆树村小学的稿纸和受害人提供的证词。当夜，犯罪嫌疑人阿根被警方抓获，但他拒不交代犯罪事实。

再狡猾的狐狸也逃不出猎人的眼睛。办案人员会意地将目光一齐扫向阿根，心里说，你的抵赖该收场了。在冯大队长的指示下，极大地鼓舞了同志们，在他们认真贯彻领导意图的情况下，审讯很快便发生了根本性的扭转……这供词是熬了一天一夜之后才获得的。

嫌疑人交代：6月15日午时，他正在自家的田里拉屎，忽见一女子进玉米地解手，即心生歹念。上去一把将女子推倒，不顾女子奋力反抗实施了奸淫。当时受害人正来例假，嫌疑人从兜里掏出一张稿纸擦拭下体，随手丢到地里。正是这张稿纸暴露了色狼的身份，成为了警方破案的第一证据，稿纸上面的一道数学题清晰地保留着嫌疑人的笔迹。并且据受害人讲，她正遭受侵犯时听到一个女人的声音远远地呼唤：阿根，妈喊你回家吃饭！阿根，妈喊你回家吃饭！嫌疑人听到呼喊忙不迭地提起裤子，逃掉了……

读到这里，阿根捂着嘴笑了：那是我的媳妇喊我回家吃饭呢。我妈没瘫之前，我家那几亩庄稼大多是媳妇刘惠侍弄，虽然我是个民办教师，但刘惠说，教书人的手金贵着呢，要白白瘦瘦的才像教书先生，干了粗活满手是茧子让村里人笑话，还以为娶了个懒婆娘。可我不听她的，她比我小十几岁，我心疼她还心疼不过来。教书之余，我总是趁着中午和晚上跑到地里帮她干活儿。我俩一起顶着日头种田，施肥，锄地，看着玉米秧苗一寸一寸长大，冒缨结穗。劳作累了，刘惠和我躲在玉米秧下乘阴凉，她把扎着头巾的头靠在我的膝盖上，我握着她因握锄而伸曲不直的手，说：让你受累了，刘惠。刘惠望着我的眼睛，说：和阿根老师在一起，再累也不累。我嫁给你不图别的，就图你的干净。做人就要像这满地的玉米那样，清清白白就好，可别做那"乌米"，被蛀虫嗑坏或者被霉菌感染，变成一穗不值钱的"乌米"。刘惠这么说我就这么听着。后来我妈瘫痪了，刘惠又生下了儿子，她每天照顾完老的照顾小的，不能再帮我做农活儿了，可每到中午或者傍晚，她就早早到地里喊我回家吃饭。她喊：阿根，妈喊你回家吃饭呢，阿根，妈喊你回家吃饭呢！这样全村人都知道我妈还没有瘫，还能为我们做饭做菜呢，我妈躺在床上心里就高兴了。每次听到我媳妇的呼喊，我的肚子就咕咕直叫，赶紧收工跑回家去。进门就会看到媳妇做的热乎乎的饭菜正摆在桌上，她怕凉了上面反扣着盘碗。还有我半大的儿子，我的只能眨巴眼睛的老妈，都在等我回家呢。

可是……阿根说着说着就说不下去了——我刚入狱时，媳妇给我写了一封信,那信纸皱皱巴巴,一看就是她的眼泪弄湿的。她数落我说——阿根老师,我和你说过多少次,要你做人就要像一穗玉米一样,要清清白白的,没想到你干出这么丢脸的事儿来……她说我要是犯了其他错误她还能原谅我,可这种错误让她没法见人。媳妇是我教过的第一届学生,她长大后有一天来找我,说不嫌弃我老妈瘫痪在床,也不嫌弃我穷,就图我是个干干净净的人。可到头来……

我知道自己说什么也没用了,写信让她等我出狱……可她再没给我回过信,她这是对我伤透心了。

出狱的那天我是摸黑到的家——我不想让村里人看到我,在村子外面转悠到天黑。我走进院落没听见狗叫,没嗅到人气味,没看到鸡鸭鹅狗猪,腿脚就有些软。来到房门前我下意识地摸了摸,就摸到了一把冰凉的铁锁,心也彻底冰凉了,脚没了跟似的一路跌撞到我弟家。我弟正在院子里撒尿,见到我没有一点高兴的表情,反而拉着我的胳膊把我推到门外。我弟竖着手指让我小点声说话。我心急燎地问他:你嫂呢?你侄儿呢?她娘儿俩去哪儿了?我弟没好气地说:她娘儿俩去哪儿我哪里知道,她是你媳妇没给你捎信吗?我就像被人踩扁的马粪包一样泄气了,一屁股坐在了地上。

我弟说:你快走吧,哥,就别在我家门口坐着了,让你弟妹看见又该骂我八辈祖宗了。你让我们借点啥光不行呢,偏叫我们借这个光。你走了就别再回来了啊,我的儿子还小,别让他知道有你这么个大伯了……我听了心下凄惶,说:这深更半夜的你让我去哪儿呀?弟说:去哪儿那是你的事,别在咱们村转悠就行。

我望了望我弟,我弟已经转过身去,两扇大门也哐地朝我关闭了。我无话可说,只有扛起行李向自家走去。那天晚上,我和衣躺在荒草萋萋的自家院里,头枕行李,瞪眼望着黢黑的天空一宿没睡。那一晚的流星不知咋那么多，呼啦啦落了半宿，好像天要塌了似的。第二天一早，我敲开了邻居孙老太的门。老人家见到我浑身冰冷哆哆嗦嗦的样儿，赶忙拉我进屋。孙老太拉着我的手就落下几颗老泪，告诉我，刘惠领着儿子是四年前上冻的时候走的。自打我出事之后，妻子无依无靠，儿子总挨欺负。特别是我的儿，一出院门就被村里孩子围堵，喊他是强奸犯的狗崽子。我儿后来索性也不出门了。一些不三不四的男人夜晚越进院墙敲我媳妇的窗，劝她别为强奸犯守活寡，刘惠堵住房门整宿不敢合眼……我老妈受不下这种气，她活瞪着眼看着这一切，挺到第二年秋天就恼羞而终了。我媳妇一个人安葬了老妈，我弟连面都没露。

那天是我小儿上小学一年级的第一天，放学回来时满头满身是血……我媳妇疯了，提起烧火棍嘶喊着问他是谁打的。我儿面无表情，也没流眼泪，拉住妈妈的衣角说：算了吧妈，你不要去找他们了，我怕你也被人抓走了……刘惠一边给我儿包扎头上的伤口一边号啕大哭……就在那天晚上，刘惠收拾了包裹和行李，领着我儿走出村落，淹没在黑夜里，再没有回来。

听了孙老太的话，我把头顶在我家门框上，浑身软得像一摊泥一样。没等太阳出来，我家残破不堪的院落外已经堆满了孩子，他们像被一阵风吹来的。孩子们兴高采烈地呼喊：阿根阿根强奸犯！阿根阿根强奸犯！一边向我丢着石块。我想起他们也是这样对待我的儿子的，一股怒气冲到额头，后来又被我压了下去。我扛起行李几下扒拉开这些嗷嗷乱叫的狗崽子，向着村外走去。那一刻，我满脑子想的却是李梦露，我想我一定要找到她，只有先找到她，这些题才会迎刃而解。

学校里找不到，我开始扩大范围，在杨树屯乡各村镇寻找因性侵而失身的女人……

我听说李家营子村有个女人被糟蹋过，一打听，说那个色狼已经被抓到了。韩家窝铺村也有类似的事情发生,我去了一问,那是个走路都颤颤巍巍的老太婆,她的儿女长年在外打工,有一天,一个二十多岁的毛头小子推门而入把她按倒在地……不过这个嫌犯再没有出现。一天,一个乌兰花村的中年男人一边抠着脚丫子一边嬉笑着告诉我说,隔村有个女的,被强奸一百多次了,让我到那里去碰碰运气。他暗含之意连傻瓜都明白。一个女人被强奸这么多次,我还是第一次听到。我来到这个村庄,几个流着鼻涕的孩子自告奋勇,争先恐后地把我领到一个粮店的墙根下,指着一个光头的女人给我看,声音比甩马鞭还响亮:就是她,跟一百多个男人睡过觉,一个七十多岁要饭的老头还在树林里把她干啦。我走到她跟前,看到这个长得像一个倭瓜的人已经不能用男女区分,她嘴里叼着两根鱼须子一般的树棍,赤裸着黑乎乎的上身,正翻着鲤鱼的眼睛望着我。

一晃整整一年过去了,我还是一无所获。我快把杨树屯乡每个角落都翻遍了。有时我坐在异乡的村头歇息自己想想都感觉好笑——这世界真的太愚弄人了。

有一天,我鬼使神差又来到了老校长家门外。或许潜意识里,老校长该是我在这个世界上唯一能相信的人。

我弯腰弓脊站在老校长的面前,他坐在太师椅里吹着茶水:到什么时候都要相信党相信政府,只要相信党和政府,没有什么事情是办不到的……

他戴上老花镜看过报纸,站起身用手指敲了敲我的脑袋,说:这上边明明写着受害者是个老师,你还得从这儿入手。再有,你这个人愚啊,你也不想想,受害人怎么会在报纸上公开姓名呢,这肯定是她的化名嘛。我才恍然大悟。可是杨树屯乡也没有一个被强奸的女人啊？老校长拨棱着脑袋：榆木不可教也。据我推算，她大概调走了，不会再在原村落生活。临了，老校长给我写了一张纸条，说：你来找我还算没拜错庙门。按我指的路你再寻寻去吧。人之初性本善，我这是把你当人看了。

我千恩万谢过老校长，脑筋也开窍多了。在教育局的档案里，一个女教师吸引了我的目光：那是1997年3月，有一个叫作李二蒙的女教师从杨树屯乡新丰村小学调到了刘家营子村。看到这里，我的心怦怦直跳。

第二天一早我就来到了刘家营子学校。正是上课时间，办公室只有一个男老师办公，他抬眼睛在眼镜框上边瞅了瞅，问我找谁。我说找李二蒙老师。他耷拉下眼皮，说，这儿没有叫李二蒙的。我挠了脑袋：不对呀，档案上写得清清楚楚……我停顿了一下，又问他：那你们这儿有没有一个从杨树屯乡调来的老师？男老师摘下眼镜：你说的是刘尹明老师，你找她什么事儿？

明明是李二蒙怎么变成了刘尹明，我的脑袋有点糊涂。她正在给三年级上数学课。我耐下心来，等着下课的铃声，那四十分钟的等待，我紧绷了多年的心竟然放松下来。我背起手在校园里走一走，这样的小学校园我再熟悉不过，仿佛昨天我还在这里吆喝着我的学生，他们像一只只咩咩叫的小羊到处乱跑，又似一群青蛙围着我蹦蹦跳跳，问东问西。我喜欢看这些孩子，就像喜欢在春雨里看生长的禾苗。一阵孩子们的朗读声从教室里传出，声声入耳，一时间，我的眼泪不自觉地爬了满脸。好长时间了，我都没落过泪了，我以为我的眼睛干涸了呢。

下课钟声终于响起了，听来那么清脆好听。一个面容红彤的女教师寡着脸从教室里走出来，我紧跑几步上前，像个小学生那样向她敬礼，这把她吓了一跳。我说：您是李二蒙老师，不，刘尹明老师吗？

她一下子紧张起来，狐疑地打量我，冷冷地问我：你是谁？

在远离孩子们的校园一角,刘尹明老师很不耐烦:什么事你快说吧,我还有事呢。她大概有三十岁,个子高挑。

我的紧张源自于急迫,双手和腿都哆哆嗦嗦:刘尹明老师,您,认识我吗?

李二蒙皱着眉头看我,摇了摇头。

我又问:你真的没见过我吗?你仔细看看,我一米六五,小眼睛高颧骨尖下颏……

刘尹明又瞧我两眼,说:你这个人有病啊,我没见过就是没见过。

我的一颗心就落下来,说:那就好,其实我也没有见过你。可是你知道,五年前的一天,我被人认定是强奸犯,受害方是你,因此被判了五年徒刑……我刚刚出狱,就想和你见上一面,和你当面说清……

听到这儿,刘尹明脸色一下子变了,她像受伤的猫那样叫了:对不起,你找错人了!转身快步跑掉了。

我愣在那儿好半天缓不过神来。

唯一的线索眼看要中断了,我不死心,在校门外等着放学。学生和老师都走光了,刘尹明最后一个出来。我躲到一边尾随着她,我要跟着她到她家里去把话说清楚。可是她发现了我,忽然回头来,怒目圆睁,眼里都是冰碴子:你到底想怎么样?我吓了一跳,不敢再向前。她却径直冲到我面前,啪啪就是几个大耳光,打得我耳朵嗡嗡直响,脸上也火烧了一般。跟你说过找错人了,你还跟踪我,操你妈的!我捂着脸对她连说:对不起,对不起,我只是想要个清白,我……她声嘶力竭:到我这里要清白?赶紧滚开!我还想说什么,只见远处一个男人正提着铁锹,怒气冲冲向我奔来,我只有落荒而逃了。

那天晚上,我来到临近小镇的公园里。为了省下几个住店的钱,我准备在长椅上过一夜。临秋末了,天儿已经有了凉意,我盖着军大衣都冻得哆哆嗦嗦。我思量着白天发生的事情，心绪乱乱的，越想越睡不着觉。约摸半夜的光景，一阵嘈杂声惊动了我，定睛来看，只见几个戴面罩的黑影正站在我的头顶，还没等我反应，棍棒噼里啪啦落在我的头上，又一顿飞脚踢得我满地翻滚……终于打累了，他们蹲在地上看我，我窝在那里眼前一片昏黑，感到死神正摸着我的脑袋要把我带走……一把冰凉的刀子贴在我的脖颈上，有液体从那里流出来。

一个声音闷声闷气灌进我的耳朵：听着狗东西，你想活着，就别他妈到处找人了，你找的人根本不存在。再他妈四处找人就阉了你个杂种。

我是被一个蹬三轮车的女人救起的。她一大早出门拉客，看到路边有一个人满身白霜团在那里，就提溜小鸡一样把我提到车子上拉回家去。她给我灌了一碗热米汤，我才慢慢苏醒。我睁开眼看到这个五大三粗的女人，看到她狭小而脏乱不堪的家。女人粗嗓门：醒啦大兄弟，我还以为你醒不来了呢。

在半块残缺的镜子里，我看到自己的脑袋比筐还大，乌黑青紫，五官都了变形。

我管她叫大嫂，她说叫什么大嫂，我没老爷们儿，你就叫我大妹子吧。可我明明感觉她要比我大得多。大妹子用一块黑乎乎的抹布蘸上酒精为我擦伤口，疼得我哎哟哎哟地叫。她又扯了多年不穿的棉布内衣给我包扎伤口……

大妹子问我：你得罪人啦？给人家老爷们儿戴绿帽子啦？我摇头。那你家在哪儿啊？我明儿个给你送家去。我说我没家。你没家呀？大妹子乐呵了：那好哇，我也没老爷们儿，我老爷们儿领人家老娘儿们跑了。得，看你这个人可怜见的，干脆咱俩过得了……我苦笑着摇头：大妹子，我穷得兜里比脸还干净，再说我是有妻儿的人，我这是一路讨饭找我媳妇呢。咋的？你媳妇也跟人家跑了？我说：没有，是我犯错误，她不要我了。大妹子喊了一声：我看你这个人不像犯错误的人，你也别找她去了，从今儿起我跟你过。

她这么说把我吓得不行，我龇牙咧嘴扶墙下地。她说：你要干啥？我说我得走了，我不能再打扰你了。大妹子一把将我丢到炕里，说：你他妈不要命啦？好好给我养伤，伤养好了爱他妈哪儿去哪儿去。

我大概在她家住了一周。她家住平房，只有一铺炕，她睡炕头我睡炕梢，不过我还是觉得别扭。特别是她瞅我的眼神，总是火辣辣的。晚上她的手脚不老实，总是借故伸到我的被子里。我感觉此地不宜久留。伤大多是皮外伤，肿痛也减轻了许多。这天晚上我打好行裹，准备第二天早上正式与她辞行。大妹子也看出我的心思了，她赌气地撅着麻袋似的屁股睡去了。我心下愧疚，不知道日后该怎么感谢她才好。半夜，我正在睡梦中呢，忽然感觉有个热烘烘的东西拱进我的被窝，然后重重地压在我的身上。我知晓是怎么回事了，拼命推搡开她，将她掀到了一边去……大妹子一骨碌身又像老熊一样扑过来，我说：大妹子你干啥，你干啥？顺手把灯打开了。妹子披头散发，说：我就要跟你好，我不让你走……一把将我的行裹扯过去，把我给妻儿做的鞋子抖落一地。这可是我的宝贝啊，我嗷的一声叫，忙不迭去拾捡。大妹子见是女人的鞋子，也跳下地来，她一边跟我抢手里的鞋子，一边叫喊：我他妈让你走，去吧，都他妈去找你们的小老婆吧！你们这些白眼狼，负心汉！她拾起一只就丢到火炕的灶坑里，嘴里骂：让你心疼那骚娘儿们，都他妈给你烧了……我与她抢夺，她一巴掌将我打倒在地：再动我，我告你强奸！你他妈吃我的，喝我的，在我的炕上睡了这么多宿，说走就走，便宜都让你占啦！我腿一软给她跪下了：大妹子，你的恩情我日后报答，我求你啦……

大妹子欣赏着我的眼泪，鞋子照样一只一只填进火堆，她龇着满嘴黄牙：不用你这白眼狼报答，我只要你的这些破鞋，用它给老娘暖和暖和屋子就行，你心疼是不？我最喜欢看男人流尿水子了……

我眼睁睁地看着这越烧越旺的灶坑，盯着红彤彤的火焰，感觉自己也是一双鞋子，在黑洞洞的灶坑里被点燃了，烧着了，化成了一飘而散的灰烬……

……那是六月中旬的一天中午，我趁着放学去自家的地里锄禾。我是民办教师，在学校教课不给钱，每年村委会挨家给齐一些米面算是酬劳，生计还要靠种田耕地。媳妇要终日伺候老妈，这农活儿就落在了我的头上。几天没到地里，那天我一到地里心里就着了火，别人家的田地苗壮根粗，干干净净，而我家的杂草连天，都见不到了禾苗。我有个毛病就是一着急上火就头晕。可眼下也顾不了许多了，我把手巾扎在头顶，火燎屁股似的锄起地来，一口气锄了三根垄。好几天没下雨了，炎阳当响，禾苗和田地都热烘烘的，蒸腾的地气虚虚袅袅，让人昏昏欲睡。那几天我也是备课累着了。本来我是教语文的，可教数学的民办教师辞职不干了，校长叫我把数学课也接过来。我从小偏科，对数学不通，这是硬拿鸭子上架。我要学一堂课教一堂课，每天都熬到二半夜，这会儿就支撑不住了，想倒在禾苗下面背一会儿阳光，结果脑袋一着地就睡着了……一觉醒来蒙头转向的，一股热流往头顶上涌，从鼻子蹿出来。这时候，我听见远远的，我媳妇正一声接一声喊我回家吃饭呢，那声音缥缈着，穿越了层层秧苗的阻挡，压过了禾田里哗啦哗啦的响声：阿根，妈喊你回家吃饭呢！阿根，妈喊你回家吃饭！我赶紧掏出兜里的一张稿纸擦拭，一看是鼻血，赶紧抬头望天，把稿纸随手丢在了田地里。那是昨天晚上算数学题的稿纸……等止住鼻血，我就没事人一样答应着媳妇的呼唤，扒拉扒拉屁股回家吃饭去了……当天傍晚，我被他们带走后才知道那天中午在我家田里出了大事，可我什么都没听见，什么都不知道……

我与他们说这些，可他们不相信，他们一边踢我老二，一边说：你他妈的骗鬼哪？有人在你旁边嗷嗷乱叫你他妈还能睡着？你就是个太监老二不立起来，耳朵也早立起来啦！

老校长闭目养神，问我：既然不是你，你为什么要承认呢？

……他们，轮番弄我，用的都是"渣滓洞"的法子，我那会儿只求一死……他们还把我铐在暖气管子上，给我"憋水牛"——用马尾巴缠住我的命根子，往死给我灌凉水。他们说让我这根跑骚的老二好好憋一憋……一天一夜下来，我整个人都快爆炸了，浑身肿胀，七窍都冒泡了……

老校长听到这里，摇头不已，说：无论什么时候，要相信党和政府……所以你想找到那个李梦露或者王梦露，想让她证明你的清白？

我说：可是这世界上好像根本没有这个女人……

老校长用手指敲了敲脑门：刚才你说你在玉米地里睡着了？

我使劲点点头。

那就当你做了个梦吧。老校长终于站起身，拍了拍我的肩膀：你可以这么想，你在玉米地里睡着了，迷迷糊糊做了一个梦。在梦中你强奸了一个女人，同样是在梦里你坐了五年牢。你这样想，心里的疙瘩就解开了……

老校长说我强奸的是一个梦，我就糊涂了，弄不清那个李梦露到底存不存在，而这一切是否真的发生过……有时仿佛觉得自己仍旧置身梦中，一直没有苏醒。事实上我多想这是个梦啊。

那些天里，我大脑一片空白，我甚至不再去想刘惠和儿子了。她娘儿俩或许在这世界上过得好好的，并且过得很幸福呢；娘儿俩更有可能不想我这个劳改犯去打扰她们，就像一片平静的水潭不想投入石子。我想，即便我找到她娘儿俩，又能给她们带去什么呢？我一无所有。过去我还想把那几十双鞋子送给妻儿，现在也不需要了……这么琢磨琢磨，我的心里的疙瘩还真解开不少。

可现在我能去哪儿呢？大榆树村是不能回了，我弟会用棍子把我赶出来的，羞耻也会把我淹没。可除了种地和教书我什么也不会做呀，而且身上也没什么气力……说起来，这近两年的找寻，让我体会到了流浪的快乐。我四处去走，每一个村镇对我都是一片陌生而神秘之地，都有我所不知的人情世故。这院是张家，那院是李家，我从来不认识的人都在同一片阳光下活着，他们同样娶妻生子喂鸡打狗。我走过它们就浏览了一片人间的风景，还有什么比这更有趣的事儿吗？我想我没有什么索求了，就提着那个空布袋走上了大街，像所有的拾荒者那样，捡拾起别人丢弃的废品和垃圾来。

转眼到了冬天。

那天雪下得很大，我早早回到小镇的小旅店里。我拾废品比别人勤劳，我起的早睡的晚，因此也小有收入。我不想租房子，那样就会在一个地方固定下来，我还要游遍天下的风景呢，所以到哪儿去我只住最最便宜的小旅店。我正半睡半醒……我住的房间又脏又小，仅有一床。一个女人悄没声地进了我的屋，劣质的香水味差点让我喘不上气。借着昏暗的灯光我看到是一个身材清瘦的女人。这样的事情我见过多了，当然知道她是干什么的。不过她的脸上没像这行当的女人抹得又厚又白。她规规矩矩站在我的床边，用蚊子一般小的声音问我：大哥，找女人陪吗？这样腼腆的行当女我还是第一次见。我下意识地拉住她的手，她的手冰凉着，手掌上布满硬茧，一股怜悯之心从我腹底生出来。我问她：

你这良家妇女怎么也来做这个……

她的头发故意遮挡着脸，说：我这是为了供儿子上大学……

我听了就想起自己的儿子来，想想我儿如果还在读书的话，也该是上大学的年龄。想到这里，我抖着手从内衣上拆下一个口袋来，我把我的钱缝在里边了。我打开它，取出一方手帕——它包裹得层层叠叠，我小心翼翼地把它展开……里边虽然都是五元十元和角毛的钱，可那是我每天一张一张积攒起来的。我把这些钱塞在了女人的手里，一分没有留，我说：你都拿去吧，别嫌少就行。

女人感动了，忙不迭地要脱衣服，她像冷得不行似的打着冷战，说：谢谢你大哥，你给了我这么多，那让我——好好陪你吧，我好好地伺候你，你想怎么就怎么……

我摆手说：大妹子，你穿上衣服吧，我不想怎么你，我只是想起了我的儿子……

说话间，女人撩起了头发，我就惊愕住了，禁不住喊出声来——刘惠！我直瞪着眼睛扑向她，却从床上一个跟头跌了下来。女人受了惊吓，双手扶住我，我和她的脸近在咫尺，她说：大哥，我不叫刘惠，我的名字叫……

我才知道我认错人了，是我自己的幻觉在作怪呢。我的眼泪不由自主地流下来，淌了满脸都是……

讲到这儿，阿根就神秘兮兮地笑了，悄声对禾苗说：之所以和你们说这些，我是想让你们每一根秧苗都知道，我阿根不是强奸犯。我要把这一切跟你们说，跟所有的路人说，这样，全世界上的人就知道我阿根不是强奸犯了，你们有一天见到了我的妻儿，也会对她们说：阿根老师是清白的！阿根也是一穗清白的玉米，我们都是清清白白的玉米。

还有个事儿要和你们说呢，阿根竖起食指，要秧苗都小点声音：前天我在邻镇上遇到一个老乡，他见到我，急匆匆向我奔来，我唯恐躲避不及，他却一把拉住我的衣袖，俯在我的耳边呼哧带喘地告诉我，县公安局抓到一个强奸犯，是个惯犯，据他供述，我们榆树村的案件也是他干的，他平复了好半天气息，说：阿根，公安局的人正四处找你呢……我听了，没有表现出任何激动，老乡瞅着我，说：你听懂我的话了吗？我点点头，说：听懂了。那你咋一点不高兴？我咬了咬嘴唇，感到了一点疼痛，说，我做梦梦到过多少次了，这次不是梦吧。

无论是不是梦，现在我就要到县公安局碰碰运气去了。阿根拍了拍裤管上的尘土，重新蹬上了鞋子。此时正值黄昏时分，一堆堆金子铺在田野里，让一片片秧苗的枝叶都闪闪发光。远处一个村落牛归狗吠，歪歪曲曲的炊烟争先恐后地爬上房顶，直爬到温暖的天空深处。看到这里，阿根的肚皮就咕咕直叫了，他吧嗒吧嗒嘴巴，伸耳寻向那晚风。忽然一个笑意就浮现在嘴角，他俯下身来说：你们快听，有人正呼唤我呢——

隐隐的，一个女人的声音如同鸽哨一般，从村庄那边呦呦地传来：阿根，妈喊你回家吃饭……

田野激荡了，整个田地里的秧苗都被那唤声荡漾开来，枝叶喧哗，此起彼伏……仿佛这辽阔的堆满金子的田野都在推送阿根……

阿根扛起行囊迎着那声音，面向夕阳，像一个淘气的孩子兴高采烈地走去。

（原名《玉米啊玉米》刊于《民族文学》2016年2期）